コーチ

期待されながら伸び悩む若手刑事たちの元に、警視庁本部から送りこまれる謎の男、向井光太郎。捜査上の失態を悔やみ、男社会での自身の立場についても苦悩する女性刑事。取り調べ係を目指しながら、容疑者である有名俳優相手に苦戦する刑事、尾行が苦手な刑事。彼らそれぞれに的確なアドバイスを与えるその男は、警務部人事二課所属だった。経験を積み、本部の捜査一課所属となり出会った三人は、向井との関わりを語り合い、彼の知られざる過去を探り始める。彼の過去と三人が担当する女子大生殺害事件が交錯し、見えてきた思いも寄らぬ事実とは？

登場人物

向井光太郎……警視庁警務部人事二課所属巡査部長
今井令子……東北署署長
宗像……東北署刑事課課長
益山瞳……東北署刑事課強行犯係係長
↓警視庁捜査一課殺人犯捜査第四係主任
村山……東新宿署刑事課課長
所貴之……東新宿署刑事→警視庁捜査一課殺人犯捜査第四係
春川……目黒西署刑事課課長
西条猛樹……目黒西署刑事→警視庁捜査一課殺人犯捜査第四係
三田……警視庁捜査一課殺人犯捜査第四係係長
冨永隼人……警視庁刑事総務課勤務

コ ー チ

堂 場 瞬 一

創元推理文庫

COACH

by

Shunichi Doba

2020, 2023

目次

コーチ

第一部

第一章　見えない天井

「桐谷《きりたに》君と石田《いしだ》さんは、一昨日の傷害事件の聞き込みを継続。高岡《たかおか》さんと永谷《ながたに》さんは、田口《たぐち》の取り調べを続けて下さい。田口の方は三日後が勾留満期ですから、ネジを巻いてお願いします」

了解、の声には元気がない。益山瞳《ますやまひとみ》は、溜息をつかないように必死で努力した。鬨《とき》の声を上げろとは言わないが、もう少し気合いの入った返事をしてくれてもいいのに。

朝の打ち合わせが終わると、瞳は自席について、昨日までの田口の調書をもう一度読み返すことにした。二十日前に王子《おうじ》駅前で起きた乱闘騒ぎで、傷害容疑で逮捕された田口は意外にしぶとく、まだ容疑事実を認めていない。駅の防犯カメラに暴行の瞬間が映っていたのに、本人曰《いわ》く「プロレスごっこをしていただけ」。二十五歳になる男の言い訳としてはあまりにも幼稚だが、まだそれを切り崩せていない。

「瞳さん」

東北《ひがしきた》署刑事課強行犯係で最年少の永谷美久《みく》が寄って来たので、瞳は調書から顔を上げた。

「田口の取り調べって、まだ私が担当しないと駄目ですか？」すがるような口調だった。

「どうして？　何か都合の悪いことでもあるの？」

「気持ち悪いんですよ」美久が真顔で打ち明けた。

「気持ち悪いって……相手は容疑者なのよ？　どんなタイプでも、ちゃんとやらないと」瞳は思わず立ち上がった。気持ちは分からないでもないが、この娘《こ》は……。

「でも、気持ち悪いですよね？」

美久が上目遣いになって同意を求めた。何だか、男に媚《こび》を売るような感じに見える。私にこんなことしても何もならないのに、と呆れてしまった。

「田口がどういう人間かは、私もよく分かってるわよ。人を馬鹿にしたような態度は確かに不快だし、人間としても気に食わない。でも逮捕した以上は、きっちり調べて調書を巻いて、起訴まで責任を持たなくちゃいけないのよ。それが警察の仕事なんだから」

「でも、私を見る目が気持ち悪いんです。本当です」

美久が必死に訴える。瞳はとうとう我慢できなくなって溜息をついた。この娘は自意識過剰というか何というか……そもそもどうして刑事に、いや、警察官になろうとしたのだろう。単に「公務員の一種」と考え、楽だからという理由で警察官を選んだのかもしれない。そのせいか、ちょっとしたことでもすぐ文句を言うし、音《ね》を上げる。瞳とは七歳違いなのだが、自分が二十五歳の時には、さすがにもっとしっかりしていたと思う。能力がないのは仕方ないにしても、せめてやる気ぐらいは見せて欲しい。

「とにかく、個人的な感情は捨てて。それにあなたは記録係で、自分で取り調べをしているわけじゃないんだから、気にしなければいいのよ。起訴されたら、もう会うこともなくなるんだから、今だけ我慢して」

「でも、難しいですよ」美久が首を傾《かし》げる。

「あのね、ちょっとぐらい難しいことをやってみないと、いつまで経っても同じ場所で足踏みしていることになるわよ」

「はい」返事はいいのだが、目には光がない。瞳が東北署刑事課の強行犯係長になって半年。美同性ということもあって、気にかけていろいろ指導してきたのだが、まったく効果がない。美久自身に刑事としての能力がないためだと思っていたのだが、最近は自分のせいかもしれないとマイナスに考えるようになってきた。三十二歳で警部補に昇任し、警察官人生の王道を歩んで行こうと決めて赴任して来たこの東北署で、つまずきつつあるのは自分なのではないか。

不満そうな表情を浮かべたまま、美久が一応引き下がる。これじゃ先が思いやられると不安になりながら調書に戻ろうとすると、今度は石田がやって来た。さっさと聞き込みに出かければいいのに……だいぶ年上の部下であるこの男は、何かと口うるさく、こちらの指示にいちいち口答えする。

「何か?」

「聞き込みなんですがね、もうちょっと人手を増やしてもらえませんか」

「田口の取り調べが入ってますから、一杯一杯ですよ。強行犯係には五人しかいないんですから」

「盗犯も知能犯も、今は事件を抱えていないでしょう」

東北署の刑事課には、三つの係がある。そして石田の指摘通り、盗犯係と知能犯係は今、大きな事件を捜査していない。ずっと待機状態が続いていて、暇そうにしているのは事実だった。

「それはそうだけど、これぐらいの事件だったら、他の係の助けを借りるほどじゃないでしょう」瞳は反論した。

「いやあ……傷害事件は重大ですよ。今回は時間との勝負です。それは係長にもお分かりでしょう」かすかに嘲《あざけ》るような口調を滲《にじ》ませる。

「フル回転でお願いします」瞳は引かなかった。「犯人を割り出したら、その時点でまた応援は考えます」

「捜査は、犯人を割り出すまでが勝負なんですけどねえ」石田が、二つに割れた顎を撫でる。「ま、係長はまだ経験が少ないからしょうがないですけど、こういうのは初動捜査が大事なんですよ」

「それは十分承知しています」瞳は声を低くして言った。「だけど、この程度の傷害事件だったら、それほど人数をかけなくても何とかなるでしょう。昼間の事件だし、目撃者もたくさんいるんですから」

「ふーん」呆れたように石田が息を漏らす。「俺は、捜査は逆ピラミッド方式が基本と教わって、常にそれを忠実に守ってきましたけどねえ」

それは瞳も分かっている。事件の発生当初にはできるだけ多くの警察官を投入し、一気に捜査を進める。そして捜査が長引けば徐々に人を減らすのが、「逆ピラミッド方式」である。しかし瞳の感覚では、この方式が適用されるのは、もっと大きな事件の場合だった。一昨日の事件では、被害者は左腕骨折、頭部に軽傷を負ったのみ……骨折は重傷だが、命にかかわる怪我ではない。

「なかなか難しい事件なんですよ」石田が念押しするように言う。

難しいと言えば難しい……今回の事件の問題は、目撃者が多過ぎることだった。

駅前で、肩がぶつかった、ぶつかっていないの言い合いになり、犯人が被害者の側頭部にパンチを一発。それで足を滑らせて転んだ被害者が、硬い歩道の上で受け身を取り損ね、左腕を骨折したのだ。防犯カメラの死角になっていたのでその場面の映像は残っていないが、午後四時と人出の多い時間帯だったので、目撃者を見つけるのは難しくない——どころか、何人も見つかっていた。「解決は早そうだ」という手応えがあったために、その後の捜査を二人だけに任せたのだが、今のところ直接犯人につながる材料は出てきていない。目撃者が多いだけに聞き込みには時間がかかり、しかもいい情報がない……確かに状況はよくなかった。

「とにかく、今は応援はもらいません」瞳は断言した。

「もうちょっと柔軟に考えて欲しいもんですけどねえ」石田が耳を引っ張った。「ベテランの意見は聞くものですよ」

石田は五十歳。この年齢で巡査長、そして所轄にいるということは、やる気も能力もない証拠だ。昇任試験を受けるわけでもなく——マイナス査定がないままある程度の年数勤めれば、誰でも巡査長にはなれる——手柄を立てて本部への栄転を狙うでもなく、ただだらだらと所轄を回って石田がこの年齢になってしまったことは瞳も知っていた。そんな人間にあれこれ言われても、呑めるものではない。

「ご意見は承《うけたまわ》りました」これで終わりの合図にと、瞳は調書を指で叩いた。

「まあ……もっと経験を積めば、係長にも分かりますよ」

「石田さんが犯人にたどり着かなければ、私はこれ以上、警察官として経験を積めなくなりますけどね」

石田が短く低い声で笑った。馬鹿にしたような嫌らしい笑い。おそらく石田は何度も壁にぶつかって、性格がねじ曲がってしまったのだろう。そういう人間にとって、自分のような人間は格好の攻撃対象だ。若いし、女性だし……向こうの感覚では、突っこみどころ満載だろう。巡査部長、警部補の試験を最短で突破し、三十二歳で所轄の刑事課の係長、しかも女性というのが、かなり希少な存在であることは自覚している。瞳は、目の前に開けたこの道を全力疾走して行くつもりでいた。警察はまだまだ男社会で、女性が活躍できる場は少ない。だからこそ自分が先陣を切って、後輩のためにも頑張らなければならないという意識もあった。そしてキャリアの最後に狙うのは女性署長、あるいは本部の課長。その頃には、敢《あ》えて「女性」を頭につける必要はなくなっているかもしれない。いや、そうであって欲しい。

ようやく石田を追い払ったと思ったら、今度は刑事課長の宗像《むなかた》から声をかけられた。まったく、今朝はどうなってるの？

「益山、ちょっといいか」

「何でしょう?」どうして仕事に集中させてくれないのかしら……内心の不満を押し殺して、瞳は立ち上がった。課長席の前に立って「休め」の姿勢を取る。

「明日、ここへ新しく人が来るんだ」

「こんな時期にですか?」瞳は首を捻《ひね》った。警視庁では毎年春と秋に大きな異動があるが、今は八月だ。

「ああ。それで、強行犯係でやってもらうことにしたから。頼んだぞ」

「若い人ですか?」交番勤務から急遽引き上げられたとか――しかし瞳の情報網には、そういう優秀な人材は引っかかっていなかった。

「いや、四十六歳、巡査部長だ」

「本部からですか?」

「そうだよ」

いったいどういう異動だろう。警察の人事異動は、様々な理由で行なわれる。特定の部署に長く在籍し過ぎた場合は「そろそろ次へ」となるし、瞳のように本部勤務をしている時に警部補の試験に合格すると、管理職として経験を積むために、一度は所轄に出される。今度来る人は、四十六歳で巡査部長か……比較的早く巡査部長の試験に合格しても、その後の昇任試験は落ち続けている、あるいは試験を受ける気がなくなってしまったのかもしれない。もちろん警察官は試験が全てではない。仕事に専念するあまり、昇任試験の勉強に時間が取れない警察官も少なくない。

「本部のどこからですか？」

「人事二課」

「人事二課？」声のトーンが高くなってしまう。人事二課は、警部補以下の人事を担当する部署である。そこから所轄の刑事課への異動というのは……少なくとも瞳は聞いたことがない。

「何か問題でも？」宗像が素っ気《そけ》なく訊ねる。

「いえ――でも、異例の人事ですよね」

「そうだな」宗像がさらりと同意する。

「何か、特別な理由でもあるんですか？」

「さあ……俺は何も聞いてないけど」

「刑事としての経験はある人なんですよね？」瞳は念押しした。人事二課には、警察官ではなく一般の事務職員もいる。「巡査部長」と言うぐらいだから、当然警察官だろうが。

「あるそうだ……いや、俺も面識はない人だから、詳しいことは知らないけどな。とにかく、強行犯係で面倒を見てくれ。今忙しいから、人手が増えてちょうどいいだろう」

「それはありがたいですけど……」所轄に配属されたその日から、すぐに仕事ができるわけではない。まず管内をじっくり回って、地理や街の特徴を頭に叩きこむ必要がある。自分より十五歳近く年上の警察官に、そういう基本を教える必要はあるまいが……しばらくは、一人で管内視察でもしておいてもらおう。今は、田口の起訴を間近に控えて、やらなければならないことも多いから、面倒を見ている暇はないのだ。

何でこんなことに自分を巻きこむのだろう。もしかしたらこれも、管理職としての「試験」とか？


「向井《むかい》光太郎《こうたろう》です」

翌日刑事課に現れたのは、何とも冴えない男だった。身長百七十センチぐらい。瞳は百六十六センチあるので、少しヒールの高い靴を履くと、同じぐらいの背丈になってしまうだろう。体型はずんぐり――いや、妙にがっしりしていた。八月、半袖一枚の軽装なので、肩回りや胸の生地が筋肉ではちきれそうになっているのが分かる。それはともかく、顔が……何だかぼんやりしていて、集中力を欠いているように見えた。

「本部の人事二課から来ました。よろしくお願いします」

向井は頭を下げて一言言っただけで、自己紹介を終えてしまった。もう少し、刑事としての経歴などを話してくれてもいいのに。無愛想というか、必要以上のことは喋りたくない、という意思が透けて見えた。他の課員は特別な反応を見せない。何かおかしいと感じているのは自分だけだろうか？

ちょっと話を聞き出してやろう。瞳は、急遽用意したデスクに向井を案内した。

「ここでお願いします。定員一杯のところでもう一台デスクを用意したので、少し狭いかもしれませんが」

実際、向井に割り当てられたデスクは壁に近く、思い切り椅子を引いたら背中がぶつかってしまいそうだった。

「大丈夫ですよ。そんなに体がでかいわけじゃないですから」向井が笑顔で言ったが、すぐには椅子に座ろうとしない。周囲をじっくり見回して、刑事課の様子を頭に叩きこんでいるようだった。ブリーフケース一つで、他に荷物がないのは当然……警察官は基本的に、仕事場に「私物」を持ちこまない。前の仕事で使っていた資料などは、後任者に引き継ぐのが決まりになっているから、新しい職場にも身一つで来るのが普通である。

「向井さん、どこかで刑事の経験はあるんですか」気になっていたことを訊ねる。

「ええ」向井はあっさり認めた。「いろいろやってきましたよ」

「人事二課にはどれぐらい？」

「かれこれ十年……もっといますかね」

「じゃあ、久しぶりの現場復帰ということですか」本当に大丈夫だろうかと思いながら、瞳は訊ねた。

「いや、そういうわけでもないですけど」

「違うんですか？」

「うーん……」向井が困ったような表情を浮かべる。「ちょっと説明するのが難しいですね。でも、そもそも人事二課も現場ですよ。警察の職場は、全て現場です」

「――失礼しました」瞳はさっと頭を下げて、前髪をかき上げた。どうもこの男のことは読めない……課長もあまり知らないようなことを言っていたが、本当だろうか。何か、自分だけが知らない秘密があるのかもしれないと考え、瞳はむっとした。女だから教えてもらえないのか、とつい皮肉に考えてしまう。

　こっちは覚悟を決めてやってるのに。


　瞳は夜明けの電話で叩き起こされた。午前四時半……枕元に置いた時計で時刻を確認し、布団に潜りこんだままスマートフォンに手を伸ばす。田口を無事起訴して、仕事が一段落したので、久しぶりに安心して熟睡していたのに。

「殺しです——いや、まだ未遂ですけど」今夜当直に入っている桐谷からだった。

　その一言で一気に眠りから引きずり出され、瞳は布団を撥《は》ね除《の》けた。

「現場は？」

「豊島《としま》二丁目のマンションです」

　そこなら、家から歩いても行ける。瞳は本格的にベッドから抜け出した。こういうことを予想して、署の近くに引っ越して来てよかった。警視庁の警察官は、管内に住むように義務づけられているわけではない。都内は家賃が高いせいもあり、家族持ちは千葉や茨城に家を構えて通うことも多いのだ。しかし瞳は、気楽な独身ということもあり、思い切って署の近くに引っ越して来た。これは大当たりで、異動して来て半年で、夜中に呼び出されたことが三回あった。夜中に発生した事件の場合、初動捜査は所轄の当直と、二十四時間動いている機動捜査隊が担当することが多いのだが、瞳はどの事件でも真っ先に現場に足を運ぶことができた。このままのペースで仕事を続けていくなら、ずっと独身だな……と思うが、それもいいだろうと最近では開き直っている。二十七歳の時に、三年ほどつき合っていた男と別れて以来、ずっと一人でやってきたのだ。今は、この生活ペースにすっかり慣れている。

「あなた、今現場？」

「ええ」

「状況は？」

「隣の部屋から悲鳴が聞こえたという通報があって、出動しました。玄関ドアは施錠されておらず、中を確認したところ、玄関先の廊下で住人と思われる人が倒れていました」

「生きてるのね？」未遂、という言葉を思い出した。

「病院に搬送された時点では、まだ意識がありました」

「怪我の具合は？」

「胸と腹を複数回刺されています。凶器は見つかっていません」

「犯人は？」

「息子みたいですね」

瞳は深呼吸して気持ちを落ち着けた。動機は家庭内の揉《も》め事——一番よくあるパターンだ。そして犯人が割れているなら、最大の山はもう越えている。あとは被害者が持ち直してくれるといいのだが、そこは警察としてはどうしようもない。病院に任せるだけだ。

「私もすぐ現場に行くわ。今は誰が仕切ってるの？」

「機捜が来てますけど、現場はそこまで広くないですから、仕切るも何もないですよ」

確かに。マンションの一室が現場なら、封鎖も楽だ。問題は犯人の行方――瞳は思わず「検問は？」と訊ねた。

「あ、それは聞いてないです」桐谷がさらっと言った。

「すぐ確認して」

「確認してどうします？」

「やってないようだったら、検問を始めるようにあなたが指示して」

「自分ですか？」桐谷が驚いたような声を上げる。「自分にそんな権利はないですよ」

「私からの指示だと言えばいいから」

「はあ……」どうにもはっきりしない。この場合、誰が命じたかなど、どうでもいいのだ。犯人に網をかけるために、一刻も早く態勢を整えねばならない。

「それと、他に連絡は？」

「すぐに来られる人って、あの人――新しく来た向井さんぐらいじゃないですか」

「そうか、向井さん、近くに住んでるんだ」引っ越して来た、とは聞いていない。たまたま近くに住んでいるだけだろう。「じゃあ、向井さんには連絡して」

「現場に来てもらいますか？」

「そう伝えて。私もすぐに向かうから。それと、病院の方は？」

「被害者の容態を確かめて」

「じゃあ桐谷君は、現場の確認を終えたら病院に行って、被害者の容態を確かめて」

「了解です」軽い口調で言って、桐谷が電話を切った。

瞳は素早く着替え、顔を洗っただけで家を出た。いつも、血色が悪く見えないように薄く化粧をしていくのだが、今朝はそんな暇もない。

ドアに鍵をかけたところでスマートフォンを取り出し、地図を表示する。ここからだと、歩いて十分ほどだろう。しかし道路に出た途端にタクシーが通りかかったので、反射的に手を上げてしまった。これで、五分で現場に着ける――やはり、署の近くに住んでいると何かと便利だ。遠くに家がある連中は、何が起きたかも知らぬまま、まだ安眠を貪《むさぼ》っているだろう。もちろん、朝になれば否応《いやおう》なく捜査に巻きこまれるが、それでは遅いのだ。一刻も早く現場に入るのは、自分の心と体を捜査に「慣らす」ためである。発生間もない、生々しい現場の空気を吸うことで、絶対に犯人を捕まえようという強い意志も芽生える。これは最初の所轄での駆け出し時代に、先輩――女性だった――から叩きこまれたことである。人より早く現場に行っても、一人で事件を解決できるわけじゃないけど、気持ちの入り方が違うから。気持ちの入らない捜査は失敗しがちなのよ。私たちは公務員だけど、ただの公務員じゃない。人の命を預かっているという気持ちを忘れたら駄目よ、と。

もっともだと思う。いつか後輩にも伝えようと思っているのだが、今のところ、誰にも言っていない。頼りない若手の桐谷や美久には、もったいない気がする。

五分で現場に到着。片側二車線の都道沿いにある七階建てのマンションの前に、パトカーが何台も停まっていた。マンションのホール前で警戒している制服警官に声をかける。

「現場は？」

「五階の五〇二号室です」きびきびとした返事。まだ警察学校を出たばかりという感じで、帽子の下の顔は引き攣《つ》るほど緊張していた。もしかしたら、こういうシビアな現場は初めてかもしれない。その緊張感をいつまでも忘れないように——いやいや、そんな説教をしている暇はない。

エレベーターホールに向かう。ちょうど降りて来たエレベーターのドアが開き、慌てた様子で桐谷が飛び出して来た。

「あ」自分で連絡したくせに、瞳がここにいることに驚いているような様子だった。

「検問の指示はしたのね？」

「機捜が手配済みでした」

それが当然か……機動捜査隊には機動捜査隊の、捜査のノウハウがある。発生直後の現場に投入される機動捜査隊の仕事は、いち早く現場を保存し、できれば犯人を逮捕することである。そのために道路の検問、周辺の捜索は必須だ。

「じゃあ、あなたは病院へ回って」

「了解です」桐谷が駆けだして行った。

瞳は現場を確認した。どうやら被害者は、リビングルームで刺された後、這《は》って玄関先までたどり着いたらしい。しかし立ち上がってドアを開けるだけの余力はなかった。そこへ、通報で駆けつけた警察官が到着し、ただちに救急車を要請した、というのが事件のタイムラインだった。

現場は血で汚れていた。特に、被害者が這った廊下では血痕が広い帯になっており、出血量の多さが容易に想像できる。これはまずい状況だ。刺されてから病院へ運びこまれるまでは三十分もかからなかったはずだが、手遅れになるかもしれない。

一通り現場を確認した後で、スマートフォンが鳴った。桐谷。

「悪い知らせといい知らせと、どちらを先に聞きたいですか」

「ふざけないで!」瞳は低い声で叱責した。こんな緊急事態に、この男は何を言っているのだ?

「ええと」桐谷が咳払いした。「被害者は、犯人は自分の息子の栗本智治《くりもとともはる》だと断言しました。昨夜泊まりに来ていて、ずっと話し合いをしていて揉めた、という話です」

「同居はしてないのね?」

「被害者の栗本徹《とおる》さんは、一人暮らしです。七十八歳」

「息子の家は?」

「すぐ近くですね。志茂《しも》五丁目です」

隣の署の管内だ。東京メトロ南北《なんぼく》線の志茂駅と赤羽岩淵《あかばねいわぶち》駅の中間地点ぐらいだろうか。瞳は息子が住むマンションの名前と部屋番号を聞き出して、手帳に書きつけた。

「息子の家族構成は？」

「そこまではまだ分かりません」

「了解――それで、悪い知らせって何？」

「栗本さん、つい先ほど亡くなりました」

悪態をつきそうになって、瞳は何とか言葉を呑みこんだ。ここで文句を言っても、死んだ人が戻って来るわけではない。

「どうします？」

「今、病院の方には誰がいるの？」

「自分と、制服が一人います」

「分かった。そこは制服警官に任せて、すぐに息子の家へ向かって。私も行くから」

瞳は、エレベーターへ向かって駆けだした。ドアが開いたので飛びこもうとした瞬間、出て来た向井とぶつかりそうになる。

「ああ、どうも」向井が頭を下げた。叩き起こされた割に、普段と変わらない様子だった。

「向井さん、来て下さい」すぐに容疑者を確保できる可能性がある。できるだけ人数は多い方がいい。

「来たばかりですけど、いいんですか？」向井が落ち着いた声で訊ねる。

「犯人を捕まえられるかもしれません」

「署から覆面パトカーに乗って来ましたよ」

「助かります」

さすが、ベテランは違う。もっとも、向井が刑事としてどれぐらいの経験を積んでいるかは分からなかったが。

二人は揃ってエレベーターに乗りこんだ。瞳は「親子喧嘩の末、息子が父親を刺したようです。父親は先ほど亡くなりました」と端的に説明した。

「親子で揉めてたんですかね」

「そういうことでしょう。よくある話です」

「同じ事件は二つとないですよ」向井が警句じみた台詞《せりふ》を口にした。

「まあ……そうですね」

経験から出た言葉だろうが、何となく見下されたような気がして、瞳は黙りこんだ。覆面パトカーに先に乗りこんでハンドルを握った向井が、「息子の家、分かりますか」と訊ねる。

「取り敢えず、北本通《きたほんどお》りを北上して下さい。近くに行ったらまた指示します」瞳はテキパキと言った。

「そこまで行くと、隣の署の管内では？」

「そうなりますね」

「隣の管内まで把握しているんですね」

「隣の管内って言っても、同じ区内じゃないですか」

「さすがだ」

露骨で下手な持ち上げだ、と瞳は白けた。東京――特に二十三区内では、一つの区の中に警察署は複数存在している。犯罪は、警察の管轄に関係なく起こるわけで、隣の署の管内で捜査に当たることも珍しくない。せめて同じ区内はよく歩き回って、地理を把握しておくのは当然ではないか。向井はやはり、刑事というより事務職員に近い感覚の持ち主なのかもしれない。

瞳は道順を指示し、向井が無言でそれに従う。運転はスムーズで、普段から車の運転に慣れている感じだった。週末には、家族サービスでドライブに出かけたりするのだろうか？　彼の左手薬指に指輪はなかったが……。

ほどなく息子の家に到着する。やはりマンションで、こちらは父親の住む建物よりも一回り小さい五階建てだった。

向井が、マンション前に覆面パトカーを停める。瞳がドアを開けようとした瞬間、また車を動かしたので、慌ててドアを閉めた。

「どうしたんですか?」

「いや……ちょっと場所が悪かったので」向井がさらりと言って、サイドブレーキを引いた。

何が悪いのかさっぱり分からなかったが、瞳は無視して車から降りた。向井がすぐ後に続く。

「ここへは誰か来ますか」

「一人、呼んでます」

「一人か……」向井が考えこむような口調で言った。

「足りませんか?」不安になって瞳は訊ねた。

「どうでしょうね」向井の口調は頼りなかった。「三人いれば十分だ……とは思いますが」

向井に意見を求めるのはやめよう、と瞳は決めた。年齢を重ねているとはいえ、やはり捜査経験は少ない感じがする。

桐谷が来ない。そう言えば、あの男には足があるのだろうか。署から直接現場へ行ったから、パトカーに同乗して来た可能性が高いのだが……被害者が運ばれた病院は隣の文京区《ぶんきょう》だから、ここまで少し距離がある。

「まず、現場を把握します」歩きながら瞳は言った。

「どうやって入りますか？」

訊ねられて、はたと困った。このマンションはオートロックだ。昼間なら管理人がいるかもしれないが、この時間だと無人だろう。高級マンションだったら一晩中警備員が警戒しているはずだが、このマンションにはそこまで金がかかっている感じがしない。

瞳は迷わず、インタフォンに向かった。智治の部屋は三〇二号室。呼び出し音が鳴るだけで返事はない。

「係長？　今、どこを呼んだんですか？」向井が心配そうに訊ねる。

「犯人の部屋」

「反応なし、ですね」

「居留守かもしれないわ。何とか中へ入る方法を考えないと。他の部屋の人にオートロックを開けてもらうから――」

ふと気配が変わったのに気づいて振り向くと、向井がホールから出て行くところだった。何か見つけたのか？　瞳はインタフォンから離れ、自分もホールから出た。

「向井さん？　何か？」

向井は返事をしない。早足で、マンションの脇の道路に入って行った。

「向井さん！」呼びかけたが、向井は振り向きもしない。もう……一人で暴走してどうするつもり？　瞳は判断に迷った。何か見つけたかもしれない向井を追うか、誰かにオートロックを開けてもらうか。もう一人この場にいれば何とかなるのだが、桐谷が姿を現す気配はない。

その時、遠くから向井の叫び声が聞こえた。

「待て！」

何か見つけた？　瞳は反射的に走りだし、向井を探した。向井はマンションの裏手にいて、一台の車を走って追いかけていた。年齢の割に速い——まさか、あれは智治の車か？　走っても追いつくわけもなく、ほどなく向井は立ち止まった。肩を上下させながら、スマートフォンで何かを確認している。

「向井さん！」

向井が振り向く。スマートフォンを振って見せたが、それが何を意味するか、瞳には分からなかった。

「今の、栗本ですか？」

「分かりませんが、その可能性は高いですね。裏口からこそこそ出て来て、そこに停めてあった車に乗りこんだんです。私が『待て』と言ったら、タイヤが空転するぐらいのスピードで走り去りました」

気づいた智治が、車で逃げ出したのか？　だとしたら、自分のミスだ。どうして最初に、三〇二号室のインタフォンを鳴らしてしまったのだろうと悔いる。何か別の手で、家のドアを開けさせる方法を考えるべきだったのではないだろうか。

「今の車のナンバーを照会します」向井が淡々と言った。

「控えたんですか？」

「撮影しました」向井がもう一度スマートフォンを振った。

向井が、スマートフォンを耳に当てて喋りだした。すぐに通話を終え、瞳に向かってうなずきかける。

「少し時間がかかります。念のため――」

「手配と検問を指示します」向井に先を越されないよう、瞳はすぐに言った。

「そうですね。それがよろしいかと」向井がうなずく。

丁寧な言い方のせいで、何だか馬鹿にされているような気になる。しかしここは、完全に自分のミスだ。そこを責められないだけ、よしとしようか。

「車に戻りましょう」

向井が言った。確かに、ここで突っ立っていてもやれることはない。二人は覆面パトカーに戻って、智治の車を手配するよう指示を出した。それが終わるまで約五分。そこでようやく桐谷がやって来た。

「どうしてこんなに遅れたの！」瞳は車から飛び出して、思わず叱責した。

「いや、遠いんで」瞳の勢いに押されたのか、桐谷は思い切り引いた。

「遠いのは分かってるわ。でも、非常時なんだから、覆面パトカーのサイレンを鳴らせばよかったのよ」

「はあ」

「それぐらい、自分で判断して」

「ええと……息子はどうしました？」

「……逃げたわ」

「ああ、逃げた……そうですか」

のんびりした口調に苛立ったが、ここで怒るわけにはいかない。自分のせいで智治が逃げたのは間違いないのだから。

気づくと、向井も外へ出て、マンションを凝視している。何か気づいたのか？　いや、そんな雰囲気ではない。

ふと目が合う。

向井の視線は冷たい――いや、何も感じられない。怒っているわけでも馬鹿にしているわけでもなく、同情もなし。何を考えているのか、さっぱり分からない。

日中、ずっと栗本智治の行方を追い続けたが、手がかりは皆無だった。車は検問に引っかからず、近くの駅などの防犯カメラに本人の姿も映っていない。まるでどこかへかき消えてしまったようだったが、東京では姿を隠すのはさほど難しくない。とにかく人で溢れているから、紛れる気になれば何とでもなるのだ。

夕方、最初の捜査会議が開かれた。殺人事件だから本来は特捜本部が設置されるのだが、今回は犯人がもう割れているから、一段格下の捜査本部になったようだ。実際、瞳がこれまで経験した特捜本部に比べれば、明らかに人数が少ない。本部の捜査一課から強行犯係が一つ投入されているだけで、近隣の所轄や機動捜査隊からの応援もなかった。

最初に状況の説明が行なわれた。主なネタ元は、次男の孝泰《たかやす》。瞳は智治を追うことに時間を費やしていたので、ここで初めて事件の背景を知ることになった。

栗本家は、元々夫婦と子ども二人の四人家族だったが、二人の子どもはとうに独立していた。殺された栗本本人は、食品会社に長年勤務した普通のサラリーマン。問題は、三か月前に亡くなった妻の八恵子《やえこ》だった。八恵子は専業主婦だったが、家計をやりくりして昔から株を運用し、相当な利益を出していた。夫婦二人の老後のために貯金として蓄えていたのだが、それに頼るようになる前に、心筋梗塞で急逝してしまった。残された遺産は、預金だけで一億円超え。その財産を巡って、残された家族が揉めていたのだという。

揉め事の震源地は、長男の智治だった。智治は四十五歳の時に会社を早期退職し、若い頃からの夢だったカフェを開業した。しかし経営には向いていなかったのか赤字続きで、退職金も全て吐き出してしまい、ここ二年ほどは生活費にも困るぐらいだったという。そこへ母親の急死――八恵子は遺言書などは残しておらず、規定によって夫が二分の一、子ども二人が残り二分の一を均等に分けることになった。しかし智治は「商売が苦しいので何とか遺産の取り分を増やして欲しい」と父親に泣きつき、一方の父親はそれを拒否していた、というのが今回の事件の背景である。父親は、そもそも智治が会社を辞めてカフェを始める時にも猛反対しており、「今さらふざけるな」と、智治の懇願を頭から却下していたという。

金の問題がこじれれば、親子関係がぎすぎすするのは当然で、次男の孝泰は「いつかまずいことになるかもしれない」と危惧《きぐ》していたという。ちなみに孝泰は遺産問題に関しては、法定分だけ受け取れれば問題なし、という態度だった。四十四歳の孝泰は、友人と立ち上げたＩＴ企業のＣＴＯ（最高技術責任者）で、金回りには余裕があったのだ。孝泰は兄について「昔からだらしないところがあった」「父親との仲はよくなかった」と淡々と供述したという。

「よし」宗像が話を締めにかかった。今回の捜査本部には、本部の捜査一課も投入されているものの、基本的には所轄の刑事課が仕切ることになっている。「状況は今説明した通りだ。一刻も早く、智治を逮捕したい。こんな事件でいつまでも犯人を逮捕できなかったら、東北署の名折れだからな」

おう、と声が上がり、最初の捜査会議がお開きになる――瞳は「ちょっと待って下さい」と声を上げて立ち上がった。刑事たちが椅子を動かす音がぴたりと静まる。

「謝罪……させて下さい」こんな屈辱はない。しかし瞳は、智治を取り逃した時から、全員の前で謝罪しようと決めていた。何も説明せずに、陰口でも叩かれたらたまらない。過ちを認め、謝罪することも必要だ。瞳は背筋を伸ばして、会議室の前方――誰もいない場所を睨んで話し始めた。「今回、私が栗本智治の部屋のインタフォンを鳴らしてしまったために、家にいたはずの本人を警戒させてしまい、逃してしまいました。迂闊《うかつ》でした。慎重に追い詰めれば、事件は解決していたと思います。この場で謝罪します」

「まあ――」宗像が困ったような声で言った。「ミスはミスでしょうがない。とにかく犯人は分かっているんだ。明日には指名手配の手筈も整うから、犯人の追跡に全力を尽くそう。以上だ」

瞳は、一気に気が抜けるのを感じた。同時に不安に襲われる。宗像から厳しい叱責を受けることを覚悟していたのだ。それが贖罪になるはず――思惑《おもわく》は外れた。

陰口を叩かれるのは間違いないわね、と瞳は覚悟した。

事件発生当日は、すぐには帰れない。捜査会議が終わった後も、刑事たちは明日の仕事の打ち合わせなどで居残っている。しかし瞳はそういう輪に入れず、手持ち無沙汰になってしまった。署の一階にある自動販売機でお茶を買って刑事課に戻って来た時、言い争う声が聞こえてきて、廊下で足を止める。怒鳴っているのは石田だった。

「課長、甘過ぎますよ！　係長がもうちょっと慎重になっていれば、今頃犯人は確保できていたんです。この失敗は懲罰ものですよ」

「まあまあ」宗像が宥《なだ》めにかかった。「そう言うな。犯人の逮捕は時間の問題なんだから」

「その時間が無駄なんですよ。やっぱりあの人は、管理職には向いていない。現場経験が少な過ぎるんだ」

「かといって、警部補に昇任したら所轄で係長になるのは決まりだからな」

「何も、そんな決まりを律儀に守る必要はないのに。本部で、ベテラン連中に守ってもらってればよかったんですよ」

さすがにカチンときた。守ってもらうって、どういうこと？　女性だから、一人で仕事ができるわけがない、せめて男性のサポートがないと――冗談じゃない。刑事課に踏みこんで文句を言おうとしたが、何故か足が動かない。

「なかなかそういうわけにもいかないんだよ」宗像が言い訳するように言った。

「どういうことですか？」

「警視庁にも、女性登用のプレッシャーがかかってるんだ。一定の割合で女性管理職を作らないといけないんだから」

「分かってますけど、それで現場が混乱したら、本末転倒じゃないですか」

「俺の立場も考えてくれよ」宗像が泣き落としにかかった。「俺はただ、本部の言う通りに受け入れるしかないんだから」

「課長が大変なのは分かりますけど……」

「分かってるんだったら、余計なことは言わないでくれよ」宗像が釘を刺した。「こんな話、益山の耳に入ったら大変だぞ」

「まったく……仕事のことで手一杯なのに、何で俺が上司の立場まで忖度《そんたく》しないといけないんですかね」

「それもベテランの仕事だよ」

軽い笑いが漏れてきた——言い合いは終わったようだ。瞳は慌てて、刑事課の前を離れた。今、この部屋の中は微妙な雰囲気になっているだろう。そこへ足を踏み入れる勇気は、自分にはなかった。

瞳は、署の裏にある駐車場に向かい、そこでお茶を飲んだ。署の一階にある副署長席には、まだ記者たちが押しかけているはずだ。連中に摑まると面倒なことになるし、こんな自分を見られたくない。

萎《しお》れているのは自分でも意識している。

「益山さん」

声をかけられ、はっと顔を上げる。署長の今井令子《いまいれいこ》だった。捜査本部ができたので、午後八時過ぎのこの時間まで居残っていたのだろう。

「署長」瞳はさっと頭を下げた。

「今日はミスがあったみたいね」

「すみません」こんなに早く署長にまで話が上がっているのか、とぞっとした。

「ミスはミスでしょうがないわ。挽回できるように頑張ってくれれば、それでいいから」

「甘くないですか？」瞳は思わず言ってしまった。

「甘い？」令子が首を傾げる。「どういうこと？」

「私が女性だから、甘いんじゃないですか？　男性だったら、もっと厳しく言われていたと思います」

「厳しく言われたいの？」

「そういうわけじゃないですが」

令子が微笑《ほほえ》む。何となく余裕がある感じ……瞳はしばしば、彼女の態度に軽い違和感を抱いていた。令子は、警視庁では現在唯一の女性署長である。元々防犯畑——主に少年事件課や少年育成課でキャリアを積み、東北署の署長になる前は少年育成課の課長を務めていた。来年には定年の予定で、最後の仕上げとして署長になったようだ。地方採用の警察官としては、望むべき最高の地位である署長になったし、子ども二人を育て上げ、二人とも今は警視庁の警察官になっている。夫は交通管制課長——絵に描いたような警察官一家だ。

夫婦二人とも極端に忙しい警察官生活ではなかったはずだが、令子は「全てを手に入れた」感じがする。そもそも、二人の子育てで数年間はロスがあるはずなのに、階級的に警視、そして署長にまで上り詰めたのは奇跡のようなものではないか。あるいは、何らかの忖度があったのかもしれない。

「今、警視庁の人事はいろいろ揺れている時期よね」

「女性登用を進めている件ですか？」

「そう」令子がうなずく。「男女の関係なく仕事をして、出世も異動も平等にする。でもそれは、今の段階では単なるお題目よね。現実にするためには、少しでも女性管理職を増やしていかないといけないから――」

「私がここへ引っ張られたわけですね」女性が署長を務める環境――ある意味「守護者」がいる署へ回された。誰にそう言われたわけでもないが、そういう配慮があったことは分かっている。

「なかなかフォローしてあげられないけど、あなたは優秀だから、心配はしてないわ」

「優秀だったら、そもそもこんなミスはしません」

「何か言われるようなら、私に耳打ちして」

「密告ですか」

つい口調が荒くなる。令子が苦笑した。

「そういう意味じゃないけど、今の状態ではまだ、女性は女性同士、助け合っていかないと」

「そういうことを言わなくちゃいけないっていうことは――警察の中で男女同権は、まだまだ実現しそうにないですね」

「たとえあなたが特別扱いであっても、頑張ってもらわないといけないのよ」令子がにわかに真面目な表情になった。「後輩たちのことも考えて。あなたが踏ん張ってさらに上を目指さないと、後輩たちが続けない」

「私は、誰かのために頑張るようなことは――いえ、すみません。何でもありません」

一礼して、瞳は庁舎の中に戻った。きつい冷房が急に襲ってきて、何か罰を受けているような気分になる。

自分の立場がにわかに危うくなってきたようだ。意気揚々とこの署に異動してきて半年、仕事では結果を出せず、むしろ自分が腫《は》れ物扱いされていることが分かってしまった。ただ普通に仕事をしたいだけなのに……やはり警察はまだ、女性が働きやすい職場ではない。男性だったら絶対に悩まないことまで背負いこまねばならないのだ。

女性であることをこれほど恨んだことはなかった。そしてふいに、自分がここで働く意味を見失ってしまった。


深夜――刑事課に一人残った瞳は、パソコンの画面を睨んでいた。「辞表　書き方」で検索すると、特に決まった書き方などはないことが分かった。辞める時は、事前に勤務先と話し合うのが基本で、辞表はあくまで形式的なもの、というのが普通のようだ。気に食わないことがあって、上司の机に辞表を叩きつけて職場を去る――そういうのは、どうやらドラマの世界のことらしい。

しかし、辞めると言って、グズグズ上司――宗像や令子と相談する気はない。自分の覚悟を決めるためにも、辞表を書いて持ち歩いているのがいい、と瞳は判断した。

プリンターからＡ４サイズの紙を抜いてきて、ボールペンを構える。ネットで拾った「見本」を睨みながら、淡々と書き始める。書くことに抵抗があるのではないかと思ったが、実際にはそんなこともなかった。しかし封筒に紙を入れ、「退職願」と書いてデスクに置いた瞬間、本当に警察を辞めることになるかもしれないと実感が湧いてくる。ここまで苦労してやってきたことが、全て無駄になる？　警察学校の厳しい日々、交番勤務時代にしつこい酔っ払いの相手をしたり、女性警察官だからという理由で馬鹿にされたりしたこと、巡査部長、そして警部補試験の準備で仕事の合間に徹夜で勉強したこと――そうやって頑張ってきたからこそ、自分は人より早く警部補になれた。十年間積み重ねてきたキャリアを全て捨て去り、まったく新しい人生をやり直すことなど、できるのだろうか。十年をドブに捨てるには、相当な覚悟がいる。

いや、これはあくまで覚悟を固めるためのおまじないのようなものだから、と自分に言い聞かせる。いつでも責任を取って辞める覚悟で、必死で仕事に取り組もう――目の前から、突然辞表が消えた。慌てて振り向くと、いつの間にか背後に向井が立っていて、手にした辞表を見ている。

「返して下さい」

瞳は立ち上がり、向井と正面から向き合った。さほど身長は変わらないので、気圧《けお》されることはない。

「こういうのはちょっと……どうですかね」向井が封筒をひらひらと振った。「まさか、辞めるつもりですか」

「懐《ふところ》に忍ばせておくんです。それが覚悟っていうものでしょう」

「どこでそんなことを知ったんですか？　昭和のドラマの世界じゃあるまいし」

「向井さんには、そういう覚悟はないんですか」

「辞めるか辞めないか――決めるのは自分じゃないので」向井がうなずく。「馘《くび》にされない限り、辞めるつもりはないですよ」

「それは覚悟が足りないんじゃないですか」

「覚悟って何ですか？」向井が飄々《ひょうひょう》とした口調で訊ねる。

「覚悟は覚悟です」瞳は、自分がむきになっていることを意識した。しかし、向井にこんなことをされるいわれはない。「何かあった時にはちゃんと責任を取る――管理職としての覚悟って、そういうことでしょう」

「私は四半世紀警察にいますけど、辞表を置いて出て行った人間は、一人もいませんでしたよ。だいたい、いきなり辞表を出しても、受け取ってもらえない。人事二課にいると、そういうことは分かります。だからこういうものを持っていても無駄ですよ」

「私個人の気持ちの問題なんです」

「辞表を書くのは簡単ですよね」向井が馬鹿にしたように言った。「こんなのは、ただの紙切れだ。本当にヘマをしたら、辞表を書く暇もなく、懲戒処分になりますよ。あなたが自ら辞表を書く必要はない」

「私には、それだけの覚悟があるということなんです」瞳は繰り返した。

向井が辞表を持ったまま、自分の椅子に座った。瞳の席とは距離がある……瞳は彼のデスクへ歩み寄った。

「返して下さい」右手を差し出す。しかし向井は、両手でしっかり封筒を摑んでいた。

「今日のミスを悔やんでるんですか」

「当たり前じゃないですか。致命的ですよ」

「それで――要するに、きちんと怒られたかったんですね?」

向井に指摘され、瞳は言葉を失った。あっさり本音を読まれている……。

「皆の前で謝罪して怒られれば、それで禊《みそぎ》になると思ったんじゃないですか? それはなかなかできないことだ。自ら恥をかきに行くようなものですからね。でも、そんなことをする必要はないでしょう」

「私は――」瞳は声を張り上げかけ、すぐに口をつぐんだ。

「何ですか?」向井が訊ねる。

「いえ……」

「女性だから、甘やかされていると思っているんですか?」向井が指摘した。

「女性だからとか、男性だからとか、そういう話が出ること自体がおかしいでしょう」

「確かにそうですね」

向井があっさり同意したので、瞳は気が抜けた。向井が淡々と話し始める。

「私が若い時――平成の前半は、女性警官はまだ少なかった。定期的に採用はしていたけど、早く結婚して辞めるように、周りが無言の圧力をかけたものですよ」

「昭和のやり方ですよね」瞳は鼻を鳴らした。「その頃だって、男女雇用機会均等法が施行《しこう》されてからだいぶ経ってたんじゃないですか？　それなのに、公務員が法律に従わないんだから、話になりません。本来は、モデルになるべきなんです。だから民間でも、いつまで経っても女性が働きにくい」

「係長のご指摘通りですね」向井があっさり認める。「私たちも、特に努力はしてこなかった。女性警察官が大変なのは分かっていたけど、自分が声を上げてもどうにもならないだろうと、何もしていませんでした」

「そんなこと、認めちゃっていいんですか？」

「事実ですから」向井が肩をすくめる。「それに、今さら時間は巻き戻せない。今の時代でも、係長のように女性管理職として活躍しようとする人たちが大変なのは分かっています。でも、私にはどうしようもない」

「無責任な割に、あれこれ言うんですね」瞳は思わず皮肉を吐いた。

「失礼しました」向井が頭を下げる。

何だか奇妙なやりとりだった。ふと、向井はスパイではないかという疑いが芽生える。

「向井さん、私を監視しに来たんですか？」瞳はずばり訊ねた。

「何ですって？」向井が面食らった様子で、目を見開いた。

「人事二課は、警部補以下の人事を担当する部署ですよね？　私が女性管理職としてちゃんとやっているかどうか、近くで監視するために異動して来たんじゃないんですか」

「まさか」向井が笑い飛ばした。「人事二課も、それほど暇じゃありませんよ。警視庁には四万人以上の職員がいるんです。人の動かし方を考えるだけで、目が回りそうだ。鉄道ダイヤを考えるのと同じぐらい、面倒臭い仕事なんですよ」

「それは、私には関係ないです」

「そうですね。係長は今後も、刑事部の王道を歩いて行くでしょう。そうして欲しいと、周りも期待している」

「何が言いたいんですか？」

「女性で出世する人というと、長い間、交通畑か生活安全畑と決まっていた。東北署の署長が典型的なケースでしょう。でもこれからは、様々な部署で女性が男性を指揮するケースも増えてくるはずです。そうならないと、いずれ警察も成り立たなくなる」

「そんなこと、分かってます」

「周囲の期待が大きくて大変なのは分かりますけど――」

「向井さんに、本当に分かってるんですか？」瞳は声を張り上げた。「辞表を鞄《かばん》に入れたまま、毎日の仕事をしないといけないんです。それぐらいの覚悟が必要なんです」

「何度でも言いますけど、こんなものはただの紙切れだ」向井が封筒を振ってみせた。「紙切れに魂が宿るわけじゃない」

「とにかく、返して下さい」瞳もむきになっていた。「私の辞表です」

「見てしまった以上、返すわけにはいきませんね。これは私が預かります」

「意味が分かりません。何の権利があって、そんなことを？」

「そのうち分かりますよ」

意味ありげな笑みを浮かべ、向井が立ち上がった。瞳は、刑事課を出る彼を追う元気さえなくしていた。


「分かった。私が行くわ」瞳は電話を切って立ち上がった。宗像のデスクの前に立ち、「ちょっと出てきます」と告げる。

「何かあったか」宗像が疑わしげな視線を向けてくる。

「永谷さんが泣きついてきました」

「泣きついた？　何かあったのか？」

「一人で聞き込みしていたんですけど、上手《うま》くいっていないようで……軽くパニックになっていて、詳しい事情が分からないんです」

「しょうがねえな」宗像が苦笑した。「これだから……」

途中で言葉を切る。何を言いたかったかは簡単に想像できた。「女は」。宗像は比較的フラットなタイプの上司で、ジェンダーの問題には理解があると思っていたが、昨夜《ゆうべ》の石田との言い合いで、実際には古いタイプだと分かってしまった。彼にとって自分は、上から押しつけられた面倒な存在にすぎない。

「とにかく、ヘルプしてきます」

「さっさと片づけてくれよ。変なことで捜査が止まったらたまらない」

自席に戻ると、電話を終えた向井が話しかけてきた。

「何かトラブルなら、一緒に行きますよ」

「結構です」美久との会話の内容を盗み聞きしていたのだろうか……何だか薄気味悪くなってきた。

「面倒なことになると困るんじゃないですか」

「私が行くから、そんなことにはなりません」

しかし向井はもう行く気になっていて、ブリーフケースを手にした。

「運転手をやりますよ」と言うと、さっさと刑事課を出て行く。

まったく……何でいちいち首を突っこんでくるのだろう。向井は人事二課のスパイではないかという疑いが、また頭をもたげてきた。

美久は、JR十条《じゅうじょう》駅前の交番にいた。中には、他に制服警官が二人、それに襟ぐりが伸びてしまったTシャツ姿の初老の男が一人。初老の男はいかにも苛ついた様子で、瞳たちが入って行くと思い切り睨みつけてきた。

「東北署の益山です」

「だから?」男の視線の厳しさは変わらない。「あんたは何なの」

「永谷の上司です」

「上司って、こんなに若い女の人が？　何かの冗談かい、これ」

男が向井の顔を見た。彼の方が上司ではないかと疑っているようだ。確かに、ここにいる警察官の中では向井が最年長だが……。

「何があったか、お聞かせ願えませんか？」瞳は切り出した。

「話を聴かせて欲しいっていうからさ」

「何か問題がありましたか？　話を聴くのは警察の通常の業務ですよ」

「いきなり人を犯罪者扱いして、それでいいのか？　おたくらは、そういうふうに若い人を教育しているのかね」

瞳は美久に視線を向けた。いったい何をやったの？　美久はうつむき、目を合わせようとしない。

「いえ、とんでもないです」瞳は男に向き直った。「人に話を聞く時は丁寧に――と教えています」

「こっちはただの客だよ。それをいきなり……」

「客というのは？」瞳は嫌な予感を覚えた。

「カフェ。このすぐ近くに『ブラウンカフェ』ってあるだろう」

「ええ」ブラウンカフェは、智治が経営するカフェである。昨日、瞳も訪れて、一応様子を見ていた。

「行ってみたら休みで……今日は定休日でもないし、張り紙もないから、おかしいなと思ってシャッターを叩いていたら、いきなり声をかけられたんだ」

「それで間違いない？」瞳は美久に確認した。

「……はい」美久が消え入りそうな声で答える。

「そこの店主を知らないかって、物凄い剣幕で訊いてきてさ。そんなこと、知らんよ。確かに俺は常連だけど、マスターの名前も知らないんだから」

「そうなんですか？」

「コーヒーを飲みに行ってるだけで、マスターとお喋りがしたいわけじゃないんだ。そう言ったら、交番へ来てくれって……まるきり犯人扱いじゃないか」

「大変失礼しました」瞳は即座に頭を下げた。これはどう考えても、美久の判断ミスだ。智治が経営するカフェの前に知り合いらしい人がいたから、前のめりになって事情聴取しようとしたのだろう。珍しくやる気を見せて、それが裏目に出たに違いない。

「それで俺もカチンときたよ。だから、はっきりさせようと思って、問い詰めたのさ。そうしたらそこのお嬢さん、しどろもどろになっちまって、電話し始めたんだ。要するに、あんたに泣きついたんだろう？　まったく、情けない話だよ」

男はさらに文句を連ねたが、ふいにニヤリと笑った。

「まあ、あんたも苦労するね」

「はい？」

「普通刑事は、二人一組で動いて、ベテランが若い奴に教えるもんだ。ところがそのお嬢さんは一人で聞き込みをしていた。東北署はそんなに人手不足なのかい？」

「あの……失礼ですが、もしかしたら先輩ですか？」

「元捜査一課特殊班、高野守《たかのまもる》」高野と名乗った初老の男が胸を張った。「俺がＯＢでよかったね。普通の人間だったら、もっと大騒ぎになってるよ。そもそも交番へ行くのを拒否してるだろう。まあ、これもちょっとした教育だ」

「そうですか……」もはや何も言えない。

「とにかく、一から教育をやり直しだ。このお嬢さんが刑事に向いてないとは言わないけど、ちょっとやり方を考えた方がいいね」


泣かれるとどうしようもない。「いい加減にして」と怒鳴りたくなったが、瞳は必死に堪《こら》えた。怒鳴られたら、美久は完全に壊れてしまうだろう。それにしても、こんなに弱かったか、と呆れる。

「とにかく、今日は刑事課で電話番。あとは街頭での事情聴取のやり方をよく考えて」

「……分かりました」

まったく、こんなことまで面倒を見ないといけないのだろうか。瞳は溜息をついて自席に戻った。しかしすぐに、向井に声をかけられる。

「ちょっといいですか」

「何ですか」

向井は無言で立ち上がり、さっさと廊下に出てしまった。今度は自分が説教される番か？　部下に？　むっとしたものの、無視しておくわけにもいかず、瞳は彼の背中を追った。

向井は廊下の壁に背中を預け、腕組みして立っていた。

「何か言いたいことでもあるんですか？」つい言葉が刺々《とげとげ》しくなってしまう。

「いつもあんな感じですか？」

「あんな感じって？」

「部下が失敗したら、現場に出てフォローもする」

「今日みたいなトラブルが、そんなに頻繁にあるわけじゃないですよ」瞳は苦笑した。

「しかし係長としては、こういうのも大事な仕事なんですね」向井は調子を変えなかった。

「当たり前じゃないですか」

「彼女は——永谷さんは何歳ですか？」

「二十五歳ですけど、それが何か？」

「ゆとり世代？」

「そんな感じでしょうけど、何か問題でも？」

「扱いにくいんでしょうね」

「そんなことはありません」瞳は即座に否定した。

実際には扱いにくくて仕方ないのだが、異動して来たばかりの人間にそんなことを打ち明けてもしょうがない。もしかしたら向井の狙いは私だけではなく、東北署刑事課全体なのか？

この異動は、人事二課の抜き打ち検査のようなもの？

「向井さん、本当は何が目的なんですか？」

「目的？」向井が首を傾げる。「ちょっと気になったから訊いてみただけですよ」

「忙しいんですから、そういうのは後にして下さい」

「失礼しました」

向井が素直に頭を下げる。それも何だか気に食わない……完全に馬鹿にされているような感じがしてきた。

「係長！」刑事課から美久が飛び出して来た。

「何？」瞳は声を抑えて訊ねたが、美久の顔を見た瞬間、自分も顔が引き攣るのを感じた。美久の顔は真っ青で、唇が震えている。

「栗本が見つかりました！」

「現場は」落ち着け、と自分に言い聞かせながら、瞳は刑事課に入った。逮捕に一歩近づいたのだから、焦《あせ》る必要はない。確実に身柄を押さえればいいだけだ。

「自宅近くです」

「自宅？」

瞳は宗像の席に近づいた。ちょうど電話を切った宗像が、瞳を見てうなずきかける。

「栗本の自宅近くで聞き込みをしていた連中が、偶然目撃したんだ。今、尾行している」

「徒歩ですね？」

「ああ。すぐ出てくれ。ここで確保したい」

「分かりました」瞳はすぐに部屋を出て行こうとしたが、思い直して訊ねた。「銃は必要ですか?」

「……いや」宗像が首を横に振る。「それはいいだろう。相手を刺激しないように、制服組は出さない。取り敢えず現場で状況確認して、逮捕を仕切ってくれ」

「分かりました」

瞳は一抹の不安を抱いたまま走りだした。駐車場に飛び出した瞬間、向井がついて来ているのに気づく。

「私が運転しましょう」

キーを渡すと、向井が覆面パトカーの運転席に滑りこんだ。エンジンをかけた瞬間、美久も後部座席に飛びこんで来る。電話番を言いつけていたのに……宗像に指示されたのだろう。車が走りだした瞬間、瞳はこちらの戦力を知らないことに気づき、刑事課に電話を入れて宗像に確認した。

「現場で尾行しているのは何人ですか?」

「二人だ」

この三人を合わせて五人か……まかれる恐れはないだろうが、微妙に不安ではある。ただし無闇に尾行を増やすと、気づかれてしまう恐れがある。後を追うのは二人に任せ、こちらは近くで待機しながら状況を把握するしかないだろう。

「取り敢えず、どこへ向かいますか」向井が冷静な声で訊ねる。

「栗本の自宅へお願いします」

「栗本はどっち方面から家へアプローチしているんですかね。気づかれないようにしたい」

「確認します」仕切られているようで気に食わなかったが、向井はただの運転手なのだ、と考え直す。瞳は、栗本を尾行している桐谷に電話を入れた。

「はい」桐谷は低い声で答えた。

「今、どこ？」

「志茂駅から、北本通りを赤羽岩淵駅方面へ向かって移動中」桐谷の報告は端的で、落ち着いていた。

「自宅方向ね？」

「ええ。ただし、うろついています」

「うろついている？」

「方向的には自宅へ向かっているんですが、真っ直ぐ歩いてないんですよ」

「尾行に気づいているかもしれないわ。十分気をつけて」

「了解」

瞳は、一度赤羽岩淵駅の近くに出て、栗本と逆方向から自宅へアプローチするよう、向井に指示した。向井が無言で、車のスピードを上げる。栗本に気づかれないよう、サイレンは鳴らさない。

この辺りでは、北本通り以外の道路は細く入り組んでいる。一方通行の路地も多く、運転し慣れていない人間にとっては迷路のようなものだが、向井はまったく迷わず、かなりのスピードで車を走らせた。

一方通行の道路で何度か右左折を繰り返した後、向井は道路端に車を停めた。他の車が通る邪魔になってしまうぐらい細い道路だが、この場合は仕方がない。瞳はすぐに車から飛び出し、栗本のマンションに向かって駆けだした。マンションは平穏な雰囲気……平日の午後で、人の出入りもない。

「どうしますか？」追いついて来た美久が訊ねる。

「散開して。一か所に固まっていると目立つから」

「私、裏に回りましょうか？」

珍しく美久が自分から申し出たので、一瞬考えた。このマンションには裏口があり、昨日、栗本がそこから逃げ出したのを思い出す。今回もそちらから出入りする可能性があるので、美久一人に任せておくのは不安だ。すぐに指示を飛ばす。

「向井さん、一緒に行って裏口を警戒して下さい。くれぐれも目立たないように」

「了解しました」

二人の姿が消えた後、瞳はまた桐谷に連絡を入れた。普通の聞き込みの最中に始まった尾行なので、無線がないのが痛い。この状況では、スマートフォンでは一対一の通話しかできず、全体の動きを把握しにくいのだ。無線なら、一斉に情報を集めて指示を飛ばせるのだが……。

「今、栗本の自宅前に着いたわ」

「栗本は依然として、そちら方向へ向かっています」

「どんな様子?」

「こちらに気づいている気配はないですが……」

「十分気をつけて。家の近くへ来たらまた連絡して」

「了解です」

二分後、向こうから電話がかかってきた。

「まもなく家です」

「私は正面で待機してるわ。裏にも二人」

「取り敢えず尾行を続行します」

「私たちに気づいても、距離を置いて」

「了解です」

短い通話を終えて、瞳は深呼吸した。この状況を、裏で待機している二人にも伝えないと
——向井に電話をかける。

「栗本が家にアプローチしています。十分警戒して下さい」

「正面と裏、どちらへ向かうかは?」

「まだ分かりません」

「状況で動きます」

「分かりました」

今は比較的静かだから、ここで誰かが大声を上げれば、裏口にいる向井にも聞こえるだろう。そうでなくても刑事というのは敏感で、微妙な空気の変化にもすぐに気づくものだ。

ふと、背後で人の気配がした。振り向いて確認しようと思ったが、嫌な予感が走る。栗本が、瞳の背後から近づいて来たのではないか？

瞳はスマートフォンを取り出し画面に視線を落とした。立ち止まって何かを調べているふり……通り過ぎた人間の背中を確認する。顔は見えなかったが、間違いなく栗本だ。どうする？この場で確保するのがベストだが、桐谷たちはまだここへ来ていない。瞳はもちろん、柔道や逮捕術の心得はあるが、一対一の対決になったら危険だ。そしてここで逃したら、絶対に消せない×印がついてしまう。

桐谷と石田が走って来た。桐谷は必死の形相《ぎょうそう》で、遅れを取るまいと全力疾走――しかしそれが裏目に出た。桐谷に気づいたらしい栗本が、いきなりマンションに飛びこむ。瞳は慌てて栗本を追ったが、ホールに入った瞬間、目の前でドアが閉まってしまった。オートロックなので、こうなるとどうしようもない。瞳はロックを解除する鍵穴のついたインタフォンを睨んだが、それで開くわけもない。

栗本が振り返り、一瞬瞳を見た。

「待ちなさい！」

瞳は叫んだ。おそらく栗本の耳には声が届いている。表情には焦りと怒りが見えた。そこへ運悪く、ベージュ色の作業着姿の初老の男が通りかかる。管理人か……栗本が、管理人の腕を取り、背後に回って首に腕を回した。左腕は背後で固められ、首もがっしり絞められているので、管理人は身動きが取れなくなっていた。

「放しなさい！」瞳は叫んだ。

「そこから離れろ！」栗本が叫び返す。分厚いガラスのドアを挟んだ怒鳴り合いでも、栗本が必死になっているのは分かる。

まずい……このまま立て籠《こも》られたら、マンションの住人にも被害が出るかもしれない。栗本は完全に冷静さを失っている。この状況で、無事に逃げられるはずがないことぐらい、分かっているだろう。

「係長！」桐谷が必死に叫ぶ。

「裏に向井さんたちがいるから、呼んで」

「どうするんですか？」

「突入します」

「しかし……」

栗本が素早く動き、どこかから小さな包丁を取り出した。もしかしたらあれは、自分の父親を殺した凶器ではないか？　殺害現場では、凶器は発見されていなかったのだ。

包丁を管理人の喉元に押しつけると、栗本は横ばいで移動し始めた。すぐに、ホールの脇にある管理人室に入ってしまう。二人の姿が消え、瞳の鼓動はさらに速くなった。このまま管理人室に立て籠られたら……栗本が逃げ場を失う一方、こちらも簡単には手出しできなくなる。手詰まりの状態が長く続けば、事態は面倒になるだけだ。

せめてホールに入れれば……マンションだから人の出入りは多いはずなのに、こんな時に限って誰も姿を見せない。

向井と美久がやって来た。これでこちらは、総勢五人。戦力的には十分だが、上手い作戦を思いつかない。

「特殊班に連絡した方がいいな」一番年長の石田がぼそりとつぶやく。

「そんな余裕はないですよ」瞳は反論した。

「専門家に任せないと、何が起きるか分からない」

「突入です」瞳は宣言した。

「いや、それは……」石田の顔が青褪《あおざ》める。

「とにかく、中に入る方法を考えて、すぐに突入します。長引かせたくないわ」

ここでミスを挽回できれば――こんな状態なのに、瞳はつい、自分の点数のことを考えてしまった。昨日のミスは、自分の中では大きな暗い穴になって残ってしまっている。

「私が行きます」瞳は覚悟を決めた。

「どうやって?」石田が疑義を呈する。

「どこかの部屋の番号をプッシュして、オートロックを開けてもらえばいいんですよ」瞳はインタフォンに近づいた。

「ちょっと待った」

突然、向井が声を張り上げる。そちらを向くと、向井が無言で首を横に振った。

「係長、あなたが前面に出てはいけません」

「どうしてですか？　私はここの指揮を任されています」

「先陣を切って行くのは、あなたの仕事じゃない」

「何言ってるんですか？」向井の言葉の意味がさっぱり分からない。

「今はまだ、誰も状況をコントロールできていない。この状態であなたがやるべきなのは、少しでもこちらに有利な状況を生み出すことだ。そのために考えることだ」

どうやって、と言葉にしかけたが、何とか呑みこむ。部下にアドバイスを求めるようでは、リーダー失格だ。

瞳は一度深呼吸した。前面に出るな——その言葉の意味が分からなかったが、とにかく落ち着こう。確かに向井の言う通り、今は状況をコントロールするのが一番大事だ。いきなり逮捕に持っていくのではなく、少しでもこちらに有利な状況を生み出さなくては。

そのために大事なのは、まず現場の状況を把握することだ。

「ここをお願いします。それと桐谷君、宗像課長に報告」

言い残して、瞳はマンションを出た。頼んでもいないのに、向井がついて来る。

「一人で行けますよ」瞳は彼の顔を見もせずに言った。

「指揮官を一人で行かせるわけにはいきません」

「大袈裟《おおげさ》です」

振り返ると、向井は極めて真面目な表情を浮かべていた。本当に私の身の上を案じているのだろうか……だとしたら、それこそ余計なお世話だ。今は、リーダーとしての力量が試されている時で、誰かの助力を得るわけにはいかない。

瞳はマンションの裏へ向かった。昨日栗本が脱出した裏口は、自転車置き場に通じている。鉄製の扉に手をかけてみたが、鍵がないと開かない。しかし、扉自体は高さが二メートルほどしかないので、何とか乗り越えられそうだ。

「向井さん、あそこから中に入れますか?」瞳はドアの上を指差した。

「私の体重ではきつそうですね」

「そうですか?」

「七十八キロありますから」

そんなに、と言おうとして言葉を呑みこんだ。今は、呑気に体格の話をしている場合ではない。

「私なら行けそうですね。下から押し上げてもらえれば」瞳はドア枠に手をかけた。

「それは駄目です」向井が即座に提案を却下した。

「状況が状況ですよ? すぐに着手しないと」

「特殊班を呼ぶ気はないんですね?」向井が念押しするように訊ねた。

「本部から応援をもらうと、時間がかかり過ぎます。人質を取られているから、時間はかけたくありません」

「そういう判断でいいんですね？」向井が念押しした。

「そうです――向井さん、どうしてそんなにややこしい言い方をするんですか？　非常時なんだから、何でも言って下さい」

「リーダーはあなたです」

「それは分かっています」

「あなたが判断すべきだ。我々はそれに従います」

「さっきは、突入を止めたじゃないですか」瞳は抗議のニュアンスをこめて言った。

「当たり前です」向井がさらに真剣な表情になった。「どこの世界に、大将を真っ先に突っこませる部下がいますか」

「大将って……今は、戦国時代じゃないんですけど」

「戦争だろうが捜査だろうが同じです」向井が静かな口調で言った。「あなたの仕事は指示をすることで、自分で突入することじゃない――どうしますか？」

　とにかく作戦を決めて指示を出さないと。

　瞳は一瞬目を閉じた。今まさに、リーダーとしての力量が試されているのは分かっていて、それが大きなプレッシャーになった。失敗が許されないのは間違いない。

「裏から二人、入ります。永谷さんなら、簡単に押し上げられるでしょう。その後、中から解錠」

「はい」向井が短く言ってうなずいた。

「残り三人は、マンションの住人に協力してもらって、正面から中へ。そちらから入った人間が、栗本の説得に当たります。その間、裏から入った人間二人がバックアップ。いざとなったら挟み撃ちします」

「了解です」

向井の返事は素直だった。この作戦で納得しているのだろうか……自分でも正しいかどうか分からなかったが、向井が意見も文句も言わなかったので、一安心する。

「向井さんは、裏口を頼みます」

「分かりました」

「すぐに永谷さんを向かわせます。中に入って下さい」

「連絡はなしにしましょう」向井が提案した。「電話で話していると栗本に気づかれるかもしれない。とにかく、臨機応変で何とかするしかないですね。他に指示は?」

「今のところはありません。それこそ、臨機応変で」同じ台詞で返して、瞳はマンションの正面に向かった。裏へ回るよう美久に指示してから、インタフォンに向かって話しかけようとして、突然向井の忠告を思い出す。リーダーが自分で何でもやってはいけない——桐谷に、住民に協力を求めるように指示した。

桐谷が「一〇一号室」から順番に、インタフォンのボタンを押し始めた。「一〇五」でようやく住人が反応する。桐谷が早口で事情を説明し、カメラに向かってバッジを示すと、オートロックが解除された。

石田と桐谷が先にホールに入り、すぐに管理人室に向かった。瞳も後に続いたが、二人にくっつき過ぎないように十分注意する。実際、向井の言う通りで、少し離れている方が全体の様子を把握できるのだ。

管理人室はホールの左側にあり、窓口から中が覗ける。管理人は椅子に座らされており、背後に栗本が立っていた。管理人の喉元では、包丁が光っている。

「石田さん、栗本を説得して」瞳は指示した。

ベテランの石田も緊張している様子だったが、管理人室に近づくと、窓の前で屈みこんで声を発した。

「栗本、包丁を離せ」

「うるさい！」ガラス越しでも、栗本の必死の声は届いた。「そこを離れろ！」

「要求は何だ！」石田も怒鳴った。

「そこを離れろ！」栗本が繰り返す。

どうしても自分の部屋へ行きたいのだろうか……本格的に逃走するために必要なものを取って来たいとか。栗本は相当追いこまれていると瞳は判断した。このままでは管理人の喉を切り裂き、そのまま立て籠ってしまうかもしれない。目の前に警察官がいる状況だから、絶対に投降はしないだろう。しかしそれでは、栗本にとっても状況は絶対に好転しない。

「とにかく、包丁を捨てろ」石田が続けた。「包丁を捨てて管理人を解放すれば、俺たちは引く」

「信用できるか！」

「このままだと、お前も動けないぞ。これ以上罪を犯すな」

「そこを離れろ！」

「石田さん、一度引いて」

瞳が指示すると、石田が管理室を向いたまま後ずさった。代わって桐谷が前に出て、最前線の監視を交代する。

「まずい状況ですよ」石田が低い声で言って、手の甲で額の汗を拭った。ホールの中は、鳥肌が立つほどどきつく冷房が効いているのだが、瞳は緊張で、自分も額に汗をかいているのを意識した。

「分かってます」

「栗本は、完全に我を失っている。こちらの姿を見せずに、部屋まで行かせるべきでしたね。そこから出て来たところを捕まえればよかった」

それは、迂闊に姿を晒《さら》してしまった桐谷のミスなのだが……この場でそれを指摘する気にはなれなかった。作戦行動の最中には、部下を叱責している暇はない。とにかくこの閉塞状況を打破するのが先決だ。

「どうします？」石田が指示を求める。

選択肢はいくつかあった。このまま説得を続ける、やはり特殊班の応援をもらう——二番目の選択肢を、瞳はすぐに消した。自分たちは既に、この状況に深く足を踏み入れてしまっているし、これから本部に泣きつきたくない。

「もう一度説得して下さい」

「こういうのは専門じゃないんですけどねえ」石田の顔が歪む。

確かに……捜査一課の特殊班は、人質立て籠り事件や誘拐事件などに対応するための、特別な訓練を受けている。立て籠り事件に関しては、犯人を説得するために、心理学の勉強までしているのだ。石田はどちらかというと話し下手かつ乱暴な男で、尾行や張り込みは得意だが、面と向かってのやりとりは苦手なようだ。

しかしこの場は、石田に任せるしかない。交渉役が頻繁に交代すると、相手は不信感を抱くものだ。こういう場合、まずは犯人との会話を成立させ、相手にこちらを信用させるのが肝要である。理性的に、情に訴え、何とか無茶を思いとどまらせる——そのためには、一人の人間が粘り強く話を続けねばならない。

石田が前に進み出て、また話しかけた。

「こんなことをしても、何にもならないぞ」

「俺の人生はもう終わりなんだ！」

「これで終わらせたらつまらないだろう」

「終わりなんだ！」

「少し落ち着こう。そこに椅子はないのか？」

「俺は座らない！」

ことごとく反発。相手に「ノー」と言い続けることで、何とか正気を保とうとしているようだった。自分で前に出て説得したい——瞳は気持ちを抑え続けた。向井の言葉が、ずっと頭の中で回っている。「あなたの仕事は指示をすることで、自分で突入することじゃない」。

「そこをどけ！　マンションの外に出ろ！」

栗本の怒鳴り声にも、石田は引かなかった。

「まあ、落ち着けよ。話をしよう。これからどうすればいいか、相談に乗る」

「信用できるかよ……いいからどけ！　下がらないとこいつを殺すぞ！」

瞳のいる場所からも、栗本が包丁を持つ手にぐっと力を入れたのが見えた。管理人の細い悲鳴が聞こえる。やむを得ない——瞳は一時撤退を指示した。犠牲者が出たら完全に失敗だ。

「石田さん、引いて」瞳は小声で指示した。

「しかし——」石田が振り返り、困惑の表情を浮かべた。額に滲んだ汗は玉になり、今にも肌を滑り落ちそうだった。

「引いて」

瞳は口調を変えずに命じた。石田が、管理人室を睨んだまま後ずさった。視線をそちらに向けたまま、一度立ち止まって訊ねる。

「本当に出るんですか？」

「半分は……オートロックは開いたままにしておく」

「了解」石田がもう一度、栗本に向かって叫ぶ。「我々は外へ出る。早く人質を解放しろ」

返事なし。栗本も完全にパニック状態に陥っている、と瞳は判断した。なす術《すべ》なく、この後どうしていいかもまったく分かっていないのだろう。自分たちの姿が見えなくなったら、何を考えるのか……。

石田と桐山は外へ出た。瞳は残る。自分がオートロックのドアに向かって一歩踏み出せば、いつでも開いて二人は突入できる。瞳はひたすら待った。何かが起きるのを……すぐに、管理人室のドアが開く音がする。出て来た？　瞳は慌《あわ》ててドアを開け、管理人室に向かって駆けだした。

次の瞬間、短い悲鳴と、どさりという重い音が響いたと思った直後に、栗本がホールの方まで吹っ飛ばされて来た。正確には、向井のタックルを受けて押し戻されたのだ。体は完全に宙に浮いており、抵抗もできない。背中からもろに床に落ちると、包丁が手から離れて床を飛んで行った。

「確保！」瞳は叫んで、床で揉み合っている二人に駆け寄った。実際には揉み合っていない──栗本は激痛でのたうち回っているだけだった。向井が素早く腰のベルトから手錠を抜き、栗本の右手にかける。続いて駆けつけた桐谷が、栗本の腕を摑んで、手錠のもう一つの輪を左手にかけた。石田と二人がかりで栗本を立たせ、外へひっ立てて行く。美久も後に続いた。

向井が立ち上がり、ワイシャツの胸の前を両手で払った。

「ナイスタックルでした」瞳は素直に褒《ほ》めた。実際、逮捕現場であんなに強烈なタックルを見たことはない。

「突っ立っている相手にぶつかるだけですからね。大したことはないです」

「でも……」

向井は、体重こそそこそこあるが、体格的には栗本の方が一回り大きい。その体を宙に浮かせ、床に叩きつけるとは。

「まあ、今はああいうタックルは反則なんですけどね」

「反則？」

「ラグビーではね……カチ上げって言うんですけど、相手の体を持ち上げてから地面に落とすようなタックルは、今は反則なんです。私のように体が大きくない人間にとっては、そういうやり方の方が楽だったんですけどね。一度相手に当たって動きを止めたところで、持ち上げて叩き落とす」向井が右手を上から下へ動かす。

「向井さん、ラグビー選手だったんですか？」

「昔の話ですけどね」

向井が左腕をぐるぐる回し、何度か首を傾げた。

「どこか痛めたんですか？」

「硬い床の上ですからね……まあ、大丈夫です。体はまだ頑丈ですから。それより、いい判断でしたね」

「逮捕したのは向井さんですよ」

「裏から回るように指示したのは係長です。結果的に、その判断が奏功《そうこう》したんですよ」向井がうなずき、歩きだした。

「あなたは――」

「何ですか？」

「いえ。何でもありません」

事件は無事解決したのだが、瞳の中では疑問が膨《ふく》らむばかりだった。この人、いったい何者なの？


栗本は最初ふてくされて反抗的な態度を取っていたが、ほどなく全面自供した。動機はやはり、金。遺産の分配を巡って父親との口論が激しくなり、ついに刺し殺してしまったのだという。今日自宅へ戻って来たのは、何も持たずに逃げ出してしまったので、逃走するために必要なものを取りに帰ったのだという。警察が待ち構えていることも予想していたが、どうせ逃げられないのだったら、家に籠る覚悟もあった……。

親を殺した時点で、全て終わっていたのだ、と瞳は虚しくなった。

夕方には取り調べを終え、捜査は一段落した。明日以降、さらに犯行の状況、動機などについて詰めていくことになるが、それは大した手間ではない。

瞳はげっそり疲れていたが、夜になっても何故か帰る気にならず、無人の刑事課に居残っていた。大きなミスはあったが事件は解決。自分の査定はプラスマイナスゼロというところだろうが、やはり納得できなかった。目を閉じて考えると、マイナスの思いが強くなっていく。

今回の事件で、自分の立場が危うくなっていることを意識した。女性の管理職として失格の烙印《らくいん》を押されるのではないだろうか。だから女は駄目なんだと、皆が陰で嘲笑《あざわら》う様子が目に浮かぶ。

「まだいましたか」

声をかけられ、慌てて目を開ける。向井。

「何ですか？　帰ったんじゃないんですか」

「ちょっと話したいと思いましてね」向井が隣の椅子を引いて座った。

「私と？」

「他に誰もいないでしょう」向井が肩をすくめる。逮捕劇でどこかを傷《いた》めたかと思ったが、大丈夫そうだ。もしかしたら、今でも鍛《きた》えているのかもしれない。

「何の……話ですか」

「一つ、気になったことがありまして、聞いていただこうかと」

「何ですか」

「係長は、何でも自分で首を突っこまないと気が済まない性格じゃないですか？」

「そんなことは……」

「永谷さんですか？　彼女がトラブルを起こした時も、すぐに飛び出して行った。今日の逮捕現場でも、自分で率先して突入しようとした」

「リーダーが傷ついてはいけない――それは分かりますよ」彼の説教の先が読めてきた。

「出過ぎたことを言いましたが……」向井が頭を下げる。「しかし、それは事実です。歴史が証明している」

「分かりますけど、警察の仕事の場合はそうもいかないでしょう」

「捜査一課長が、自分で犯人に手錠をかけることはないですよ」

「私は一課長じゃありません」

「今は、ね。二十五年後には一課長になっているかもしれない」

「女性初の捜査一課長ですか?」

「その、『女性』というの、一回外してみませんか?」

「どういうことですか」瞳は目を細めた。向井の真意がまったく読めない。

「あなたは、若くして警部補になった。同期ではトップぐらいでしょう。しかも女性ということで、周りはいろいろ期待をかけるし、心配もする。それでかえってギスギスしてしまうこともあるでしょう」

「向井さんも男性だから……分からないでしょう」

「そうですね。女性のことに関しては、分かりません」向井があっさり認める。「ただ、若い人のことならよく分かりますよ。人事二課で、たくさんの人を見てきましたからね。あなたは、若くして階級が上がった人に共通の問題点を抱えているだけです」

「それは……」

「責任感が強過ぎる故に、プレッシャーも抱えている。たくさんの若い管理職候補が、それでつまずいて、潰《つぶ》れていきましたよ」

「私も潰れるっていうんですか？」

「このままだと、その可能性も否定できない」向井が真顔でうなずいた。

瞳は反論できず、唇をひき結んだ。悔しいが、向井の言う通りである。この半年のプレッシャーは並大抵のものではなく、生まれて初めて胃薬の世話になったほどだった。

「ある程度歳を取ってから管理職になると、上手くいくものです。経験を積んで、人間の扱い方が自然に分かってきますから。若い人とベテラン、能力に差はないと思いますけど、経験だけはどうしようもない。経験の少ない若いうちに管理職になると、どうしても理想を追うようになってしまう。自分も部下も、こうあらねばならないと、頭でっかちになるんですよ。その結果、上手くいかないとすぐに自分で手を出してしまう」

「……その通りですね」認めざるを得なかった。

「究極的には、管理職は一切現場の仕事をしなくていい。全て部下に任せて、何かあった時に責任を取るだけでいいんじゃないですか。いくら何でもそれではと思うなら、作戦の計画立案だけをやっていればいい。本当はそれも、参謀《さんぼう》役に任せるのが理想なんでしょうけどね。あまり比較したくはないですが、軍隊の場合はそうだ。現場で撃ち合うのは兵士、作戦を決めるのは参謀、将軍の役目はゴーサインを出すこと。どんな軍隊でも、そういう指揮命令系統ができています」

「警察は軍隊じゃないですよ」

「軍と警察では目的が違います」向井が穏やかに言ってうなずいた。「でも、組織という点では共通点も多い。まあ、私も組織の専門家じゃありませんから、あくまで一般論――警察に長くいる人間の経験として言っているだけですが」

「そう……ですか」喩《たと》えはともかく、彼の言っていることは理解できる。確かに自分は、何でも自分でやろうとしていた。部下を持つということは、「命令を飛《ひら》ばす」だけではなく、裁量で「自分で動ける」部分が大きくなることだと思っていたのだ。平の刑事の頃は、ただ上の命令に従うだけ。しかし警部補ともなれば、自分の判断で勝手に動いても文句は言われないはずだ……。

「部下を信用することです。まあ、この署では難しいかもしれないけど」向井が苦笑した。「あなたはいずれ、本部に戻る。本部には優秀な刑事がたくさんいます。彼らを上手く手足として使うことこそ、あなたの仕事なんですよ――どうですか、一度『女性』という枠を外して考えてみたら」

「無理です。私には常に、そのプレッシャーがあるんですよ」署長の顔を思い浮かべる。後に続く後輩たちのことまで考えろと言われると、絶対失敗はできないと緊張してしまう。もちろん、ノーミスでさらに上へ行きたいという気持ちに変わりはないが。

「警察は、女性登用に関しては日本で一番遅れている組織かもしれませんね」向井が苦笑した。「でもそれは、あなたのせいではない。それに、あなた一人に女性登用の責任がかかっているわけでもない。あなたには仲間もいるんですよ。だいたい女性の方が試験は得意なんだから、これからは昇任試験を受ける人も増えてくるでしょう。合格した人たちと、横のネットワークを作っていけばいい。情報共有は大事ですから」

「女子会ですか？」

向井が声を上げて笑ったが、すぐに真顔になった。

「呼び方はともかく、そういうネットワークは必要でしょう。そしてあなたが、その中心になればいい。男どもの悪口を言い合ってもいいし、試験対策で勉強してもいい。そもそも、女性の問題を何も分かっていない男性幹部があれこれ言うのは、滑稽なことですよ」

「だから自助努力、ですか」

「まあ、私も女性問題について分かっているわけではないので、これはあくまで想像ですが」

向井が肩をすくめた。「でも、若い管理職の心得については、特に間違ったことは言っていないと思います。部下を信じて任せる。危なっかしいと思っても手は出さない。それができるようになれば、眉間《みけん》の皺《しわ》も消えますよ」

瞳は慌てて、人差し指で眉間に触れた。触っただけでは分かるわけもないが、最近、毎朝鏡を見る度《たび》に表情が険しくなっているようだとは思っていた。

「余計な力が入っていると、人間、顔つきまで変わってしまうんです。加齢で顔立ちが変わるのはしょうがないけど、そんなことで皺が増えたら、ねえ」

瞳は思わず笑ってしまった。この男の正体は未《いま》だに分からないが、何というか、まるでスポーツのコーチのようだ。それも手取り足取り教えるのではなく、相手の欠点だけを端的に指摘し、適切な解決法を自分で考えさせるような。

管理職に向いている人間がいると同時に、コーチ役が合っている人間もいるのかもしれない。向井が刑事としてどれぐらい優秀だったかは知る由《よし》もないが、もしかしたらこういうコーチングの能力を買われて、人事二課にいるのではないだろうか。

だとしたら、警視庁も大したもの……適材適所を実践しているわけだ。

「じゃあ、私はこれで」向井が膝を叩いて立ち上がる。「久しぶりの現場で楽しかったですよ」

「ああ──」瞳も立ち上がった。「明日から、またよろしくお願いします」

「いや、明日からは来ません」向井がさらりと言った。

「え？」

「本部に戻ります」

「異動じゃなかったんですか？」瞳は混乱していた。

「ああ、あれは……」向井が困ったような表情を浮かべた。「そういうことにしないと、説明が面倒臭いでしょう」

「どういうことですか？　意味が分からない」

「まあ、分からなくても業務に支障はないですから。少なくとも、あなたと一緒に仕事をして楽しかった部下がいたことは、覚えておいて下さい。それと、是非偉くなって下さいね。年下の上司がどんどん出世するのを見るのは、楽しいものですから」

何だか、老いた賢者のような台詞だ。特に特徴もないこの中年男が、急に立派なコーチに見えてくる。

「では、お疲れ様でした」向井が踵《きびす》を返す。

「向井さん」

瞳が思わず声をかけると、向井が立ち止まって振り向く。

「そんな、謎かけみたいなことを言って、そのまま行っちゃうんですか？　どういうことか、教えて下さい」

「さあ」向井が首を傾げる。「私はただの巡査部長で、人事二課では命令を受けるだけの立場です。どういうことか知りたいなら、人事二課長に訊いてみたらどうですか。私には分からないことも、教えてくれるかもしれませんよ」

「まさか……人事二課長と直接話なんかできませんよ」

「そこは、図々しくなっていいんじゃないですか」向井が穏やかな笑みを浮かべる。「あなたはもう、幹部への階段を上り始めている。組織の色々なことについて学ぶ必要も権利もありますよ……それでは」

いったい何なの？　瞳は向井の背中を見送るしかなかった。その背中は、何も語っていない。

第二章　取調室

日曜なのに、よくやるなあ。

所貴之《ところたかゆき》は、グラウンドと道路を遮《さえぎ》る緑色の金網の前で立ち止まった。午前十時。寝坊して、ブランチと洒落《しゃれ》こんで家を出て来てすぐに、ラグビーの試合を目撃したのだった。自宅の近くの私立高校にラグビー部があるのは知らなかった……ラグビーはさっぱり分からないが、その迫力につい足を止めて見入ってしまう。

片方のチームのユニフォームが黒、もう一方は赤ベース。黒チームの選手が強烈なタックルを見舞い、赤チームの選手が倒される。すぐに他の選手が殺到し、ボールの奪い合いになった。

そこで長いホイッスルが鳴り、審判らしき中年の男が右手を真っ直ぐ上に上げた。反則だろうか……プレーはすぐに再開せず、審判は両チームの二人の選手――たぶんキャプテンだ――を呼んで、何か注意を与える。二人は真剣な表情で耳を傾けていた。話し終えると、審判は「再開。ハリー」と太い声で指示を飛ばし、腕時計を確認する。

黒いチームの選手がボールを取り、外へ蹴り出す。そこでもう一度ホイッスルが鳴った。

青春っぽいよな、と思う。所は高校生の頃サッカー部だったのだが、同じグラウンドを使うラグビー部とは、場所取り争いで仲が悪かったのを思い出す。

　グラウンドを離れた途端に、気が重くなる。明日から取り調べ再開だ。今まで上手くいっていなかったのが、明日になったら急に好転するとは思えない。本当は今日も、日曜だからといって休んでいる場合ではないのではないか。しかし、たかが傷害事件で、土日を潰してまで取り調べを続けるわけにもいかない。状況は明白、証拠も証言も十分集まっている。後は本人が自供すれば、警察の仕事は終わりなのだ。

　しかし気が重い。自分は、取り調べに向いてないんじゃないか？


「誰ですか？」月曜の朝、所は思わず一歩進み出た。目の前には、東新宿《ひがししんじゅく》署刑事課長の村山《むらやま》。

「本部からの応援だ」

「俺がだらしないからですか」むっとして訊ねてしまう。

「まあまあ……」村山が面倒臭そうな顔で言った。「若い刑事には、コーチ役も必要ということだよ。お前をいきなり取り調べ担当にしたのは、少し乱暴だったかもしれない。普通は、まず記録係で入れて、先輩のやり方を学ばせるものだぜ」

　確かに村山の言う通りだ。取り調べは相手のある仕事で、方法を完全にマニュアル化するのは難しい。最初はベテラン刑事の取り調べに同席させて、やり方を実地研修させるのが普通——所は交番勤務から本署の刑事課に上がって来た時に、そう聞かされていた。しかし今回は、簡単に落とせると思って自ら手を上げていた。

事件は繁華街での喧嘩で、防犯カメラでしっかりその様子が撮影されていたので、犯人はすぐに割れて逮捕された。二十二歳の大学生で社会経験もないから、ほどなく完全自供するだろうと甘く見ていたのだが……実際は、なかなかしたたかな相手だった。これまで逮捕されたこともないのに、何故か堂々として、妙に警察慣れした態度でこちらの追及を上手くかわしている。そういう取り調べが一週間続き、所は完全に行き詰まっていた。たかが二十二歳の大学生に、馬鹿にされているような気分にもなる。

「とにかくお前は、今日は記録担当で座ってろ。ベテランのやり方をじっくり見ておけよ」

今さらそんなことを言うなら、最初からそうしてくれればよかったのに。文句を呑みこんで課長席から離れようとした瞬間、村山が立ち上がった。

「ああ、どうも。お疲れ様」

本部からの援軍か？　振り返ると、がっしりした体格だが、冴えない雰囲気の中年の男が立っていた。どこかで見たことがあるような気がするのだが……分からない。

「どうも」男がひょいと頭を下げる。村山とは顔見知りの様子である。

「悪いな、今回は。わざわざ来てもらって、申し訳ない」

「いえ、とんでもないですよ」男が穏やかに笑った。

「数日だと思うけど、よろしくな」村山が軽く右手を上げて言った。「こいつが、今まで取り調べを担当していた所貴之。所、こっちは本部の向井だ。向井光太郎」

「ああ……どうもです」所はひょいと頭を下げた。

「よろしく。向井です」

「あの……捜査一課ですか？」

「いや」

「だったら――」

向井が回答を拒否するように、首を横に振る。どうやら口数は少なそうなタイプで、話を持ちかけにくい。

四百人の大所帯である警視庁本部の捜査一課は、担当によって係が分かれているが、各係には必ず取り調べのスペシャリストが一人いる。犯人逮捕後は、裏取りの捜査などには参加せず、ひたすら犯人と対決するのが仕事だ。優秀な取り調べ担当の場合、係長が替わっても手放さず、ずっと同じ係で仕事を続けることもあるという。

現在、所の目標はそれだった。歩き回るよりも、とにかく犯人と対決して落とす――きっかけは、警察学校時代に出会った一人の講師だった。捜査一課一筋二十五年、「落としの大東《だいとう》」と呼ばれた名物刑事。小柄で人当たりのいい男だったが、彼が語る犯人との対決エピソード、そして落とすテクニックの話は、迫力たっぷりに所の心を打った。これこそ、まさに刑事の仕事じゃないか。それに自分は人と話をするのが好きだし、本音を引き出す技術にも長《た》けている。

実際には、そんなに簡単にはいかなかったが。

「じゃあ、軽く打ち合わせしようか」向井が気軽な調子で言った。「どこか、話ができる場所はあるかな？」

「うちの署だと……取調室しかありませんね」

向井が苦笑して「まあ、そこでもいいよ」と言った。

「あの、お茶でも淹《い》れましょうか?」相手がどんな感じの人か分からないので、所は下手に出てみた。

「いやいや、用意してあるから」向井がコーヒーカップを掲げて見せた。署のすぐ近くにある、チェーンのコーヒーショップで買って来たのだろう。自分もコーヒーが欲しかったが、時間がもったいないので我慢することにする。

取調室に入ると、向井はコートを脱いで椅子の背にかけた。ブリーフケースから、書類を綴《と》じこんだファイルフォルダを取り出してテーブルに置く。その横にコーヒー。所は彼の向かい、本来容疑者が座るべき場所に腰を下ろした。

「さて」向井が両手をこすり合わせる。「始めようか。この件を指示されてから、ちょっと調べて来たんだけど、確認させてもらっていいかな」

「はい――あ」突然思い出して、所は声を上げた。

「どうかした?」向井が不思議そうな視線を向けてくる。

「あ、いや……昨日、ラグビーやってませんでしたか?」

「ラグビー? ああ」向井が苦笑した。「ラグビーというか、審判ね。試合、観てたのか?」

「近くに住んでて、たまたま見かけたんですよ」

「近くって、こんな繁華街に?」向井が目を見開く。

「いや、駅からちょっと離れると、普通の住宅街もありますよ」

「そうか……黒いユニフォームの方――城南《じようなん》大付属高校で、普段はコーチをやってるんだ。昨日は審判を買って出ただけだよ」

「城南大付属って、強いんですか」

「おいおい」向井が苦笑した。「知らないのか？　花園《はなぞの》の常連だよ。東京では常に三本指に入る強豪校だ」

「すみません、基本、ラグビーのことは分からないんです」

「ワールドカップが盛り上がって、メジャーになったと思ったんだけどね」向井が苦笑する。

「なかなかそうもいかないか」

「向井さん、城南大付属のＯＢなんですか？」

「いや、城南大のＯＢだ。あそこ、付属の中学校と高校にラグビー部があるんだけど、大学のＯＢが順番でコーチをやることになっている。この業界、人手不足でね」

「はあ」

「ラグビーっていうのは、昔からこうだったんだよ。競技人口が少ないから、内輪で助け合わないとやっていけないんだ。それに、ＯＢと現役の結びつきも強い」

「俺はサッカーでした」

「それは羨《うらや》ましい。サッカーの方が、はるかに競技の環境がいいよね。さて、お喋りはこの辺にして、と――なかなか厄介な容疑者なんだって？」

当たり前だが、この話をしなければならないわけか。自分の失敗を告白するようで気が進まなかったが、話さないわけにはいかない。所は、自分が摑んだ容疑者の性格や態度を克明に説明した。話しているうちに奴の顔が浮かんで、怒りがこみ上げてくる。あの野郎、自分とさほど年齢も変わらないのに。

「宮川翔太《みやがわしょうた》、二十二歳ね……おっと、城南大の経済学部じゃないか。大学の後輩が、迷惑をかけたね」向井が嬉しそうに言った。

「そういうの、取り調べで使えますかね」

「どうかな」向井が顎を撫でた。「あまり関係ないんじゃないかな。城南大は大きな大学だし、こっちが先輩だって言っても、ピンと来ないだろう」

「じゃあ……」

「ちょっと調べて来たことがあるから、それを使ってやってみようか。さっさと済ませよう。こういう単純な事件にいつまでもかかわっているのは、馬鹿らしいと思うよ」

傷害事件の容疑者、宮川はひょろりと背の高い優男《やさおとこ》で、暴力をふるいそうなタイプには見えなかった。喧嘩になったら、むしろ宮川の方があっという間に叩きのめされてしまいそうな……しかし話してみると、図々しいというか、人を馬鹿にしているというか、一切本音を明かさない。

「今日から取り調べを担当します。向井です」向井は丁寧に挨拶して始めた。

「何ですか？　今までの人が頼りないから、ベテラン登場ですか」馬鹿にしたように宮川が言った。

「そういうわけじゃないですが、まあ、ゆっくりやりましょう」

宮川が鼻を鳴らす。一週間勾留が続いて疲れは見えるが、まだ戦う気持ちは萎《な》えていないようだった。所はちらちらと後ろを振り向きながら――記録者の席は、取り調べ用のデスクに背を向ける格好で置かれている――二人の様子を観察した。

「今までの取り調べでは、容疑を全面否認しているようだね」

「否認っていうか、覚えてない」

「酔っ払ってた――泥酔して喧嘩になって、相手に怪我を負わせたと聞いてるけど」

「そういう話は何度も出たけど、覚えてないんだからしょうがないでしょう」宮川が繰り返した。

「酔っ払っていても、責任を問われないわけじゃないよ」

「はいはい、そういう説教も散々聞きました。だけど、覚えてないものは話しようがないじゃない」

「大学四年生か……来年就職だね」

「逮捕されてるのに、就職なんかできるわけないでしょう」宮川が鼻を鳴らす。

「三宝物産《さんぽうぶっさん》に内定しているそうだね」

「さあ……それはどうなるかな」宮川の声が揺らいだ。

所は驚いてまた振り向いた。宮川の頬が引き攣り、明らかに焦っている。今まで一度も見たことのない表情だった。

この情報は、所も知っていた。容疑者の近辺を洗っていた刑事たちが探り出し、情報として上げてくれてはいたのだ。しかしこんな話は雑談にすぎないと、まったく持ち出していなかった。しかし向井は、この線を攻めていく。

「いくら売り手市場だと言っても、三宝物産にはそう簡単には入れないだろう。もしかしたら、あの日も就職祝いで呑んでたとか？」

「そんな季節じゃないでしょう。内定が出たのはずっと前だし」

「忘年会を兼ねてとか」

「そういうわけじゃ……」

所はまた前を——壁の方を向いた。宮川の態度は、今までと明らかに変わっている。

「あのね、実は三宝物産の人事担当者と話をしたんだ」

「なんでそんなことを！」宮川が叫ぶ。「俺の内定を邪魔する気か！」

「いや、確認しただけだよ」向井が静かな声で告げる。「起訴されれば、判決が出る前でも内定は取り消さざるを得ない。仮に不起訴になっても、状況によっては同じ——という説明だった。つまり君が、今後三宝物産で働ける可能性は低くなった」

「ああ……」宮川の声から力が抜けた。「分かってるよ」

「ただし、一つだけいい話がある。裁判の結果によっては、将来にわたって絶対NGというわけではないそうだ。例えば執行猶予付の判決が出た場合、猶予期間が終わったところで再チャレンジしてもらう分には、まったく問題がないそうだ。つまり、君には二度目のチャンスがある。三宝物産は建前論を語っているだけかもしれないけど、執行猶予になれば、普通に就職して人生をやり直せる可能性がある。ただしそのためには、今きちんと供述して、事件の全容をはっきりさせなくちゃいけない。その上で反省してもらえれば、我々も情状酌量の余地あり、という意見書をつけられるから、君にとっては大きなプラスになる。どうかな？　いつまでもこうやって反抗的な態度を取り続けることもできるだろうけど、君にとって、決していい結果にはならないよ。この程度の事件で、永遠に刑務所に入るわけじゃないんだから、やり直す時のことをよく考えた方がいい」

「……マウンティング」宮川がぼそりと言った。

「マウンティング？」

「自分の方が就職先がいい、なんて言いだしたんだ。こっちは必死の思いで就活したんですよ！　三宝だって、全然恥ずかしい会社じゃない。なのに……」

「就職先を馬鹿にされて喧嘩になった？」

「はい」

落ちた——所は唖然としてまた振り向いた。宮川はうなだれ、背中を丸めている。向井がこちらを見て、素早くうなずいた。これでＯＫ、後は素直に話すはずだ、と無言で伝えてくる。

何なんだ？　取り調べって、こんなに簡単なのか？

「ああいうやり方でいいんですか」刑事課に戻ると、所は訊ねた。

「うん？」向井が、残ったコーヒーを一気に飲み干す。朝のコーヒーがまだ残っているぐらい短時間の取り調べだったのだ。「何か問題でもあったのかな」

「いや、プライベートな問題を持ち出すのはどうかなと思って。俺は意識的に避けてたんですよ」

「別に、取り引き材料にしたわけじゃない——単なる雑談だよ」

「あの情報、どこで聞いたんですか？　本当に三宝物産と話をしたんですか？」

「そうだよ」向井が平然と言った。「昨日ちょっと会社へ寄って来たんだ。人事担当者が、事件のことは知っていて、話してくれたよ」

「でも、執行猶予が終わっても、改めて三宝物産に就職なんて……向こうは絶対に採らないでしょう」

「採らないだろうね」向井が平然と認めた。「でも会社としては、『前科者だから採らない』とは言わないだろう？　それは明らかに差別だし、そんな発言が漏れでもしたら騒ぎになる。だからチャンスがあるとは言うけれど、それはあくまで建前論だよ。本当に採用試験を受けにきても、成績が悪かった、で落とせばいいんだから。嘘にはならない」

「何か、引っかけたみたいな感じなんですけど」

「人聞きが悪いなあ」向井が声を上げて笑う。「違法でない限り、使えるものは何でも使わないと。相手の気持ちに訴えかけるのも、取り調べの一つの方法なんだよ。それと、他の刑事たちが集めて来た情報を有意義に活かすことも考えないと。外を回っている刑事は、自分の情報がどう活《い》かされるか、分からない。でも取調室にいる人間は、情報をきちんと活用するべきだ」

自分は、この情報を知っていて無視していた。使い方が分からなかったのだ、と唇を噛む。

「まあ、これで宮川は大丈夫だろう。明日から替わろうか？」

「……しばらく見学させて下さい」

むっとしながら所は言った。自分の手柄、というか仕事をさらわれた感じ。

こんなんじゃ、お先真っ暗だ。

所は酒が呑めない。体質だからしょうがないのだが、実は酒場は嫌いではなかった。中には、ノンアルコールドリンクだけを頼んでも普通に対応してくれる店もあり、そういうところへしけこんで、マスターと下らない話をするのを楽しみにしている。酔っ払いたちの、どうでもいい会話に耳を傾けているのも面白い。

今日も所は、そういう店の一軒に来ていた。歌舞伎町《かぶきちょう》の外れにあるこのバーのマスター・河合《かわい》は、高校の同級生なのだ。たまたま入って数年ぶりの再会に驚き、それから時たま足を運ぶようになった。彼に言わせると所は悪い客——金を落とさない客なのだが。

「ほら、今日のスペシャル」河合が、背の高いグラスを出してくれた。炭酸の泡が、グラスの中を盛んに吹き上がっている。

一口飲むと、きつい炭酸と酸味、それにかなりしつこい甘味が感じられた。櫛形《くしがた》に切ったライムがグラスの縁に引っかかっているから、酸味はライムのそれだろうと想像できるが、甘さが分からない。

「何だ、これ？」

「美味《うま》いだろう？」

「美味いけど……」

「中身は秘密だぜ」

「大袈裟だよ」

「甘いのは、ある特殊な材料を使ってるからなんだ」

「安全なんだろうな」心配になって思わず訊ねた。

「当たり前だ」河合がむっとした口調で言った。「だいたいうちは、酒を呑ませる店なんだよ。何で俺がお前のために、わざわざオリジナルジュースを開発しなくちゃいけないんだ」

言われてさすがに申し訳なくなったが、本当に呑めないのだから仕方がない。

「今日は、いつにも増して冴えない顔だな」河合がからかった。

「うるさいな」

「何かあったか？」

「毎日何かあるんだよ、こっちは」所は鼻を鳴らした。「お前みたいに、新しいカクテルの開発だけしてればいい商売とは違うんだ」

「お、言ってくれるね」河合が皮肉っぽい笑みを浮かべる。「どんな商売だって、新しい物を作り出すのは大変だろうが」

「俺らの仕事は、そういうことじゃない」

「まあ、公務員なんだから、文句言わずに頑張ってくれ。俺らの税金で食わせてやってるんだから、しっかり都民に奉仕してくれよ」

「はいはい」

溜息をついて、所はジュースを一口飲んだ。今度は甘さが妙に鬱陶《うっとう》しく感じられる。いったい秘密の材料は何なのだろう。

カウンターに置いたスマートフォンが振動した。画面を見ると、十時過ぎ……しかも署からだ。こんな時間に何だよ、とうんざりする。今日はもう十分過ぎるほどダメージを受けているんだから、これ以上仕事は勘弁してくれ——泣き言が次々に頭に浮かんだが、反射的に電話に出てしまう。カウンターを離れ、すぐに店を出た。廊下の冷たい空気に触れ、震えが来る。

「所です」

「呑んでたか?」刑事課長の村山だった。今夜は当直責任者のはずである。

「だから、俺、酒は呑めませんて」この件は何度も話したはずだ。

「そいつはよかった。だったら素面《しらふ》で現場に行けるな?」

「どこですか」瞬時に文句も不満も吹っ飛び、所は背筋がピンと伸びるのを感じた。

「歌舞伎町だ。東新宿の駅に近いところに、『ブラックパス』というクラブがある。分かるか?」

「ええ」店名に覚えはあるが、正確な場所は分からない。歌舞伎町の飲食店はほとんどがビルに入っているのだ。しかも店は頻繁に生まれたり潰れたり……東新宿署に赴任して来た時に、歌舞伎町の飲食店については一通り頭に叩きこんだのだが、今は正確な場所を思い出せない。

「乱闘騒ぎだ。当直の人間を急行させたが、お前も行けるか?」

「行けます。十分――いや、五分で」

「よし。俺もすぐ向かう。現場では気をつけろよ。被害者が出ているとしたら、かなり厄介だぞ」

「そうなんですか?」

「乱闘って言っただろうが」村山の声は不機嫌だった。「人数が多いと、事実関係の把握だけでも大変だろうが」

「分かりました。とにかく行きます」

所は店に戻って金を払い、コートを持ったまま外へ飛び出した。途端に十二月の寒風が体を叩き、またもや震えが来る。東新宿駅を目指して走りながらコートの袖に腕を通し、さらに走るスピードを上げる。

現場はすぐに分かった。職安通《しょくあんどお》りから少し入ったところに、パトカーが二台停まっている。制服警官は見当たらない……しかしパトカーの前のビルを見上げると、看板に「ブラックパス」という店名が見えた。ビルの前には人が集まっている。店の中での事件なのに野次馬がいるということは、かなり大変な騒ぎだったに違いない。あるいは、店内の乱闘騒ぎを避けて逃げて来た人たちだろうか。後者だ、と所は即座に判断した。十二月の寒空なのに、誰もコートを着ていない。慌てて店から避難して来たのは明らかだった。

所は人混みを抜け、何とかエレベーターにたどり着いた。ボタンを押したものの、なかなか来ない。焦《じ》れて、非常階段で四階まで一気に駆け上がった。

四階に入っている店は、ブラックパス一軒だけだった。店の前には制服警官が一人。顔見知りだったので、向こうが先に気づいて敬礼する。

「状況は？」所は低い声で訊ねた。

「何とか騒ぎは収まりましたけど、怪我人が出ているようです。今、救急車を要請しました」

「怪我人はまだ店の中にいる？」

「はい」

ただの乱闘騒ぎなら、店側が大事《おおごと》にしたくないと思えば事件にならないことが多い。しかし怪我人が出たとなったら、無視しておくわけにはいかないだろう。

所は店内に足を踏み入れた。一見したところ、乱闘騒ぎの形跡はない。基本的には踊る店のようで、座れる場所は右側にある長いカウンター、それにいくつかのボックス席だけだった。特に乱れた様子はない。しかしあちこちに人が固まり、ひそひそと話している。何だか変な感じ……そうか、音楽が止まり、煌々《こうこう》と灯りがついているせいだ、と気づいた。普段は照明を落とし、大音量で音楽をかけているはずである。何だか開店前のような雰囲気だ、と所は思った。見た限り、倒れている人はいない。本当に怪我人が出たのだろうか？　店内の奥に入って行くと、ガラスが割れているドアに気づいた。あそこはたぶん、ＶＩＰルームだ。乱闘騒ぎは、まさにあそこで発生したのかもしれない。

ＶＩＰルームに足を踏み入れる。中は豪華な造り――いかにも高価そうな黒いソファが何脚か置かれ、その一つに男が横たわって、店員がつき添っている。額におしぼりを載せているが、それは赤く染まり、さらに流れ落ちた血がソファと床を汚していた。かなりの出血ではないか……制服警官が一人、ひざまずいて話しかけているが、反応はない。意識を失っているわけではないようだが、会話が成立している様子でもなかった。

「どうだ」所は部屋を警戒している若い制服警官に声をかけた。

「あ、今、救急車を呼んでます」

「了解。話は聴けたか？」

「いえ、意識が混濁してる感じなんですよ」制服警官が小さな声で言った。

所もソファの前でひざまずき、男に話しかけた。

「分かりますか？　警察です」

ううう、という呻《うめ》き声しか聞こえない。所はさらに顔を近づけ、「痛みますか？」と確認した。

「……痛い」

「すぐに救急車が来ます。大丈夫ですからね」

励ましの声が届いているかどうか、返事はなかった。この状態だと、事情聴取は難しい。しかし所は諦《あきら》めなかった。

「誰にやられたか、分かりますか?」

「増岡《ますおか》……」

「増岡、ですね? 何者ですか? 客?」

「俳優……」

マジか、と所は緊張感が一気に高まるのを感じた。俳優の増岡というと、増岡大賀《たいが》ではないか? 十代から活躍し、主演のテレビドラマも何本もある。今、三十歳ぐらいだろうか。

「増岡大賀?」

男がうなずいた直後、がくりと首が折れた。おしぼりが落ち、ざっくり割れた額の傷が露わになる。

「大丈夫か!」慌てて叫び、手首を摑んで脈を取る。一応、安定している……しかし今は、一刻も早く病院に運びこまねばならない。ちょうど、救急隊員がやって来たので被害者を任せ、所は店の従業員から事情聴取を始めた。署から応援が何人も到着し、店内の「仕分け」を始める。店に残っていた客を待機させて事情聴取を始め、被害の全容と発生時の状況を調べなければならない。

一時間ほど経つと、ようやく状況が摑めてきた。げっそり疲れ、額に汗が滲んでいたが、課長の村山も来ているはずだから報告しないと……探し始めたところで、声をかけられる。

「所君」

「あ、向井さん」

何で向井がここにいるのだ？　彼はあくまで傷害事件の「応援」で署に来ただけで、この事件に首を突っこむ理由はないはずだ。

「どうしたんですか？」

「ちょっとこの近くにいてね。噂を聞いたから、ついでに寄ってみた」

近くにいたということは、歌舞伎町で呑んでいたのだろうか。しかし彼からは、酒の臭いはしない。

「おう、所、どうだ？」今度は村山が声をかけてきた。

店内はざわついていて、声を張り上げないと相手に届きそうにない。取り敢えずの避難場所として、所は村山を現場のＶＩＰルームに案内した。どういうつもりか、向井も一緒に入って来る。

ドアのガラスは割れているものの、引っこんだ場所なので、中に入れば多少は静かになる。所は順を追って説明を始めた。

乱闘の発生は、午後九時半頃。ＶＩＰルームの中で喧嘩が始まり、従業員が中に入った時にはもう被害者が倒れていたので一一〇番通報した——制服警官が到着した時には騒ぎは収まり、喧嘩にかかわっていた人間たちは逃げてしまったようだった。

怪我人は一人。先ほど救急車で運ばれた男で、意識不明の重体だ。

「助かりそうか？」村山が訊ねる。

「頭だから何とも言えませんが……かすかに意識はあったんですけど、搬送される直前に意識を失いました。病院には、制服警官が行ってます。状況が分かれば連絡が来るはずです。それより……」

「何だ？」村山の目つきが鋭くなる。

「乱闘騒ぎですけど、傷害事件になりますよね？」

「そりゃそうだ。下手すると傷害致死だぞ」

「意識不明になった被害者が、俳優の増岡大賀に殴られた、と証言しています」

「増岡大賀？」村山はピンと来ていない様子だった。

「この男です」所はスマートフォンを示した。先ほど増岡について検索した時の画像が残っている。

「ああ、こいつな。結構な売れっ子じゃないか？　CMで見た記憶がある」

「そうなんですよ」

「本当にそいつがやったのか？」

「今のところ、被害者の証言だけですが……店に来ていたのは間違いありません」

「VIPルームには二人しかいなかったのか？」

「他に何人かいたようですけど、確認は取れていません。増岡の取り巻きか友だちかもしれませんけど、はっきりしないんです」

「こういう店だからな」村山がうなずく。

「増岡を引っ張ったらどうですか」向井がさらりと進言した。

「いや……いきなりですか？」所は自分の腰が引けているのを意識した。

「被害者がそう言っているんだから、話は聴いてみないと。心配だったら、本人が来店していたかどうか、店側に確認すればいい。ＶＩＰルームに入っていたことが分かれば、状況証拠は揃ったと考えていい——ですね、課長？」

「その通り。所、それを確認してから、増岡の所在を調べろ」

二人の息が妙に合っている。もしかしたら同期、あるいは年齢の近い先輩後輩の関係なのだろうか。

「今夜調べますか？」

「所在が分かれば、な」

増岡が店に来ていたことは確認できたが——常連だったらしい——その日の行動については、店側もはっきりとは把握していなかった。ＶＩＰルームに入ったのは間違いないが、中で何があったかは誰にも分からない。基本、プライバシーを守るためのＶＩＰルームなので、店側も呼ばれない限りは中に入らないという。事件が起きた時、増岡と被害者の他に誰がＶＩＰルームにいたかも分からない。酒を運んだ店員が「四人か五人ぐらい」と証言したが、増岡以外の客の特定はできなかった。

芸能人をどうやって摑まえればいいのか、所にはまったく分からない。結局、増岡への事情聴取は翌朝に持ち越された。

短い睡眠の後で署に出た所は、正攻法でいくしかないと、増岡の所属事務所へ連絡を入れた。芸能事務所の人間と話をするのは初めてだったので不安だったが、向こうは意外に協力的だった。増岡は、今日の夕方からテレビドラマの撮影が入っているが、それまでは空《あ》いている。事情聴取には協力させます——。

あっという間に、増岡本人との対決が決まってしまった。

「お前が責任を持ってやれよ」当直明けにもかかわらず居残っている村山に指示され、所はにわかに緊張感が高まるのを感じた。

「俺ですか?」

「お前、取り調べ担当をやりたいんだろう? だったら、いろいろな人間の相手をすることに、早く慣れておいた方がいい。芸能人を調べるなんて、滅多《めった》にないチャンスじゃないか」

「いや……」

「どうした。芸能人ぐらいでビビってたら、政治家なんか調べられないだろうが」

「政治家の取り調べは、東京地検特捜部の仕事じゃないですか」

「政治家が人を殺せば、警視庁の出番なんだよ」

何という極論を……しかし増岡は今のところ、容疑者の第一候補なのだ。何しろ被害者がその名前を挙げている。ただし被害者は意識不明のままで、その後の事情聴取ができていないのが痛い。朦朧《もうろう》とする中で、たまたま増岡の名前を挙げてしまった可能性もなくはないのだから。

増岡は昼過ぎに署に出頭する、と事務所から改めて連絡があった。所は早めに昼食を終え、事情聴取に備えた。署の食堂では、向井がつき合ってくれた。昨日からの流れということか、今日は彼が記録係で取調室に入ることになっている。

「弁護士、同席するんじゃないですかね」

「どうかな」向井が首を捻る。

「単なる事情聴取なら、弁護士が一緒でもおかしくないですよね」

逮捕されたら、取り調べ中に弁護士の同席は許されない——これは決まりだから当然なのだが、各国から日本の司法は時代遅れだと批判される所以《ゆえん》にもなっている。

「それは分からないけど、まあ、軽く攻めてみればいいんじゃないかな」

「軽く、ですか」

「こっちの材料は一つだけ——被害者の証言だけだし、それも信頼できるかどうかは分からないんだから。無理はしない方がいい」

「惚《とぼ》けられたら、強引には追及できないですね……困ったな」

「やる前からあれこれ考えても、しょうがないだろう」向井が苦笑した。「証拠が少ないなら、とにかく会って話をすることだよ。話してみないと、何も分からないんだから」

「はあ」そんな無手勝流《むてかつりゅう》で大丈夫なのだろうか。自分に、絶対的に経験が少ないことは自覚している。人と話すのは好きだし、相手の本音を引き出すのも得意だと思っていたが、そんなことは警察の仕事の中では「特技」とは言えないようだ。

「ま、何でも経験だから」さらりと言って、向井が蕎麦《そば》の器を載せたトレイを持って立ち上がった。昼飯、終了。ろくにアドバイスも貰えなかったが、本当に大丈夫だろうかと所は不安になった。

芸能人のオーラというのは確かにある、と所は実感した。制服警官の案内で取調室に入って来た増岡の姿、立ち居振る舞いに、一言も話さないうちから圧倒されてしまったのだ。コートを脱いでラフに腕にかけているだけなのに、様になっている。マネージャーは終わるまで一階で待機なので、一対一の勝負だ。

「どうぞ、そちらへ」所は、普段容疑者が座る席を勧めた。

「なるほど……本当にこっち側に座るんですね」増岡が感心したように言った。

「どういうことですか？」

「昔刑事ドラマに出た時に、教わったんです。容疑者が逃げ出せないように、取り調べ担当の刑事さんはドアを背にして座る、と」

「ああ……そうですね」

「逃げられそうになったこと、ありますか？」

「それはないですね」

「こういう時、やっぱり緊張するものですか？」

「いや、そんなことはないです」このままだと関係ないことで質問攻めにされそうなので、所は適当に返事をした。

しかし、やっぱりイケメンだよな……敵を知るのが大事と、所は増岡に関する情報を事前にできるだけ集めていた。十六歳の時に、男性ファッション誌が主催するコンテストで優勝して、芸能界入り。雑誌モデルなどの仕事をこなしながら、十八歳で戦隊モノのテレビドラマに出演して以降は、ひきも切らずに俳優としての仕事が続き、民放の連ドラでも何回も主役を務めてきた。しかしそのプライベートは、あまり知られていない。今時の芸能人には珍しく、ブログもSNSもやっていないのだ。もしかしたら私生活を明かさないことで、神秘性を保とうとしているのかもしれない。芸能マスコミに追われることもほとんどなく、熱愛の噂もない三十歳、独身。芸能人と言えばとかく様々な噂をたてられるものだが、ネット上でもほとんど噂は拾えなかった。街での目撃情報などもなし。ここまで上手く私生活を隠せるものだろうか、と所は訝《いぶか》った。

身長百八十センチ、体重七十キロ。痩せているというより、徹底したトレーニングで余計な脂肪を削《そ》ぎ落とした感じだった。黒いシャツに黒い細身のパンツというスタイルは、ともすればダサくなってしまうのだが、スタイルがいいせいかぴしりと決まっている。手の甲だけが隠せる洒落たグレーの手袋をはめているのも、寒さ対策というより彼流のお洒落なのだろう。

「昨日の夜の行動を教えて下さい」所は早速切り出した。

「ブラックパスの一件ですよね？」増岡が自ら切り出した。

「そうです。昨夜、店に行かれましたか？」

「ええ」増岡があっさり認めた。

「VIPルームに入りましたか?」

「入りましたよ」またも簡単に言ってうなずく。「いつもあそこで呑んでます」

「時間は覚えてますか?」

「どうだったかな……」増岡が左腕を突き出し、腕時計を見た。細い手首には少し大き過ぎるように見える、フランクミューラー。「いちいち時間は見ていませんから」

「昨日はオフだったんですか?」

「いや、午後八時ぐらいまでドラマの撮影があって、それから行ったから……八時半か九時ぐらいかな」

「常連なんですか?」

「よく行きますよ」あっさり認めた。

「一人で?」

「一人の時もあるし、友だちと行く時もあります。店で知り合いと一緒になることもありますね」

「昨日は一人でしたか」

「ええ」

「VIPルームで、誰か知り合いと一緒になりましたか?」

「顔見知りはいましたよ」

事態は一気に核心に近づきつつある。所は背筋を伸ばし、一気に攻めこんだ。

「近藤一太《こんどういちた》という人をご存じですか？」

「近藤さん？　いえ」

「昨日、ＶＩＰルームの乱闘騒ぎで重傷を負った人です」

「いや、ちょっと分からないですね」増岡が首を捻る。「知らない人と一緒になることも多いので」

「その人が、あなたに殴られた、と言っているんです」

「まさか」増岡が目を見開く。「乱闘騒ぎがあったことも知らなかったんですよ。僕が店を出てからの話じゃないかな」

「しかしあなたは、勘定を済ませていませんよね」

「誰かが払ったんでしょう」増岡がさらりと言った。

「先ほどもおっしゃってましたけど、ＶＩＰルームに知り合いがいたんですね？」

「ええ」増岡がまたあっさり認める。

「誰ですか？」

「いや、名前は……ちょっと分からないな」増岡は本当に困った様子だった。

「知り合いなのに分からないんですか？」

「僕は『ともちゃん』と呼んでましたけど、本名は知らないんですよ。よく会うから、常連だとは思うけど」

「それだけの関係の人が、あなたの勘定まで払うんですか？」

「そういうこともありますよ」増岡がさらりと言った。「逆にこっちが払うこともあるし……あいう店では、割り勘なんかしないですからね。お互い様ということで」

「ちょっと……にわかには信じられないですね」ブラックパスも、安くはない店だ。ＶＩＰルームで何人かで遊んだら、かなりの額になるはずだ。芸能人やその取り巻きにとっては、大したことのない金額なのだろうか。

「実際、そうですから。店の人に訊いてもらえば分かります」

分からない。あの乱闘騒ぎのせいで、ブラックパスは当時店にいた客から金を取るのを諦めたのだ。迷惑をかけたお詫び、という意味もあるのだろう。増岡も含め、ＶＩＰルームにいた誰かが金を払った形跡もない。増岡がいう「ともちゃん」を店側が把握しているかどうか、後で確認する必要がある。

「乱闘騒ぎが始まる前に店を出たわけですね？　それからどこへ行ったんですか」

「それは……」にわかに増岡の顔が曇った。「ちょっと言えないですね」

「どういうことですか」

「表に出せない相手もいるでしょう」

「……女性ですか」

増岡が黙りこむ。表情は変わらなかった。

「女性なんですか？」所は再度確認した。増岡は依然として何も言わない。「いろいろ難しいことは分かりますけど、ここでちゃんと話してもらわないと、あなたのアリバイが証明できません」

「まさか、僕が犯人だと思っているんですか」

「被害者があなたの名前を挙げているんです」

「そんなこと言われても……」増岡が唇を尖らせた。「その時にはＶＩＰルームにいなかったんだから、何とも言えませんよ」

「やってないんですね？」

「もちろんです」

「だったら、アリバイを調べさせて下さい。誰と会っていたか教えていただければ、すぐに調べがつきます」もちろん、相手が口裏を合わせていなければ、の話だが。

「言えません」増岡は強硬だった。

「言えない相手ということですか」

「まあ……あまり褒められたことではないので。どこで情報が漏れるか、分かりませんしね」

「不倫ですか？」所はずばり切りこんだ。

「そんなこと、言えるわけないでしょう」増岡の表情が、初めて険しくなった。

「ここから秘密が漏れることはありませんよ」所は保証した。

「信用します、と言いたいところですけど、信用できません。僕は、刑事ドラマにも何本か出ていて、アドバイザーの人と話す機会もありましたけど……警察は、マスコミとはずぶずぶの関係ですよね」

「そんなことはありませんよ」

「現場の刑事が口を閉ざしていても、上の方から漏れてしまう――そういうこと、よくあるそうじゃないですか」

警察物のドラマなどを作る時、リアリティを出すために警察OBがアドバイザーとして現場に入ることはよくある。そういう連中が、余計なことを吹きこんだわけか……。

所はさらに粘ったが、増岡はまったく引かなかった。結局彼は、店に行ったこと、VIPルームに入ったことは認めたものの、騒ぎが始まる前にはそこを後にしたという主張を崩さない。店を出た後に会ったという相手に関しては、一切明かそうとしなかった。

時間切れ。撮影は夕方からだが、その前に現場入りする必要があるというので、時間は午後三時までしか取れなかった。

「終わります」

「どうも」まったく疲れた様子も見せずに増岡が立ち上がり、一礼する。椅子の背に引っかけておいたコートを取り上げ、そのままドアに向かう。所はドアを開けてやり、彼の背中を見送った。制服警官が迎えに来て、増岡を一階まで送って行った。マスコミに分からないように、裏口から上手く出す手筈になっている。

所はドアを開けたまま、先ほどまで自分が座っていた椅子にへたりこんだ。取調室は寒いぐらいだと感じていたのだが、いつの間にか額に汗が滲んでいる。

「何か……すみません」所はつい、向井に謝ってしまった。

「何が」向井が涼しい口調で言った。

「昨夜あの男がどこにいたか分かれば、もう少し進められたと思います」

「嘘かもしれないね」

「え？」

「名前を明かせない相手と会っていた――名前が分からなければ、何も証明できない。不倫相手だと匂わせておけば、こちらは攻めにくいと計算しているかもしれない。なかなかしたたかだ」

「彼が犯人だと思いますか？」

「どうしましょう」

「さあ」向井が肩をすくめる。「この段階では、断定はしたくないな」

「取り敢えず、通常の捜査を続けるしかないだろうね」

「次に呼ぶチャンスは……」

「それは君次第だ」

プレッシャーがぐんと肩にのしかかってくる。やはり自分には、取り調べ担当など無理ではないのか。

被害者の近藤一太は、その日の夕方、一時的に意識を取り戻した。病院に詰めていた刑事が確認し、もう一度「増岡に殴られた」という証言は得たのだが、その後また意識を失ってしまい、それ以上の事情聴取はできなかった。病院側の説明では、当初予想していたよりも重傷で、脳に障害が残る可能性もあるという。一命は取り止めそうだが、今後きちんと話ができる保証もない、ということだった。

それを聞いて、所は暗澹《あんたん》たる気持ちになった。今のところ、増岡の犯行を示唆《しさ》するのは、被害者の証言のみである。これ以上証言を引き出せなかったら、捜査は完全に停滞してしまう……。

悪いことに、増岡の懸念が的中した。翌日、SNSで「俳優・M」の名前が取り沙汰され始めたのだ。信頼性の薄い内容ではあったが、クラブでの乱闘騒ぎを伝え、「M」に容疑がかかっていると報道している。増岡だと特定できるまでの内容ではなかったが、増岡がこれに気づけば、今後さらに頑《かたく》なな態度になるのは間違いない。

「まずいですね……」スマートフォンを睨みながら所はつぶやいた。「誰が漏らしたんですかね。やっぱり上の方ですか?」

「そうとは限らない」向井がさらりと言った。「今は誰でもスマートフォンで写真や動画を撮影できるし、SNSで気軽に情報を上げてしまうのも普通だ」

「この記事は、SNSが発信源になっている感じではないですけどね。やっぱり誰か、上の方が喋ったんじゃないですか? それこそ本部の捜査一課長とか」捜査一課長は、日常的に記者たちと接触している。こっちは必死に秘密を守っているのに——と考えるとむっとしてしまう。

「誰かを疑ってもしょうがない」向井が言った。「余計な情報が流れないうちに真相を突き止めるのが、我々の仕事だよ」

「分かってますけどね……」

「おい、所」

村山が呼びつけた。課長席の前に行くと、すぐに厳しい言葉をかけられる。

「どうする？　今日も奴を呼ぶか？」

「いや……今のところ、呼ぶだけの材料がありません」

「昨日は追及が弱かったんじゃないか？」

「それは……」

「不倫相手だろうが何だろうが、そんなことは警察には関係ないんだよ。逮捕でもされたら芸能人として終わる——そうならないために、必死で嘘をついていたかもしれないぞ」

「それは否定できませんが……」

「もう一度叩けば、向こうにもこっちの本気度が分かるだろう」

「今の状態では無理ですよ」

「いいから呼べ」村山が冷たく言い放った。「スケジュールが入っていても無視しろ。警察は本気だと思い知らせてやれ」

無茶苦茶な……昨日の話の繰り返しになるだけだ。しかし課長命令とあらば仕方がない。所は溜息をつきたくなるのを我慢して、自席に戻って受話器を取り上げた。

どうしても外せない撮影が続いているということで、増岡に対する二度目の事情聴取は、午後四時からになった。それまでに何か新しい情報が入ってくればと期待したが何もなく、所は実質的に徒手空拳《としゅくうけん》のまま対決に臨まねばならなかった。増岡が言っていた「ともちゃん」に関する情報もなし。ほのめかしていた愛人の存在も浮かび上がってこない。せっかく向井がいるのだから、何かアドバイスしてくれればいいのに……彼は記録係に入ることは同意したものの「自分で考えてやってみろ」と突き放すだけだった。

現段階で使える新しい情報は、近藤の二度目の供述のみ。これだけで増岡が認めるとは思えなかった。村山がけしかけたように、少し脅して揺さぶりをかけてみるか……取り調べで「脅し」は絶対にやってはいけないことだが、脅しと忠告の境界は曖昧《あいまい》だ。向こうが怒ったら、さっさと謝ればいい。ネットニュースについては触れないことにした。向こうが言い出せば別だが、こちらから話題にして怒らせることはないだろう。

今日の増岡は、ざっくりとした白いセーター姿だった。部屋着のような格好とも言えるが、着こなしが全然違う。この姿のまま、ファッション誌のグラビア撮影に挑んでもおかしくないぐらいだった。

増岡は、昨日に比べて少しだけ表情が険しかった。撮影の合間に二日続きで呼ばれたら、礼儀正しくしてはいられないだろう。しかし、言葉遣いはあくまで丁寧だった。

「何か問題でもありましたか?」

「被害者に、二度目の事情聴取をしました。やはりあなたの名前を出しています。どうですか？　間違いなく、乱闘騒ぎが起きる前に店を離れたんですか？」

「そうですよ」さらりと言って、増岡が耳を掻いた。

「まったく見ていない、と」

「見てはいません」

見て「は」？　微妙な言い方が気になり、所は突っこんだ。

「乱闘騒ぎが起きたことは知らなかったんですか？」

「そうですね……あの、気取ってるわけじゃないけど、こういう商売をしていると、変なところで鋭くなるんです」

「どういうことですか」

「僕は酒は好きだけど、基本は家呑みなんですよ。でも、たまには人のいる場所へ行きたくなる。ただしそういうところでは、とにかく神経を尖らせるんです」

「そうなんですか？」

「変なことに巻きこまれたら困るでしょう？」増岡がやけに爽《さわ》やかな笑みを浮かべた。「酒が入っていると、トラブルが起きる可能性も高くなるじゃないですか。そういう空気を察知するのが得意なんです。口喧嘩が本当の喧嘩になりそうな瞬間とか、あるでしょう？　そういうのが敏感に分かるんですよ」

「分かったらどうするんですか？」

「さっさと逃げます。後で聞いたら本当に喧嘩が始まってたことが、何度もありました」

「今回もそうだったと言うんですか」

「実はそうなんです」増岡がうなずいた。「あの部屋には、僕が知らない人間が何人かいたんですけど、呑み始めて少ししてから妙な雰囲気になってきて、ヤバいなと思って出て来たんですよ」

「昨日は、そんなことは言ってなかったですね」

「話の流れです」増岡がさらりと言った。「とにかく、あの場にいなかったんですから、喧嘩に関係してるわけがないでしょう」

「ともちゃんという人と一緒だった、という話でしたね」

「ええ」

「店に確認しましたが、そういう名前――そんなふうに呼ばれている人は知らないと言っています」

「さあ」増岡が肩をすくめる。「僕はそう呼んでいただけで、本名は知りません。確認が取れないというなら、仕方ありませんが」

増岡がわざとらしく腕時計を見た。昨日は特徴的なデザインのフランク ミューラーだったが、今日はウブロ――これもごついベゼルのデザインから分かる――だった。芸能人は金持ちなのだと、こんなところからも実感する。

所は、いきなり話が失速してしまったことを意識した。そこで、あらかじめ決めていた通り、脅しに出る。

「被害者の方は、一時的に意識を回復したんですが、まだ危ない状態が続いています」

「それは大変ですね」増岡が眉間に皺を寄せた。

「また意識を失ってしまって、一命を取り留めても脳に障害が残る可能性が高いということでした。今後、まともな生活を送れるようになるかどうかは分かりません」

「呑んでるだけでそんな事件に巻きこまれるなんて、怖いですね」増岡はあくまで他人ごと、という感じだった。

「こういう時は、早めに話してもらった方が、印象がよくなるんですよ」

「警察の印象ですか？」

「いえ、被害者の印象です。障害が残り、今後の生活にも大きな影響が出るようなら、家族は損害賠償請求を考えるでしょう。その際に、犯人の態度は極めて重要なポイントになります。早く認めてきちんと謝罪するか、あくまで自分がやったのではないと惚けるか——それによって、損害賠償請求の額自体が変わってくることもあるんです」

「それは、犯人に言っていただかないと」呆れたように言って、増岡が肩をすくめた。「僕に言われても困ります。僕は何もやっていない——何も知らないんですから」

「話をするなら、早いうちがいいですよ」

「そう言われても」

話は平行線をたどるばかりだった。再度アリバイの話を持ち出してみたが、そちらにも答えない。結局、一時間ほどで増岡を解放せざるを得なかった。

げっそり疲れて、所は取調室の椅子の上で、だらしなく姿勢を崩した。

「お疲れ」向井がさらりとした口調で言った。

「……どうも」

「なかなかしぶとい相手だね」

「向井さん、どう思います？　本当に奴がやったんでしょうか」

「今のところ、攻めようがないね。ただし、依然として第一容疑者であることに違いはない。何しろ被害者が証言しているんだから」

これまでの調べで、被害者の近藤は、増岡と顔見知りであることが分かっていた。友人ではないが、あの店で何度か増岡と一緒だったことがあるのも間違いない。本人の素姓も少しだけ怪しい。三十五歳、複数の飲食店を経営する青年実業家なのだが、過去に覚醒剤所持容疑で逮捕されたことがあるのだ。ただしかなり前——二十一歳の時であり、その後は警察との関わりはない。今はきちんと仕事をしていると言っていいだろう。三十五歳で複数の店のオーナーというのも何となく胡散臭《うさんくさ》い感じがするが、金は集まるところには集まるものだ。最初に出した店で上手く成功すれば、その後は銀行からも金を借りやすくなるだろうし。

「手詰まりです」所は正直に認めた。

「そうか」

「ちょっとこれは……今後も増岡を調べることはありますよね」

「状況によっては、当然そうなるだろうね」向井がさらりと言って認める。

所は取調室を出て、刑事課に戻った。嫌な仕事だが、今日の取り調べの状況は、課長に報告しなければいけない。ぼそぼそと話し終えると、村山が「分かった」と短く言った。

「しかしお前、今後増岡を呼ぶことがあれば、ちゃんと担当しろよ」

「俺ですか？」所は思わず自分の鼻を指さした。

「当たり前だ。お前が最初に手をつけたんだから、最後まで面倒を見るんだよ。取り調べっていうのはそういうものだ」

「正直、増岡とは合わないんですけど……」

「合う合わないの問題じゃない。容疑者と刑事は、まず信頼関係を築くのが大事なんだ。そのためにも、一人の人間が最初から最後までやるのが基本だ」

宮川の時は、途中で向井の応援をもらったじゃないか——反論しようとしたが、反射的に言葉を呑みこむ。自分がだらしないと認めるも同然だ。

「とにかく、今後も増岡を呼ぶ時は、お前が取り調べ担当だからな。相手が芸能人だからって、何も特別なことをする必要はないんだから。気持ちの持ちよう一つだぞ」

「降ろしてもらえませんか？」つい弱気が口をついて出てしまった。

「馬鹿言うな」村山が面倒臭そうに顔の前で手を振った。「こんなことでいちいち弱音を吐いてたら、やっていけないぞ？　だいたいお前、本部で取り調べ担当をやりたいんだろう？　その希望に合わせてやらせてるんだから、まずここで踏ん張ってみろ。しっかりしないと、俺らも本部に推薦なんかできないからな」

「……分かりました」

　自席に戻る気にもなれず、所は駐車場に出た。交番から本署に上がって刑事になる時に禁煙したのだが、今朝、つい煙草を買ってしまった。駐車場の一角にある喫煙スペースで、寒さに震えながら煙草に火を点ける。久々の煙にしばしむせてしまったが、すぐに落ち着いて、ゆっくりと煙草をふかし続けた。

「何だか、不良中学生みたいだぞ」

　声をかけられ、びくりとして振り返る。向井が薄い笑みを浮かべて立っていた。

「脅かさないで下さいよ」

「ストレスが溜まると、煙草も欲しくなるね」

「やめてたんですけどね」所はまだ長い煙草を、吸い殻入れに放りこんだ。ペンキ缶に水を入れたもので、茶色い水の中で吸い殻が何本も泳いでいる。

「本部の捜査一課で、取り調べ担当を希望してるんだね」

「ええ……でも、向いてないみたいです」

「自信、なくしたか」

「相手が芸能人だって意識してるわけじゃないんですけど……正直、調子が出ません」

「分かるよ」向井がうなずく。「いつもテレビで観ている相手が目の前に座れば、緊張しないわけがない。ただそれは、相手も同じだと思うよ」

「そうですか?」所は首を傾げた。「何だか上手く丸めこまれた感じがします。あれも演技なんですかね」

「演技だとしたら、必死の演技だな」

「どういうことですか?」所は新しい煙草を引き抜いたが、口にはくわえなかった。

「彼は、相当焦ってたよ」

「そうですか?」

「かなり汗をかいてたな。あの取調室、暖房の効きがよくないだろう? 俺なんか、足が冷えてしょうがなかった。それなのに彼は、結構額に汗をかいてたよ」

「気づきませんでした」

「あれが役者っていうものなのかなあ」向井が不思議そうに言った。「普通の人なら、絶対にハンカチで拭くと思うんだ。でも彼の場合、いつの間にか汗が引っこんでいた」

「そんなこと、あるんですか?」所は目を見開いた。

「汗をかいちゃいけない現場もあるじゃないか。落語家なんかも、『お客さんに汗を見せるな』って怒られ続けているうちに、いつの間にか汗が出なくなる、なんて話を聞いたことがあるよ」

「そんなことが……」

「まあ、それは余談だけどね」向井が軽く笑った。「しかし、課長が言われた通りだよ。最初に取り調べを担当したら、最後まで責任を持つべきなんだ。仮に増岡を逮捕するようなことがあったら、特にそうだね。途中で取り調べ担当が代わったら、向こうも警戒する」

「でも、宮川は……」

「あんな小さい事件は、どうでもいいんだよ」向井が苦笑した。「今回の事件も、あくまで傷害事件ではあるけど、容疑者が売れっ子の俳優だから、ずっと厄介なのは間違いない」

「ええ」

「今後、彼に素直に喋らせるためにも、君がずっと担当すべきだね」

「正直、手がないです」所は打ち明けた。「もっと上手くやれると思ってました」

「考えていたのと現実が違うことは、よくあるよ」向井がうなずく。「この場合、君にはやるべきことがある」

「何ですか?」

「有無を言わせぬ証拠を見つけることだ。向こうが言い訳できないような証拠——物証があればいいけど、証言でもいい。本当は、取り調べ担当は容疑者にぴったりくっついて、証拠集めは他の刑事がやるべきなんだけど、今回の場合、増岡はまだ逮捕されていないからね。他の刑事たちと同じように動いて、証拠を固める捜査をすればいい」

「できますかね」

「そういうこと、今までも経験してるだろう?」

「ええ、まあ」

「だったら、基本に立ち返るということで。俺も手伝うよ」

「向井さんは、宮川の一件のヘルプだけじゃなかったんですか？」

「乗りかかった船だ」

「でも、捜査一課の仕事に差し障《さわ》るんじゃ……」

「捜査一課？　何の話だ？」

「向井さん、捜査一課じゃないんですか？」

「違うよ」向井が両手をさっと広げた。「人事二課」

「人事二課って……」所は思わず目を細めた。

「君たち、警部補以下の警察官の人事を担当する部署だよ」

「そんな人が、どうして所轄で取り調べなんか……何か事情があるんですか？」

「事情のない人なんか、一人もいないだろう」向井が微笑む。「そういうことは、あまり穿鑿《せんさく》しない方がいい。まず、自分の仕事をきっちりこなすことが大事だよ。さ、どの辺からアプローチしていくか、一緒に考えようか」


この事件では、物証は何もない。被害者は拳《こぶし》で頭と顔面を何度か殴られ、その勢いで倒れてガラスのテーブルに額から突っこんで大量出血したようだった。この経緯は、怪我の具合、現場の様子からもほぼ間違いないと見られている。

事件当時、ＶＩＰルームに誰がいたかも、まだ把握できていない。あの部屋に入るには店側のチェックを受けねばならないが、基本は顔パスなのだ。一度入ってしまえばその後は勝手に出入りできるし、顔パスで入った人の連れに関しては店の確認も必要ないということで、実態を摑むのは難しいようだ。確実にVIPルームにいたことが分かっているのは、増岡と近藤の二人だけ。プライバシー重視ということで、防犯カメラが設置されていないのが痛い。

刑事たちは、あの時間帯に店にいた客全員のチェックを始めていた。VIPルームはドアでフロアと隔てられていたとはいえ、すぐ近くの出来事である。騒動の目撃者、あるいは聞いていた人がいるのでは、という想定の下での調査だった。所もこの捜査に参加して、客からの聞き取り捜査を進めたが、有効な証言は出てこない。全員が口裏を合わせているのではないかとさえ思えてきた。

事件発生から四日が経った夕方、向井が切り出した。

「増岡に近い人に話を聴いてみたらどうだろう」

「マネージャーとかですか？」事情聴取のスケジュールなどを確認するため、増岡のマネージャーとは何度か電話で話していた。やけに丁寧な若い男だったが……そう簡単にはいくまい。

「いや……マネージャーだと近過ぎるかな。事務所の人は駄目だ」

「何か分かっていても、絶対に増岡を庇《かば》いますよね」

「そういうこと」向井がうなずく。「テレビ局の人間とか、ほどほどの距離がある人の方がいい」

「そんな人に、どうやってアプローチするんですか？」

「おいおい」向井が溜息をついた。「それぐらい、自分で考えないと。こっちにはバッジがあるんだから、必要と思える人には会えるんだ」

「はあ」

「例えば、今撮影中のドラマに関してはどうだろう。スタッフを探し出して、プロデューサーやディレクターに話を聴いて……いや、メーク担当の人なんかがいいかな」

「メーク担当ですか？　何でそんな人に？」

「撮影現場だと、俳優さんの一番近くにいる人の一人じゃないか。それに、共演者に話を聴くよりはハードルも低いだろう」

「じゃあ……ちょっと探ってみます」

「探るんじゃなくて、探す、だ」向井が訂正した。「探りを入れているような余裕はない。探し出して、一刻も早く話を聴くんだ」


調べると、すぐに分かった。現在増岡が撮影に入っているテレビドラマは、来年三月の改編期に放映予定のスペシャルドラマで、タイトルは『手』。既に解禁されている情報から、制作会社が判明した。向井は何故か「メーク担当」と言っていたが、所はまず、制作会社のスタッフである監督に話を聴くことにした。

たまたま撮影が夕方までに終わった日なので、夜の約束を取りつける。電話で話すと、いかにも嫌そうな口調だったが、所は「業務です」の一点張りで押し切った。

「監督ね……まあ、いいんじゃないかな。俺も同席しよう」

向井が「許可」を出したのでほっとする。彼は上司でも何でもなく、この件に勝手に首を突っこんできただけなのだが、それでも何故か頭が上がらない。

監督の村中《むらなか》とは、制作会社で会うことになった。これまで数多くのテレビドラマを監督してきた人で、現在四十三歳。六本木《ろっぽんぎ》にある会社の会議室で会った瞬間、所は不快感を覚えた。何というか……汚い。襟がゆるくなったTシャツに、よれよれのチェックのシャツという格好。足元は、十年間毎日履き続けて一切手入れしていないような、ボロボロのブーツだった。長く伸ばした髪は天然パーマだろうか。口髭、顎鬚も伸び放題で、異臭が漂ってきてもおかしくないルックスだった。

「何ですか、いきなり」態度も悪い。だらしなく足を組んだまま、煙草を指先で転がしている。会議室には「禁煙」の札が貼ってあるのだが。

「先日、新宿のクラブで乱闘事件が起きたんです」

「新宿のクラブ……縁遠い世界ですね」髭の中で村中が笑った。「そういう場所には、もう何年も行ってないな」

「あなたが何かやったと言っているわけじゃないんです。今、あなたが監督しているドラマで主演をしている増岡さんが、事件当時、そのクラブにいました」

「増岡が何かやったって言うの？」村中が目を見開く。「まさか。あいつは、そんな意識の低い人間じゃないよ」

「アリバイがはっきりしないんです。何度か事情も聴いたんですけど」

「え？　もう警察に呼ばれたの？」村中が目を見開く。「初耳だ。そいつはまずいな。逮捕される の？」

「そういう状況ではないです。動きを確認したいだけで」

「とはいっても、撮影してない時にあいつが何をしてるかなんて、分かりませんよ」

「撮影の時の様子はどうですか？」

「いつもと同じ」村中が煙草をパッケージに戻した。「増岡とは何度も一緒にやったけど、普段と変わりませんよ」

「いつも通りっていうのは、どんな感じですか」所は突っこんだ。

「若いのに、しっかり座長してますよ」

「座長？」

「ああ……ドラマや映画の撮影では、主役のことを座長って呼ぶんです。演技だけじゃなくて、場の雰囲気を盛り上げたりとか、共演者をケアしたりとか、そういうことも要求されるんですよね。あいつ、昔結構ヤンチャだったせいか、そういうのが得意なんだ」

「ヤンチャって、芸能界に入る前ですか？」

「そう。中学校や高校の頃って、どうしても少し悪い方に走る人間はいるでしょう？　俺は、あいつとの最初の仕事は戦隊モノだったんだけど」

「テレビドラマのデビュー作ですよね」

「そうそう」村中がニヤリと笑った。「あの頃、増岡は十八歳だったかな？　まだ相当ヤンチヤな雰囲気が残ってましたよ」

「レッド、ですよね」

「あれ、あなた、観てました？」

「いやいや」所は苦笑した。「調べたんです」

「なるほど。ああいうのって、子どもだけじゃなくてそのお母さんのファンが多いからね。ウィキペディアの充実ぶりには驚くよ」

「今はどうですか？　さすがに三十歳になったら落ち着いてるでしょう」

「そうね。でも、今回は少しだけ難儀してるかな」

「どういうことですか？」

「メークに妙に手間取ってるんだ。こういうのは珍しい」

所は向井の顔をちらりと見た。先ほど、メーク担当に話を聴くという話が出ていたが、向井は既に何か摑んでいるのだろうか。

「そんなに特殊なメークなんですか」

「まさか」村中が声を上げて笑う。「メークは普通ですよ。普通の恋愛ドラマだから」

「何があったんですか？」

「さあ……メークに関しては担当に任せてあるから、俺は知らないんだけど、ちょっと撮影のスタートが遅れたことが、何度かあった」

「メーク担当の人と連絡を取りたいんですけど、教えてもらえますか？」

「フリーの人だから、俺は連絡先は知らないけど、会社の人間なら分かるんじゃないかな」

「分かりました」所はメーク担当の名前だけ確認して、手帳にメモした。「撮影は、あとどれぐらいかかりますか？」

「二週間かな。昔と違って、今は深夜や週末の撮影はなるべく避けるから、日数がかかるんですよ。しかも編集に手間がかかるようになってるから、作る方の働き方改革は、なかなか実現できないんだけどね」

業界の裏話は面白そうだったが、ここで時間を食うわけにはいかない。二人は次のターゲットに向かった。


今回のドラマのメークを担当している滝玲菜《たきれいな》とは、翌朝になってようやく連絡が取れた。フリーで、事務所のようなものはないと言うので、彼女の自宅近くの喫茶店で落ち合う。小柄で落ち着いた感じの女性だったが、警察から話を聴かれるということで、さすがに緊張していた。

「今回のドラマなんですが、主役の増岡さんのメークに時間がかかったと聞いています」所は前置き抜きで切り出した。

「ええ」玲菜があっさり認める。

「何か問題でもあったんですか？」所は、二回会った増岡の顔を脳裏に思い浮かべた。自分が見た限り、特に変わった様子はなかったが。「メークもいろいろ大変なんでしょう？　人の顔は、その日の体調で結構変わりますよね」

「ああ、顔じゃないんです」玲菜が顔の前で手を振って否定した。

「顔じゃない？」

「手です」

「手？」意外な発言に、所は思わず身を乗り出した。「手がどうかしたんですか」

「ちょっと怪我したみたいで、拳に痣《あざ》ができてたんです」

「どの辺ですか？」

「こう……この辺ですね」玲菜が右手を拳に固め、第三関節のところにできた山をさっと左手で撫でる。「ここなんですけど」

素人が何かを殴りつけると、よくそういう痣ができる。本当に喧嘩慣れした人間は、拳を握らず、手首に近い掌《てのひら》のつけ根を使うものだ。威力は大して変わらないし、自分は怪我をせずに済むことが多い。

「かなりひどい痣ですか？」

「そうでもないですけど、見れば分かるぐらいでした」

「メークで隠さなければならないぐらいですか？」

「そうですね。今回のドラマ、手がポイントなんですよ。なにしろタイトルが『手』ですから……。愛情表現の一環として、手のアップがよく出てくるんです。増岡君の手、指が細くて綺麗なんですけど、痣があったら困るでしょう？　監督にバレると怒られるから、内緒でやってくれって言われました」

「どうしてそうなったかは、聞きましたか?」

「転んだって言ってました。受け身に失敗して、テーブルの足にぶつけてしまったって」

何となく嘘臭い。それぐらいなら、監督に言っても怒られることはないだろう。手の痣は、近藤を殴りつけた時にできたものだと所は確信した。

事情聴取を終え、所は自分が興奮していることに気づいた。これでもう一度、増岡を引っ張れるのではないか? しかし興奮すると同時に、疑念を抱いてもいた。喫茶店を出て玲菜を見送った直後、向井に確認する。

「向井さん、増岡の拳の傷にいつ気づいたんですか?」

「二回目」

「最初は……」

「手をずっとテーブルの下に隠してたんだよね。それに、指先だけ出るような手袋をはめてただろう? 手の甲が見えないようにしている感じがしたんだけど、確証はなかった」

「……ああ、確かに手袋はしてましたね」

「次に呼んだのは翌日——その時、手にメークしているのに気づいたんだ」

「それは分かりませんでした」

「あれはあくまで撮影用なんだろうね」向井がうなずく。「境界線がはっきりしているというか——まあ、とにかくちょっと不自然だった。一回目は、手に痣があるから手袋で隠した。二回目は撮影の後だから、痣を隠すメークを落とさないでそのまま来た——それなら見えないと思ったんじゃないかな」

「それでもう一度引っ張れませんかね」

「まだだね」向井が低い声で否定した。

「いや、いけるんじゃないですか」所は即座に反論した。「被害者を殴って拳に痣ができて、それをメークで隠して撮影に臨んだ——この事実をぶつければ、絶対落ちます」

「あくまでこちらの想像だ。言い訳はいくらでもできるよ。それこそ、転んだとか」

「いや、しかし……」

「まだ弱いな」向井がぽつりと言った。「決定的な証拠か証人が欲しい。どうだろう？　ちょっとばらばらに動かないか？」

「え？」

「君は、店にいた客の事情聴取を続ける。俺は、少し独自のルートを探ってみる」

「そんなもの、あるんですか？」

「何か考えよう」向井が薄く笑みを浮かべた。「若手とベテランの違いは、経験だけだから……歳を食ってる分、こっちの方が経験を重ねているのは間違いないからね」

人事二課の人が？　所は内心首を傾げた。この人、本当はいったい何者なのだろう？

向井に言われた通り、所は名前と連絡先を聞き出しておいた客に事情を聴き続けた。しかし、有効な証言はなし……中には「増岡を見た」という人もいたが、「見た」以上の具体的な話は出てこない。

　発生から一週間が過ぎ、捜査全体がデッドロックに乗り上げてしまったようだった。一番当てになるのは店員なのだが、証言は曖昧である。ＶＩＰルームは特別のプライベートな空間……その主張は理解できないではないが、「何か隠している」と疑念を抱く刑事も出てきた。

「増岡は、あの店にとっては上客なんだろうな」所が報告を終えると、村山がぽつりと言った。

「そんなに金を使ってたんですかね」

「それもあるけど、売れてるタレントさんが常連だと、店にとってもイメージアップになるんじゃないか」

「だから庇っていると？」

「もしかしたら、事務所は最初から事情を把握していたかもしれない。事務所が店に頭を下げて、増岡を庇うように頼んだ、とかな。いかにもありそうな話だよ」村山が顎を撫でる。「もう少し本格的に、事務所の人間を叩いてみるか」

　事務所サイドからの正式な事情聴取は既に行なわれていた。所も、最初に電話で話した増岡のマネージャーから直接話を聴いていた。

「お前が会ったマネージャー、どんな感じだった？」

「真面目……ですね」増岡より若いマネージャーは、確かにこちらの質問にきっちりと答えてくれた。しかし、どこか不自然な感じがあったのは否めない。「厳しく突けば折れるタイプかもしれません」

「そこから攻めるか。事務所の方針は絶対かもしれないけど、庇っていると自分たちも罪に問われる――そんな感じで追いこむ手はある。少し脅かしてやろう」

「明日にしますか？」既に午後六時。緊急というわけではないから、これから呼ぶと問題になりそうだ。

「そうだな。明日の朝一番で連絡を取ってくれ。それで、マネージャーっていうのは、簡単に呼べるのか？　タレントさんにべったりくっついていて、なかなか時間がないような感じがするけど」

「だったら、今、電話してみますか？」所はスマートフォンをズボンの尻ポケットから抜いた。

「増岡のスケジュールは完全に把握していませんけど、夜の方が空いている可能性は高いでしょう。タレントさんが現場に出ていなければ、マネージャーはフリーのはずで……遅くなるけど、いいんですか？」

「あくまで任意だ」村山がぴしゃりと言った。「拒否する権利はあるということを説明した上で、強硬に呼べ」

何というややこしいことを。最近は、警察の捜査方法が批判を浴びることも少なくないから、どうしても慎重にやらざるを得ないのだが、それでも確かに、強面《こわもて》に出なければならない時もある。あのマネージャーは気が弱そうだから、こちらの要求を拒否できるとは思えないが……

自席についた瞬間、電話が鳴った。無意識のうちに受話器に手を伸ばし、呼び出し音が一回鳴った後で電話に出る。

「東新宿署、刑事課です」

「ブラックパスの乱闘騒ぎのことで、ちょっと話したいんだが」

　やけに偉そうな口ぶりにカチンときたが、情報提供の電話かもしれないから、逃がすわけにはいかない。

「どういった件でしょうか」

「あの時、店に俳優の増岡がいただろう。増岡大賀」

「個別の件ではお話しできません」SNSなどでは「M」のイニシャルが取り沙汰されていて、中には増岡を匂わせるものもあった。この電話の主は、そういう噂を見て電話してきたのだろうか。

「増岡は、あの店の奥のVIPルームにいた」

「それについても言えません」

「いや、俺が見たんだよ」

「何をですか?」

　電話の向こうで相手が舌打ちするのが聞こえた。気に食わない奴だ……からかわれているのでは、と所は心配になった。

「分からない?　俺はあの部屋で、増岡と一緒だったんだよ」

「知り合いなんですか?」

「違う。あの店のVIPルームは、常に貸し切りってわけじゃないからね。何組かの客が相席になることもある。俺は自分の連れと一緒だった。後から増岡が入って来て、ああ、あの俳優かって分かったんだ」

「それで……」

「意外に乱暴な男なんだね。何があったのかは分からないけど、突然隣の席に座っていた男に殴りかかった」

「ちょっと――ちょっといいですか?」所は反射的に立ち上がってしまった。「その話、直接会って聴かせてもらえませんか? 今すぐ、どこにでも伺います」

「まあ、いいけど……俺の名前は表に出ないだろうね?」

「それは保証します」本当は保証などできない。捜査を進めていく中では、正式に事情聴取して記録を残すべき状況になるだろう。だが今、その件であれこれ言っても仕方がない。

「まあ、いいよ。時間はかからないだろう?」

「なるべく早く済ませます。どこへ行けばいいですか?」

相手は、JR新宿駅の西口を指定してきた。そちらは新宿中央署の管内になるのだが、それを気にしてはいられない。所は椅子の背にかけていたコートを掴んで、刑事課を飛び出そうとした。そこへちょうど、向井が帰って来る。

「どうした、慌てて」

「重要な証言です」

「どれぐらい?」

「現場で増岡を見た、と」

「分かった。俺も行こう」

踵を返し、向井も刑事課の出入り口に向かった。ばらばらに動こうと言っていたのに、どうして急に……所はすぐに、これが極めて重要な証人なのだと自覚した。それだけ重要な証人なら、一人ではなく二人で話を聴きに行かねばならない。質問に漏れがあってはいけないのだ。

結局俺は、まだ一人で動けるほど、刑事として成長していないということか。一匹狼になりたいわけではないが、この分だとまだまだ一人前にはなれないな、と所は情けなくなった。


証言してくれた上野《うえの》という男は、見るからに胡散臭かった。待ち合わせた喫茶店に彼が入って来た瞬間、所は表情が強張《こわば》るのを感じるほどだった。年齢は三十五歳ぐらい。黒いスーツをネクタイなしで着ていて、開いた紫色のシャツの胸元では、太い金のチェーンが揺れている。よく日焼けしていて、胸板も厚い。会った瞬間、強烈なオーデコロンの香りにやられ、所は何とかくしゃみを我慢した。

胡散臭い外見だったが、証言の内容は確かだった。しかも上野は抜け目なく、まさに乱闘が始まる瞬間をスマートフォンで撮影していたのだ。

その映像を見せてもらった瞬間、所は事件は仕上がったと確信した。増岡がいきなり立ち上がり、隣のテーブルにいた近藤に殴りかかったのだ。近藤はまったくこの攻撃を予期していなかったようで、頭を殴られた勢いでガラステーブルに突っこんでしまった。一撃では納得できなかったのか、増岡はさらに何発か殴りつけた。悲鳴が走り、画面が揺れる。その直後で映像は終わった。

「VIPルームの中はどんな様子だったんですか？　何人ぐらいいました？」映像を二度見た後、所は確認した。

「六人……七人ぐらいいたかな」

「あなたにも同行者はいたんですよね？」

「連れはいたけど、まあ、それはいいでしょう」上野はあくまで自分の事情は明かしたくないようだった。「連れには関係ないからね。俺の情報だけでいけるでしょ？」

「まあ……増岡に連れはいなかったんですか？」

「一人だったと思うよ——たぶん、一人だね」

「あんな店に一人で来るもんですかね」

「それだけ常連ってことじゃないかな。だいたい、連れがいたらすぐに止めるだろう。あいつはやりたいだけやって、さっさと出て行ったんだ」

「他にも見てる人はいたはずですよね」

「どうかね。怒声が聞こえてすぐに、皆逃げ出したからね」

「止めもせずに？」

「知り合いがいたら止めたかもしれないけど、あの晩はたまたま、一人の客が多かったから」

「何で喧嘩になったんですかね」

「それは分からない。二人が何か話しているのは聞こえたんだけど、内容まではね」上野が肩をすくめる。

「VIPルームの中の乱闘の割には、フロアもずいぶん混乱してましたよね」

「VIPルームから慌てて逃げ出した人間がいたし、軽いパニックになったんじゃない？　群衆心理ってやつでしょう」

「そうですか……とにかく助かりました」

「いやいや。でも、一つ頼めないかな」

「何ですか？」

金の話でもされたらたまらないと思ったが、上野は意外な話を持ち出した。

「実は今、舎弟の身柄がそっちにあってね」

「逮捕されているんですか？」

「品川北署《しながわきた》でね。大したことはないよ。この事件と同じで、喧嘩で相手に怪我させたんだ。そいつをちょっと、何とかならないかな」

「それは――他の所轄の話ですから、うちでは何とも」

「話ぐらいはできますよ」向井が突然割って入った。

「向井さん？」所は慌てて向井の顔を見た。

「話をするだけならね。ただ、品川北署がどういう反応を示すかは分からない。保証もできませんよ」

「それはいい——俺も、顔を立てなくちゃいけない相手がいてね。今の話、伝えてもいいかな」

「もちろん」向井がうなずく。

「向井さん、それはちょっと……」

「いいから」向井が静かに言った。「この動画、こちらに送って下さい。また連絡しますから」

「よろしく頼むよ」上野が念を押した。

「お互い様で」向井がうなずく。

上野と別れ、二人は東新宿署へ徒歩で向かった。重大な証拠を入手した興奮はあったが、何となくもやもやする。

「向井さん、あんな取り引きをしていいんですか？」

「取り引きなんかしてないよ」

「だけど、口利きするって……」

「しない」

「え？」

「さっきの話——ああいうのはよくあるんだ。メンツの問題が絡んでね」

「警察に口利きを頼んでやった、みたいな話ですか」

「そういうこと。俺は警察にも顔が利く、おたくの知り合いをちゃんと処遇しておくように頼んでおいた——そう言われれば、納得する人もいるんだよ。実際上野は、警察官と話をしたわけだ。こっちがそれをきちんと守るかどうかは別問題で、連中にはどうしようもない」

「向井さん……そんなことしていいんですか？」

「違法じゃない限り、使えるものは何でも使うんだ」向井が両の掌を広げ、ぱっと上に向けた。

「一番大事なのは、事件を解決すること。それが最優先なんだ」

納得できるようなできないような……確かに綺麗ごとだけでは、捜査はできない。違法でなければ何でもする、というのも正しい考えだろう。しかしそういうことを平気でやっていると、自分が汚れてしまう気がしてならなかった。


三度目の事情聴取。所は、今回はじっくり行くことにした。増岡がどういう男なのか、ここでしっかり見極めたいと思ったからでもある。俳優だから平気で演技——嘘をつけるわけでもあるまいが、彼という人間の本質を把握しておかないと、今後の取り調べが上手くいかない気がしていた。容疑者と取り調べ担当の信頼関係が大事……しかし信頼関係を築くためには、まずこちらが容疑者のことをよく知らねばならない。

「右手を見せてもらえますか」

「何ですか？」増岡が不審げに言った。

「右手です。テーブルの上に置いて下さい」

「いいですけど……」

増岡が右手を広げ、掌を上にしてテーブルに置いた。

「逆です」

「逆？」

「手の甲を見せて下さい」

「ああ」呆れたような声で言って、増岡が掌をひっくり返した。見た限りでは、痣は確認できない。凝視したが、メークもしていないようだ。もう治ったのだろう。

「最初にお会いした時、あなたの手には痣があった」

「痣なんかないですよ」あっさり否定。

「手袋をしていました。二度目に話した時は、撮影の邪魔になるので、メークで痣を隠しましたね」

「そんなこと、ないですよ」

「証言があります」

「何かの間違いでしょう」増岡の態度は一切変わらなかった。

「証言があります」所は繰り返した。

「それは僕には分かりませんね」

所はしばらく、痣の件を押した。しかし会話は平行線をたどるばかり……所は増岡の強情さを実感した。確かに、この「痣を隠したメーク」については物証がない。メーク担当の証言と向井の観察だけが頼りだから、証拠としてはいかにも弱い。

いよいよ決定的な証拠を出す時がきた。所は手元のノートパソコンを開き、動画を再生させて画面を増岡の方へ向けた。途端に増岡の顔面が真っ青になる。これは演技なのか……いや、ついに増岡の仮面が剝《は》がれたのだ、と所は確信した。

「まさに事件が起きた瞬間の、ＶＩＰルームの様子です。あなたが、被害者の近藤さんを殴りつけている場面が映っている。決定的な証拠ですね」

「言うことはない」

「否定ですか？」

「何も言わない」口調は完全に強張っていた。「弁護士を呼んでくれ」

「手配しましょう。しかし取り敢えず、話をちゃんと聴かせて下さい。この動画は、まさに暴行の瞬間を捉えたものです。この映像に関して、何らかの言い分はありますか」

「言ったら終わりだ」

「言わなくても終わりなんですよ」自分は今汚い手を使おうとしている——それを意識しながらも、所は言葉を止められなかった。「この動画を撮影した人間は、あまり筋がよくない」

「筋？」

「暴力団とも関係のある半グレの人間です」後で調べて分かったことだった。「そういう人間がたまたま現場にいて、動画を撮影していた。今まで何もなかったのが不思議ですよ。あなたは、この動画を材料に脅されていてもおかしくなかった。そうなったら、さらに面倒なことになっていたでしょうね。おかしな話に聞こえるかもしれませんが、逮捕されてしまった方がよほど安全ですよ」

「まさか……」増岡がちろりと舌を出して唇を舐《な》めた。「逮捕なんて……」

「逮捕されてもやり直すことはできます。しかし半グレの連中に目をつけられたら、それで人生は終わりだ。いつまでもつきまとわれて、金を絞り取られる。結着をつけるためには警察に頼るしかないでしょうが、当然強請《ゆす》られる理由も話さなければならない。そうなったら、事件についても掘り起こされて、警察の心象は悪くなる。今よりずっと状況は悪化しますよ」

「……殴るつもりなんかなかった」

「何がきっかけだったんですか」認めた、と内心興奮しながら、所は冷静を装って訊ねた。

「覚えてない。たぶん、どうでもいいことだったんだ」

「あなたは、そんなに頭に血が上りやすい人なんですか」昔はヤンチャだった——それは理解できる。しかし三十歳にもなって簡単に人を殴るような人間は、社会人失格ではないか。

「よく覚えていない」増岡が力なく首を横に振った。「でも……動画がある」

「それが動かぬ証拠です」

「クソ……」吐き捨てると、増岡の首ががくりと落ちた。

終わった——いや、これからが本当の始まりだ。増岡と正面から対峙《たいじ》し、落とす。相手が売れっ子の俳優だからと言って、臆することはない。しっかりと自分の仕事をこなすのが大事だ。

単なる「応援」のはずだった向井は、それからもしばらく東新宿署に通い続け、「ついでだから」と、増岡の取り調べに立ち会って記録係に徹していた。

取り調べ自体は、まったく苦労なく進んでいた。それ故勾留延長もなく、逮捕から十日で増岡は起訴された。世間は大騒ぎで、酒の席での増岡のひどい行状を訴える声がネットに溢れたが、それは所には関係ない。目に入らないように努めていた。

「今回はよくやったよ」増岡が起訴された日、向井が初めて褒めた。

「いや……向井さんに助けてもらってばかりでした。何だか、自分で落としたような気がしません」

「取り調べ担当は君なんだから、そこは自慢してもいいんじゃないかな」

「別に自慢できるようなことじゃないですけどね」所は肩をすくめた。

「一つだけ、アドバイスしておこうか」向井が人差し指を立てた。

「何ですか？」

「手袋」向井が右手で自分の左手を撫でた。「相手が手袋をはめている時は、必ず外させるんだ。相手の全身をしっかり観察する——君は痣やメークを見逃していた」

「面目ないです」それを言われると、素直に認めるしかない。

「最初はそういうものだから。いずれ慣れるよ。慣れれば、君もいい取り調べ担当になれる。基本的に、コミュニケーション能力は高そうだし」

「そうですかねえ」実際にやってみると、自信が一つずつ消えていくようだった。ただ「話し好き」というだけでは、取り調べなどできない——それを痛感した時間である。

「ま、経験だけは年齢に比例するからね。焦らないでやることだ。とにかく今回は、ご苦労さん」

「向井さんは——」

「何だい？」

「いえ」所は首を横に振った。「何者なんですか」というダイレクトな質問はあまりにも無礼だろう。

向井は課長の村山に挨拶して、刑事課を出て行った。助っ人の役目は終了、ということか……向井の姿が見えなくなると、所はすぐに村山に呼びつけられた。

「お前、今回は増岡を落とせたからって、いい気になるんじゃないぞ」村山が、きつい言葉をぶつけてくる。

「なってませんよ」因縁《いんねん》をつけるような言い方に、所はむっとして否定した。

「最重要の証人——上野か、あいつがいきなりここへ電話してきたのは、変だと思わないか？」

「それは——」言われてみれば確かにそうだ。警察には実に多くの電話がかかってくる。中には垂れ込みの電話もあるのだが、そういう場合、最初はまず署の代表番号にかかってきて、そこから当該部署に電話が回されるものだ。しかし上野の電話は、直接刑事課にかかってきた。名刺を渡した相手ならば、直接電話がかかってきてもおかしくはないのだが。

「上野は、向井のネタ元だよ。ネタ元というか、あいつが掘り起こしてきた人間だ」

「向井さんが？」

「そう言っただろう」村山が鼻を鳴らした。「分からないか？　向井は、お前に花を持たせようとしたんだ。自分で重要な証人から証拠をもらって、自分で増岡を落とす——お前、今は鼻高々じゃないか？」

「そんなことはないです」否定するしかなかった。むしろ、自分にがっかりしている。

「全部お膳立てしてもらったんだから、威張るなよ」

「威張ってませんよ」再度の否定。「でも……向井さん、何でわざわざそんな面倒臭いことをしたんでしょう」

「お前に自信をつけさせるために決まってるじゃないか。お前ら今の若い連中は、叱っても育たない。褒めて育てる、が最近の基本だ。そのために、向井だっていろいろ考えてるんだよ。もちろん増岡を落としたのはお前だし、それは事実として残る。しかし、人の助けがあってこそだ。それは忘れるなよ」

「……はい」はいと言うしかない。何だか、向井が用意した舞台の上で踊っていただけのような気分だった。「あの、向井さんをここへ呼んだのは課長ですか？」

「いや」村山が書類に視線を落としたまま否定した。

「じゃあ、本部が送りこんできたんですか？」

「本部から言われたのは確かだけど、俺は事情は知らない。興味があるなら、自分で調べてみろよ。お前、刑事だろう？」

「いや、別にわざわざ……」

「待ってても、誰も教えてくれないぞ」

「つまり、課長は知っているということですか」

「いちいち理屈っぽいんだよ、お前は」村山が舌打ちした。「知らなくていいこともあるんだ。もしかしたらそのうち、自然に分かるかもしれない」

「もやもやした気分を抱えたまま、やっていけって言うんですか？」

「だから、知りたければ自分で調べろよ。そんなことより、向井には感謝しろ」

「何がですか」

「お前に自信をつけさせるために、あれこれ動いてくれたんだから。普通、自分の手柄にするぞ」

「手柄を譲ってもらったって……しょうがないですよ」所は唇を尖らせた。

「贅沢《ぜいたく》言うな」村山がぴしゃりと言った。「査定上は、今回の件はお前の手柄になる。それは黙って受け取っておけ。もしも後ろめたい気持ちがあるんだったら、いつか向井に恩返ししてやればいいじゃないか」

「そんな、先輩に恩返しなんて……」

「いずれはお前も、そういうことができるようになるんだよ。恩を忘れないこと――警察の中で生きていくには、それも大事だぞ」

「はあ」

「相変わらずはっきりしない奴だな」村山が笑い飛ばした。「ほら、今日は無事に事件を解決したから打ち上げだ。当然、お前の奢《おご》りだからな」

「マジですか」酒も呑まないのに奢らされたらたまらない。

「真面目に取るな」村山がまた声を上げて笑う。「給料が安い奴に払わせるわけがないだろう」

もしもこの場に向井がいたら……自分の金で呑みに誘って、真意を聞き出したかもしれない。

いや、それは無理か。酒が呑めない自分は、潰されてしまうかもしれない。

いつの日か……向井という男に関する謎は、必ず解いてやる。

第三章　尾　行

「ベランダ男、ですか？」そう聞いても、西条猛樹《さいじようたけき》はピンと来なかった。

「ネーミングがダサいのは俺も認める。だけど、俺がつけたわけじゃないからな」目黒西《めぐろにし》署刑事課長の春川《はるかわ》が言った。「警察ってのは、そもそも言葉のセンスがゼロなんだし」

「はあ」西条は左足から右足へ体重を移し替えた。いったい何の話だろう？

生方士郎《うぶかたしろう》という名前を聞くのも初めてだった。急に春川に呼ばれて、この男を尾行するように命じられたのだが、何のためか、さっぱり分からない。別名「ベランダ男」と言われても、状況に変わりはなかった。

「お前、本当に知らないのか」春川が目を細める。

「はあ」いつもの癖で、ネクタイを撫でつける。緩んでいないのでほっとした。ネクタイは、男の服装の基本だ。

「警察学校では教わらなかったのか」

「警察学校で教わるような人間なんですか？」西条は思わず聞き返してしまった。

「馬鹿、お前、課長にからかわれてるんだよ」

自席についていた先輩刑事――とはいっても二十歳も年上で、もう四十代も後半だ――の橋《はし》上《がみ》が、立ち上がってやって来た。

「橋上、俺を悪人みたいに言うな」春川がニヤニヤ笑いながら言った。

「いやいや……とにかくこういうのは、仕事しながら覚えるものでしょう。警察学校の教科書に載るような人間じゃないんだから。あんな人間のことを教科書に載せたら、紙の無駄遣いだ」

「まあ、そういうレベルの男ということだ」急に表情を引き締めて、春川がうなずく。「橋上、お前、説明してやれ」

「分かりました」橋上が拳を固め、そこに何度か咳《せき》払いをした。重要な講義でも始めようという仰々しさである。「こいつは、捜査三課では昔から有名人なんだ」

「ああ……」警視庁の捜査三課は、窃盗事件の捜査を担当する。西条が将来目指している部署でもあった。

「最初に逮捕されたのが、たしか二十歳の時で、その後六回――いや、七回逮捕されている。何度か実刑判決を受けたから、成人してからのかなりの時間を刑務所で過ごしていることになる」

「要するに、常習の窃盗犯なんですね」

「そうだ。手口は常に、ベランダからの侵入。一戸建ての家でもアパートでもマンションでも、必ず二階のベランダから忍びこむ。それでついたあだ名が――」

「ベランダ男、ですか」

「先に言うな」橋上が不満そうに唇を突き出す。

「すみません……それで、そのベランダ男がどうかしたんですか」西条は刑事課長に目を向けた。

「うん」春川がうなずき、両手を組み合わせた。「こいつは基本的に、都内でしか活動しない。今まで逮捕された事件も、全部警視庁の管内だ。出所すると、必ず都内のどこかにふらっと現れて、犯行を繰り返す」

「それでまた逮捕される、ですか? 大したことはないですね。ただの間抜けじゃないですか」

「いや」春川が急に真顔になった。「こいつがやった可能性が高い事件で、未解決になっているのが三件ほどある。それがいずれも、被害額が大きいんだ。一件は一千万円、もう一件は二百万円、三件目は五百五十万円だったかな。宝石や高級腕時計には手を出さず、現金だけを狙う手口だ」

窃盗事件の被害を聞く度に、西条は首を捻ってしまう。どうして人はわざわざ、自宅に大金を置いておくのだろう? 自分で商売をやっている人なら、手元に現金が必要なのも分かるが……銀行を信用できずに、箪笥《たんす》に貯めこむのだろうか。

「未解決というのは……」

「未解決は未解決だ」春川がピシリと言った。「手口からして奴の犯行の可能性が高いが、その手口だけでは決定的な証拠にはならないし、奴も叩かれても口を割らなかった。結局、三件とも未解決になっている。それで、お前の出番というわけだ。生方を監視しろ。張り込みと尾行だ」

「俺一人でやるんですか?」西条は思わず自分の鼻を指さした。命令は繰り返されたが、やはりまだ狙いが分からない。

「そうだ」

「どういう目的ですか?」

「動向監視に決まってるだろうが」春川がむっとした口調で言った。「生方は、また何かやらかすかもしれない。その際は、現行犯で逮捕といきたいんだよ」

「やってもいないのに、追い回していいんですか?」

「追い回す、じゃない」橋上が怒ったような口調で訂正した。「動向監視は、あくまで通常の業務だ。万が一何かあった時には逮捕、何もなければスルー。まずは敵の動きを知るのが、基本中の基本だ」

「分かりました」何だか釈然としないが、命令ならば従うしかない。

「課長は、お前にチャンスを与えてるんだぞ」橋上が釘を刺した。

「あ……はい、そうですね」反射的に背筋を伸ばし、うなずいてしまう。

「お前は、尾行は苦手みたいだからな」橋上が鼻を鳴らした。「だけど、苦手だからと言ってやらないわけにはいかない。尾行と張り込みは、刑事の基本の基本だ——ですよね、課長」

「その通り」春川が大きくうなずく。「お前は一回失敗してる。しかし一回ぐらいでは、俺たちは見放さない。もう一度チャンスをやる。それが、仕事をしながら技術を覚えるということだ」

オン・ザ・ジョブ・トレーニングか……しかし西条は、現場であれこれ言われるのが苦手だった。どうせなら尾行も張り込みも、完璧なマニュアルを作ってくれればいいのに。それを頭に叩きこんでから現場に出た方が、ミスは少ないはずだ。何より予習が大事——そんなことは当たり前なのに、警察は今でも「現場で覚えろ」の世界である。他の業界では、こんなことはないはずだ。警察だけ、未だに昭和のやり方にこだわっているのは何故だろう?

「いつからですか?」

「もちろん、今日からだ」

「家《ヤサ》は割れてるんですよね?」

「緑《みどり》が丘《おか》一丁目だ。そこに小さなマンションを借りている」

「出所はいつだったんですか?」

「先月だ。おそらく奴は、これまで盗んだ金の一部をどこかに隠している。それを使って家を借りたんだろう」

春川が、デスクに置いたファイルフォルダを取り上げ、西条に向かって差し伸べる。西条は一歩前に出て受け取った。

「奴の基本的なデータはそこに入ってる。取り敢えずそいつを頭に叩きこんでから尾行を始めろ。尾行というか、まずは張り込みだな。家を見て、奴が動き始めたらすぐに尾行開始だ」

　ファイルフォルダは軽い。この中に入っている資料に生方の人生が全て入っていると思うと、何だか侘《わび》しくなってきた。

「誰と組むんですか?」

「ああ?」

「ですから……張り込みや尾行は、基本的に二人一組ですよね」

「いや、今回はお前一人だよ」春川が軽い調子で言った。「単なる動向監視だからな。こんなことに人手を割《さ》いている余裕はない。もしも生方が怪しい動きを見せたら、すぐに連絡しろ。応援を出す」

「はあ……」

「何だ、不満か?」

「いえ、そういうわけじゃないですけど」

「取り敢えず一人でやってみろ。逆に言うと、動向監視ぐらい一人でできないと、刑事失格だぞ」

　刑事失格と言われても……暗い気持ちを抱えたまま、西条は署の屋上へ向かった。データを頭に叩きこまねばならないが、自席だと課長や橋上の目が気になる。

　この署の屋上にはベンチがある。長年風雨にさらされ、元々赤かったらしいプラスチック製の座面や背もたれは、薄いピンクに変色してしまっていた。西条は時々、ここへ来てサボっている。主に先輩たちにどやされた時……所轄に配属されてみると、警察学校時代に想像していたよりもずっときつかった。軽いミスで怒鳴られることはしょっちゅうだし、その後には長い説教が待っている。今時、こういうやり方はパワハラだ。警察だからと言って許されるものでもあるまいが、どうも警察の「パワハラ基準」は他の業界とは違うようだ。橋上など、「昔はこんなもんじゃなかった」「お前は令和の時代の刑事でラッキーだな」と笑いながら言うのだが、冗談じゃない。

五月、七階建ての庁舎の屋上を吹き抜ける風は爽やかだ。しかし屋上の床が波打ち始めていることからも分かるように、建物全体は古びている。この庁舎は昭和四十八年の竣工で、警視庁の所轄の中でも古い部類に入るらしい。外壁など、灰色と茶色に変色してしまって、「目黒西警察署」の看板がなければ、廃ビルに見えなくもない。この所轄への配属が決まった時、警察学校の教官からは「地震の時は気をつけろよ」と忠告されたほどである。気をつけてもどうなるものでもあるまいが……。

資料に目を通す前に、一度立ち上がって外を見渡す。目黒通りと環七《かんなな》が交わる柿《かき》の木《き》坂《ざか》陸橋のすぐ近くなので、行き交う車の流れがよく見える。周りはマンションや戸建ての住宅ばかり——典型的な住宅街の警察署である。それ故侵入盗が多く、西条はそれなりに忙しくしていた。繁華街なら喧嘩などの傷害事件が多く、住宅街では窃盗事件の被害が増えるのは、全国どこへ行っても変わらぬ傾向だ。

背伸びして緊張を解《ほぐ》してからベンチに座り、資料に目を通していく。最初に確かめたのは生方の写真だった。前回逮捕された時に撮影されたもので、四十五歳という年齢の割に老《ふ》けている。顔には皺が目立ち、目には光がない。髪にもかなり白いものが交じっている。

出身は東京・日野《ひの》市。中学在学中から手癖の悪さが出るようになって、二年生の時には万引きで補導されたことがある。高校に進学したもののわずか二か月で中退し、建築現場で働き始めた。そして二十歳になった直後に最初の逮捕――経歴を読みこむうちに「ベランダ男」のルーツが分かってきた。小学校に上がる前から地元の体操クラブで学び、小学校五、六年生の時には全国大会へ出場するほどの選手になった。しかし中学校に入ると突然素行が悪くなって、体操からは離れてしまったらしい。子どもの頃に身につけた体操のテクニックが、二階のベランダから家に忍びこむ手口につながっているのだろうか。身軽さと器用さを要求される鳶職《とびしょく》として働いていたようだ。

四年前に逮捕された時には、身長百七十センチ、体重六十一キロ。当時の捜査員のメモには「依然として身軽で体調もいい」とあった。

逮捕歴などを確認しつつ、何度も写真を見て生方の顔を頭に叩きこんだ。まず、対象者の顔を覚えるのが最重要――これができなくて、前回失敗したのだ。あの失敗で処分されることはなかったが、内部評価に響くのは間違いない。本部の捜査三課を目指す上で、ここでのマイナス査定は痛い。

最後に、橋上がまとめたメモがあった。生方に関する最新情報だ。

・今回の出所は四月十日。
・五月に入って、都立大学駅《とりつだいがくえき》前で生方を目撃。尾行して住所を突き止めた。
・現在、管内で二件、ベランダから家に侵入される事件が発生している。ただし被害はなし。手口は生方のそれに酷似。
・生方は特に仕事をしていないようで、ひたすら街を歩き回っている。犯行のために下見をしている可能性が高い。

何だ……西条は気が抜けてしまった。これだけデータが揃っているのは、橋上が既にしっかり生方をマークしていた証拠だ。だったらそのまま続けるか、きちんと監視チームを組んで、そこに自分を入れてくれればいいのに。先輩と一緒なら、ヘマすることもないだろう。

しかしすぐに、これは「試験」なのだと気づく。前回の尾行失敗で、自分にはマイナス査定がついているはずだ。このまま刑事を続けさせるか、どこか別の職場に回すか、最初の関門が来たのだろう。課長が気楽に命じたのは演技だったかもしれない。こっちにしたら真剣勝負だ――そう考えると、急に鼓動が速くなってくる。緊張しがちなのが自分の悪癖だと分かっているのだが、こういうのは意識してコントロールできるものではない。

とにかく失敗は許されない。この試験に落ちたら……考えただけで、さらに鼓動が速くなってくる。

橋上のメモによると、生方は昼間は家に籠りきりで、夕方から夜にかけて街に出ることが多いようだ。この行動はいかにも怪しい。生方のこれまでの犯行を振り返ってみると、家に忍びこむ時間は深夜――午前二時から三時がほとんどだった。入念に下見を繰り返した上で、住人が留守にしている家を狙っているらしい。留守にしているかをどうやって「調査」しているのかは謎だった。家を見ただけで、住人が旅行をしているか、出張で不在にしているかなど、分かるものだろうか。郵便受けに大量の新聞や手紙が溜まっていれば別だが。

生方の行動には首を傾げざるを得ないが、まず本人の顔を拝んでおくのが大事だ。西条は指示された日の夜、早速生方の家を張ってみることにした。

「残業をつけておいてやるよ」

春川は鷹揚《おうよう》だった。この動向監視は緊急の仕事ではないから、本来は勤務時間内でやるべきかもしれない。あるいは夜だったら、純粋にボランティア残業として取り組むのがいいのか……。

生方のマンションは、都立大学駅から歩いて十分ほどのところにある。三階建て、完成してからかなり時間が経っているのは一目瞭然《いちもくりょうぜん》だった。

「そんなに安くなさそうだな」西条はぽつりとつぶやいた。外から見ただけでは広さは分からないが、都立大駅から徒歩十分だと、狭いワンルームでも最低で五万円ぐらいはするだろう。広いワンルームや、複数の部屋がある場合、十万円を超えることもある。この辺は基本的に、高級住宅地なのだ。

マンションの前はタイル張りのスペースになっており、車が二台停められる。しかし今は空だった。他に、自転車置き場とバイク置き場……西条は念のため、駐輪してあった三台のバイクのナンバーを手帳に控えた。

小さなマンションなので、ホールなどはない。橋上の調査では、生方の部屋は二階の「二〇一号室」。急にドアが開いて出くわす恐れもあったが、まずは部屋の場所を確認しておかないと……西条は音を立てないように静かに外階段を上がり、二〇一号室の前に立った。表札はない。ということは、橋上は街中で見かけた生方を尾行して、この部屋に入るのを直接確認したのだろう。それでまったく気づかれなかったとしたら、橋上の尾行の腕前はかなりのものだ。

西条はマンションの前で「待ち」に入った。夕闇から次第に夜の暗さへ……住宅街の中でぼんやり立っていると怪しまれるものだが、最近はスマートフォンがカモフラージュになってくれる。ただ突っ立っているだけでなく、スマートフォンを覗きこんでいると、「メールか何かしている人」と見なされて、スルーされる可能性が高い。

今回、西条はついていた。張り込みを始めて十分も経たないうちに、生方が階段を降りて来たのだ。足取りは軽い……四十代も半ばなのに、若者のような身のこなしだった。黒いTシャツに色の抜けたジーンズ、濃紺のブルゾンという軽装で、小さなショルダーバッグを左肩から提げている。顔の下半分はマスクで隠れていた。さっと周囲を見回すと、駅の方へ歩き始める。顔を見られたか？　生方が左右を見た時に反射的に顔を伏せたので、大丈夫だとは思うが……

すぐに尾行を始める。

前回、刑事課に来て初めて尾行を命じられた時に、西条は橋上からごく簡単なノウハウを教わっていた。要はいかに相手を見失わず、逆にこちらは気づかれないようにするかがポイントである。西条は今回も、そのノウハウを忠実に守ろうとした。

住宅街というのは、相手を見失う恐れが少ない場所だ。繁華街と違って人混みに紛れてしまうことはないから、ある程度距離を空けても相手の背中は見えている。一方、相手がこちらに気づく可能性は低くなるわけだ。今回はヘマしないぞ、と自分に言い聞かせながら、西条は意識を集中した。そうだ、靴に注意だ……グレーのランニングシューズ。さほど特徴はないが、あの色が目印になるだろう。何故靴に注意するか――橋上の説明は極めて論理的だった。例えば上着は、脱ぐだけでもあっという間に外見が変わり、見失ってしまう恐れがある。しかし靴を途中で履き替えることはまずできないから、そこにさえ注目していれば、見失う恐れは低くなる。

生方は真っ直ぐ駅へ向かっているようだった。夕飯なのか、あるいはターゲットを物色しに行くのか……この辺は一戸建ての家が建ち並ぶ住宅街で、あまり特徴がない。駅からこちらに向かって歩いて来る人はあまりいない――ちょうどサラリーマンが帰宅する時間なのだ――が、駅へ向かって歩いているのは生方だけなので、尾行は楽だった。靴に注意しなくても、ひたすら背中を見ていればいい。

生方は、駅前にある書店に入った。チェーン店ではなく、昔ながらの地元の書店。西条は店には入らず、少し離れたところから出入り口を見守った。書店には散々お世話になってるな……交番勤務から所轄の刑事課に上がって三か月、何かと自信を失うことが多い。誰かが仕事のやり方を系統立てて教えてくれない以上、自分で何とかするしかないのだが、どうにも上手くいかない。その結果、よく書店に足を運んで、自分を鼓舞してくれる本を探し回る習慣ができた。『平静の作り方』『世界で一番プレッシャーに強い男』『一瞬を生きる』――経営者、スポーツ選手など、その道の一流の人の言葉を吸収して自分のものにしたかったが、今のところガンと心を打つような本には出会っていない。そう言えば、新聞広告を見て買おうと思っていた本があったのだが、ついでに探して行こうか。ただ、この書店はごく狭いので、中に入れば生方と鉢合わせする恐れもある。

しかし……自分が買いたい本のことは、次第に頭から消えていった。

生方が出て来ないのだ。スマートフォンを取り出して時刻を確認すると、既に五分が経過している。生方は、この書店へ来るのが目的だったのだろうか。本を探しているうちに時間が過ぎてしまうことはよくあるが、それにしても遅い。それほど広い書店ではないのに……まさか、自分が知らない裏口があって、生方はそこから逃げてしまったとか……どうする？　十分が過ぎた時、瞬時迷った後、西条は思い切って店に足を踏み入れてみた。

閉店時間まではまだ間があるはずだが、店内はガラガラだった。やはり生方はいない。まさか、本当に裏口から逃げたのか？　レジにいる男性に確認しようと近づいた瞬間、背後で誰かが動く気配を感じた。慌てて振り向いたが、誰もいない。急いで店の外へ出て左右を確認しても、生方はいなかった。先ほど自分の後ろを通り過ぎて行ったのが、生方だったのか？　西条は急いで周辺を探した。都立大学駅周辺は、商店街もこぢんまりとしていて静かで、道路は狭く、入り組んでいる。そういう道筋の一本一本を一人で歩き回り、生方を見つけ出すのは不可能に思えた。あるいは既に、駅の構内に消えてしまったかもしれない。電車に乗られたら、それこそアウトだ。

クソ……やられた。短期間で二度目の失敗だ。どう挽回するか、アイディアがまったく浮かばない。

西条は意地になって、生方のマンション前で張り込みを続けた。街中を歩き回っていても生方に出くわすチャンスは低いから、ここで待つしかない……しかし朝七時になっても、生方は帰って来なかった。昨夜はどこか、知り合いの家にでも泊まったのかもしれない。だとしたら、自分はまったくの無駄足を踏んだわけだ。

どうするか……勤務が始まる八時までには、署に入らないといけない。生方は具体的に何かをしたわけではなく、単なる動向監視だから、永遠に張り続ける理由もないわけだし……馬鹿にされるのを承知の上で橋上にでも相談しようかと思ったが、スマートフォンを手にして迷っているうちに、着信音が鳴った。刑事課で昨夜の当直勤務に当たっていた先輩の岩下《いわした》だった。話を聞いた瞬間、西条は背筋に寒けが走るのを感じた。まさか——これじゃ、査定がマイナスになるどころか馘になってしまう。

生方の監視は続けられたが、西条は外された――「外す」と明確に言われたわけではないが、今度は指名されなかった。何となく、「ヘマやりやがって」と非難するような雰囲気が刑事課に漂っているのを感じる。そう、自分は馬鹿だった。やらかしてしまった。

西条が生方を見失ってから数時間後、管内のマンションで窃盗事件が起きた。被害者は警備会社に勤務する三十歳独身の男性で、この日は夜勤に入っていた。早朝帰宅すると室内が荒らされていて、ベランダの鍵が開いているのに気づいたのだった。この男性は自宅に常に十万円ぐらいの現金を置いていたのだが、それがそっくりそのままなくなっていたという。その金は、本人曰く「非常用」。厳重に保管したおいたわけではなく、普段使わない財布に入れて、デスクの一番上の引き出しにしまっていた。犯人――生方の可能性は否定できない――は特に苦労することなく金を見つけ、すぐに部屋を出て行っただろう。

手口はやはり生方のそれと酷似していた。被害者は、夜帰って来ないこともある職業の人である。しかし、直接生方の関与を証明する証拠はない。「現場へ行け」と言われて西条はすぐに生方のマンションを離れたのだが、その後確認すると、生方はいつの間にか自宅に戻っていたという。それを聞かされた西条は、何だか馬鹿にされたような気分になった。

事件発生から三日後の木曜日、出勤した西条はいつもと違う雰囲気に気づいた。違和感の原因はすぐに分かった。

見たことのない人間が刑事課にいる。中年の男で、身長百七十センチぐらい、かなりがっしりした体格なのが分かる。空いていたデスクにつき、両手を組み合わせて、何かをじっと待っていた。「挨拶は基本」というのは警察学校で最初に叩きこまれることだが、この人に関しては、挨拶していいかどうかも分からない。平然とここに入りこんでいるということは、警察官なのだろうが……向こうもこちらに挨拶する気配がなかった。

立ち上がったのは、課長の春川が部屋に入って来た時だった。男はスーツのボタンをさっととめ、軽く一礼して課長席に近づく。春川も素早く頭を下げた。二人は立ったまま、何事か話し始める。西条のデスクからは春川の顔しか見えないが、決して深刻な話ではないようだ。とはいえ、気にはなる——どうも最近、神経がピリピリしている。あんな失敗をした後だから当たり前だが、ちょっと考え過ぎかもしれない。

数分後、課員全員が揃ったところで、春川が声を上げた。

「ちょっと聞いてくれ」

それをきっかけに、見たことのない男が立ち上がる。何というか……それほど背は高くないのに、立ち姿が様になっている。背筋がピンと伸び、今にも走りだしそうだ。本格的にスポーツをやっているような感じがする。

「時期外れだが、刑事課に新メンバーが加入した。今日から赴任して来た向井を紹介させてくれ」

「向井光太郎です」素早く一礼し、間を置いて課員の顔をざっと見回す。「本部の人事二課から来ました。どうぞよろしくお願いします」

人事二課？　西条は内心首を捻った。本部と所轄の人事交流は頻繁にあるが、これは少しおかしいのではないか？　警察官になって、まだ本部勤務経験のない西条でも、人事二課が警部補以下の人事を扱う警務部の一セクションだということは知っている。警察官ではなく一般職員もいる部署で、そこに勤める人が所轄の刑事課に異動してくることなどあるのだろうか。

「向井部長は、しばらく西条と組んで仕事してくれ」

春川が指示したので、向井というこの男が巡査部長だと分かった。警察は「階級」と「肩書き」が分離した世界である。巡査部長は民間会社で言えば「主任」ぐらいの感じだろうが、「部長」と呼ばれることが多い。警視庁で本当の「部長」は九人しかおらず、一般の、特に所轄の警察官が直接会う機会などまずない。それ故か、巡査部長を「部長」と呼ぶ風習ができたのかもしれない。もっともこれは、少しかしこまった場での言い方であり、年下の巡査部長に対しては、先輩はただ名前を呼び捨てにする。

しかし、急に異動して来た人事二課の人と組ませるとは、どういうことだろう。西条は思わず手を上げて立ち上がった。

「課長」

「何だ」春川が少しだけ面倒臭そうな表情を浮かべる。

「組むって……仕事は何ですか？」

「生方の監視に決まってるだろう。二人で方法を考えて、上手くやってくれ」

「俺が、ですか？」

「お前だよ。今そう言っただろう？」

何なんだ？　しかし向井を見ると、迷いがない穏やかな笑みを浮かべている。この人、本当に刑事なのだろうか？　本当は一般職員だったりして……そういう人が所轄の刑事課に赴任して来ることなど、あり得ないはずだ。

疑念が消えないまま、西条は向井に挨拶に行った。どういうことかは分からないが、挨拶だけはちゃんとしておかないと。

「西条です」

「向井です……よろしく」向井が落ち着いた口調で言った。声は低いが張りがある。「ちょっと打ち合わせをしようか」

「打ち合わせ、ですか？」

「動向監視だよね？　その前にマル対のデータを頭に叩きこんでおきたいんだ」

「じゃあ、資料を持ってきます」

「屋上へ行こうか」向井が人差し指を天井に向けた。「今日は天気もいいし」

それはそうだが、打ち合わせなら刑事課でやるべきではないか？　とはいえ、西条にとってもありがたい誘いだった。刑事課で、先輩たちの視線を感じながら打ち合わせをするのは何となく気が重い。

確かに今日は好天――五月後半、空には雲一つなく、最高気温の予想は二十六度だった。上着がいらないぐらいだな、と思いながら、西条はさっさとベンチに座った向井に資料一式を手渡した。

「しかし君、ずいぶんすっきりした格好だね」向井がいきなり言った。

「はい？」

「スーツの着こなしがいい。オーダーとか？」

「まさか」西条は苦笑した。「そんな金はないですよ。ちゃんとメンテしているだけです」

「いいね。刑事に清潔感は大事だ」向井がうなずく。

実際、西条は着るものには気を遣っていた。まだ給料が安いから、それほど金をかけるわけにはいかないが、できる範囲でいい物を買うようにしている。ファッション誌のチェックも怠りない。いつかはロンドンのサヴィル・ロウでオーダーのスーツを作るのが夢だ。いったいいつ実現するか、分からないが。

「さて、ベランダ男か」資料を見る前に、向井がぼそりと言った。

「知ってるんですか？」

「その筋では有名人だから」

「向井さん、人事二課って仰《おつしや》ってましたけど、捜査三課にいたことがあるんですか？」

「いや」

短く否定して、向井が膝の上で資料を広げ始める。何となく会話を拒否されているような感じがして、西条は口をつぐんだ。向井は、手早く資料に目を通していく。その間、十分ほど。

資料はそれほど多くないが、暗記してしまえるほどの時間ではない。向井は最後に顔写真をじっくりと眺め、顔の高さに掲げた。

「この写真は、この前逮捕された時のものかな?」向井が西条に写真を示した。

「ええ。四年前ですね」

「今はどう? 変わってる?」

「少し白髪が増えてますけど、ほぼ同じです。写真の顔を覚えておけば、見逃しません」

自分は見逃したのだが……見栄を張っているように聞こえないだろうか、と心配になってきた。自分が失敗したことは、向井も知っているのではないだろうか。

「で? どうする?」向井がいきなり訊ねた。

「どうするって、動向監視するんじゃないんですか?」

「そのためにどうするか、だよ。どうすべきだと思う?」向井が涼しい声で質問を重ねる。

「それはやっぱり、張り込みと尾行じゃないですか」

「そうだね」向井がうなずく。「手間と時間がかかるけど、現行犯で逮捕するのが一番確実だ」

「ですよね」西条は相槌《あいづち》を打った。

「この前、十万円が盗まれた事件はどうだった? あれも生方なのかな」

「生方の手口に酷似してますけど、指紋も何も残っていないんです」

「ふうん」向井が、資料一式を丁寧にファイルフォルダに戻した。それから立ち上がって伸びをする。「ここは静かだねえ」

「住宅街の所轄は、だいたいこんな感じなんだよね。ここ、管内には結構大きな家が多いんじゃないか？」

「はい？」

「そうですね」

自由《じゆう》が丘《おか》、八雲《やくも》辺りは、目黒区内でもかなりの高級住宅地だ。富山出身の西条は、この署に配属になり、実際に街を歩いてみてそれを実感した。家そのものは、西条が高校まで育った富山市の方が概して大きい。しかしガレージに停まっている車がほとんど外車であることに驚かされた。家に金をかけられない分、高い車を買うのだろうかと皮肉にも考えた。

「家に金を貯めこんでる高齢者も多いから、盗犯担当の刑事は大変だ。ある意味、この署の花形だね」

「まあ……確かに忙しいのは忙しいですね」向井はどうして、こんなふうに自分を持ち上げるような台詞を吐くのだろう。少しだけ不安になって、西条は曖昧に答えた。

「君は、この後の目標は？　本部勤務？」

「ええ、一応」

「どこがいいのかな」

「捜査三課です」

「どうして？」

この流れで、いきなりそんな話をされても……しかし答えないのもおかしいだろう。

「ここの刑事課では、盗犯の捜査が多いですから。他の事件を捜査していないせいもありますけど、捜査三課ならやりやすいかな、と」

「慣れてるわけだ」

「まだ三か月ですけどね」

「盗犯捜査はいいよ」向井がまたベンチに腰を下ろした。

「そうですか？」

「犯人を逮捕すれば、間違いなく被害者に感謝されるだろう？　警察官の仕事で、誰かに礼を言われることなんか、あまりないじゃないか」

「ああ」西条は反射的にうなずいてしまった。「確かにそうですね」

「盗まれたものを無事に取り戻せればベストだけど、いつもそうできるとは限らない。それでも被害者からすれば、犯人が逮捕されれば溜飲《りゅういん》は下がるわけだから」

「向井さん、窃盗事件の捜査について詳しいんですね」

「俺ぐらいの歳になると、知り合いも多いから。人から聞いた話が、そのまま自分の経験みたいになるんだよ」

「向井さん、おいくつなんですか？」

「四十六。もういいオッサンだよ」向井が自虐的に言って笑った。笑うと少し若い感じになる。目尻の皺も、加齢のせいではなく笑い皺という感じだった。そういえば、よく日に焼けていて健康そうだ。今でもアウトドア系のスポーツをやっているのは間違いないだろう。

「さあ、行こうか」

「張り込みですか？」

「張り込みと尾行、だね」

「だけど、たぶん今は動きがないと思います」

「昼は寝ていて、夜になると動きだすわけか」

「ですから、夕方に家に行って、それから向こうの動きに合わせる方が効率的かと思います」

「君は前回、それで失敗した」

西条は口をつぐんだ。この人は、課長から何か聞かされているのだろうか。

「あの……知ってるんですか？」

「知ってるよ」向井がさらりと答える。「上手くまかれたみたいだね」

「まあ……あの、はい。見失いました」西条は認めざるを得なかった。

言い訳がまずい結果を生み出すということは、刑事としての短い経験から既に分かっていた。何かヘマしたら、即座に謝る。頭さえ下げておけば、向こうは怒鳴りつけるタイミングを失ってしまうものだ。詳しい説明はそれからでいい。

「一人の尾行は、だいたい上手くいかないんだよね」向井があっさり言った。「あれは、ちょっと無理があったんじゃないかな。普通は二人、入念にやる時は三人でやるべきなんだ。でも今回は、あくまで動向監視なんだね」

「まだ容疑者ではありませんから」

「ということは、とにかく少人数で、目立たないようにやるのがベストだ」

「ええ」

「ま、すぐに慣れるよ」

「そうですか?」そう言われても、西条は懐疑的だった。短い間に二回も、尾行に失敗している。自分は尾行に——刑事に向いていないのではないかと不安になっていた。

理由は分かっている。身長のせいだ。西条は百八十五センチあり、街中を歩いているだけでも目立ってしまう。元々目立つのが好きではないので、つい背中を丸めてしまうこともあった。西条の不安を見透かしたように、向井が訊ねる。

「君、身長は?」

「百八十五です」

「いいねえ」向井が目を細める。「何かスポーツは?」

「高校まで陸上……跳躍系でしたけど、大したことはなかったです」

「もったいないなあ。どうしてラグビーをやらなかったんだ?」

「え?」突拍子もないことを言われ、西条は間抜けな声を出してしまった。

「ラグビーだよ。君ぐらいの身長があったら、フォワードとして絶対に成功できた」

「高校にラグビー部がなかったんです」

「今からでも遅くないぞ。警視庁のラグビー部に入ればいい」

「いや、それは……」警視庁ラグビー部が、関東社会人リーグの一部で戦っていることは、西条も知っている。しかし、そこに行けというのは、ちょっと話が違うのではないか。話の流れだと、まるで自分が刑事失格と言われているようなものだ。

「まあ、まずは今回の仕事をきちんとやろう」向井が膝を叩いて立ち上がった。「一緒に頑張ろう」


「奴だな」

向井がつぶやく。西条は低い声で「そうです」と認めた。午後七時、張り込みを始めてから一時間が経過していた。やはり生方は、夜になると家を出て動き始めるようだ。下見なのか、実際に犯行に及ぶつもりかは分からないが、いずれにせよ、今日も長い夜になるだろう。

「打ち合わせ通りに行こう。君が先陣だ」向井が指示した。

「大丈夫ですかね？　俺は気づかれていると思うんですけど……」

「それは、生方本人に確認しないと分からない。取り敢えず、バレていないという前提で動こう。疑心暗鬼になったら、こちらの動きがぎこちなくなって、かえってバレる可能性が高くなる」

「――分かりました」

条件は前回とほぼ同じ。生方は駅方面へ向かい始めた。やはり、そちらへ行く人は少ないので、尾行はしやすい。生方の服装は先日見た時と同じような感じだった。ブルゾンと靴は同じものに見えたし、バッグも同様。ただし、下半身はジーンズではなくグレーのジャージだ。マスクもつけている。

前回、書店でまかれたのは、このブルゾンのせいだろうと西条は推測していた。生方は、ブルゾンを脱いで「服を変えて」西条を騙《だま》したのではないだろうか。狭い書店の中では、しっかり動きを観察するスペースもない。もしかしたらそれが、生方の狙いだったのかもしれない。わざと狭い場所に入りこんで、俺の尾行を妨害したとか……実際西条は体が大きいので、狭い場所は苦手だ。やはり靴に注目しておくべきだった。

西条は背中を丸め、できるだけ体を小さくしようと意識した。昔からこういうのには慣れているのだが、最近は妙に肩が凝る。交番勤務——毎日制服を着ていた時が、一番伸び伸びしていたかもしれない。あの頃は「できるだけ背伸びして体を大きく見せろ」と指示されていた。でかい体がさらに大きく見えれば、犯罪に対する抑止力になる、という理屈だ。確かに、でかい制服の男が夜の繁華街をパトロールしていれば、酔っ払いも無茶をしようとは思わないだろう。

生方は気楽な調子で歩いていた。弾《はず》むような足取り——というわけではないが、やはり身のこなしは軽く見える。前回逮捕された後は、懲役三年の実刑判決を受けており、刑務所の中では満足に運動できるはずもないのに、何らかの方法で体を動かし続けていたような感じだった。刑務所暮らしのブランクを感じさせない。

生方は駅へ向かう途中で右折した。どうやら行先は駅ではないようだ。しばらく歩くと、テニスコート二面を備えた、かなり大きな区立公園に出る。ナイター設備がないので、この時間だとボールを打ち合っている人はいない。基本的に人気《ひとけ》はなく静かだった。

生方は、テニスコートの隣の場所に入っていく。こちらが本来の公園――ブランコなどの遊具があり、昼間は子どもたちで賑わいそうだった。しかし当然、今は無人。暗い公園の中で、生方はいきなり柔軟運動を始めた。かなり本格的なストレッチで、彼が今夜ジャージ姿でいる理由が分かった。運動不足を解消しようというのか……しかしそれなら、ここまで歩いて来たのはどうしてだろう。ストレッチなら家でもできるし、一番簡単に体を動かせるのはジョギングだ。

それにしてもここは、監視がやりにくい場所だ。公園の中は暗いが、生方もそれに目が慣れているはずで、西条がちょろちょろ動き回っていると目立ってしまうだろう。周囲を見回して、公園の出入り口部分が、低いコンクリートの塀で囲まれているのに気づいた。あそこに身を潜めよう。

微妙に体を伸ばし、目から上だけを塀から出して、公園の中を確認する。生方は、足を交互に高く上げながら、大股で歩いていた。爪先が顔の高さにまで上がるぐらい、体が柔らかい。それで公園の端から端まで行くと、今度はランジ――大きく足を踏み出してぐっと下半身を沈める――で元の場所へ戻って行く。西条も、陸上選手だった頃にはよくやった準備運動だ。下半身全体の筋肉を伸ばして解してやるのに、一番簡単で効果的な準備運動である。

続けて、生方が奇妙な動きを始めた。公園の外周部分には杭が二重に打たれ、その間は土が剝き出しの遊歩道になっているのだが、生方は杭の一つに飛び乗ると、そのまま杭から杭へと飛び移り始めた。まったく危ない感じがしない。まるで、地上で大股で走っているようなものだった。端——西条が潜んでいるすぐ側《そば》まで来ると、細い杭の上でくるりと身を翻《ひるがえ》し、戻って行く。マスクをしていると苦しいはずだが、そんな素振りはまったく見せない。

おいおい……これは「練習」なのか？　生方は次に、雲梯《うんてい》をリズミカルに渡り始めた。時々腕一本でぶら下がっているのは、休んでいるというより腕を鍛えているようにも見える。

三十分ほど体を動かして気が済んだのか、生方は公園を出て、自宅の方へ足を向けた。途中コンビニエンスストアに寄っただけで、家に戻ったのは午後八時過ぎ。

西条はマンションの前を通り過ぎ、向井を待った。一分ほどして、向井が合流する。そう言えば、途中でまったく彼の気配がしなかったな、と気づいた。やはり、慣れると尾行でも気配を消せるのだろうか。

「準備万端な男だね」向井が小声で言った。

「やっぱり、二階のベランダから忍びこむために鍛えてるんでしょうか」

「おそらく」向井がうなずく。「ああいう手口は体が資本だからね。彼は、自分の身体能力に絶対の自信を持っているんだろう。それを衰えさせないように、体を動かしてるんだ」

「体操の選手みたいでしたね」

「彼は、中学校に上がったばかりの時に大怪我をしてね」

「そうなんですか？」西条はまじまじと向井の顔を見た。

「鉄棒から落下して頭を打って、肩を脱臼した。それがきっかけで、体操選手としては終わった——怪我の影響もあるだろうし、怖くなったんじゃないかな」

「そんなこと、いつ調べたんですか？」

「昼間」

「こんな短い時間で？」西条は目を見開いた。昼間、向井がどこかへ出かけていた気配はない。何度か刑事課から姿を消したが、どこかへ聞き込みに行ったとは思えない。

「電話は便利だね」向井が肩をすくめる。「そして警察官の肩書きは強い。会いに行って話を聴かなくちゃいけない時もあるけど、電話で済むことも多い。今回は単なる背景調査だから、難しいことはなかった」

「はあ」

向井のやり方が、どうにもピンと来ない。いや、電話一本で情報が取れるのはすごいことだと思うが、それが今回の一件にどう関係するか、さっぱり分からなかった。

「怪我して体操をやめざるを得なくなった——その挫折が、今にまでつながってるんだろうね」

「挫折して泥棒になったのは何となく分かりますけど、だからと言って許せませんよ」

「君の言う通りだ」向井がうなずいた。「ただ、容疑者の背景を知っておけば、逮捕した時に上手く対応できる」

「逮捕できますかね」

「今回は、まだ容疑者じゃないけどね。さて、どうする？」

「え？　どうしましょう」二十歳近く年上の人に判断を任せられても……。

「君が決めればいいじゃないか」向井が平然と言った。

「でも、組んでやるように言われたんですけど」

「最初にこの件を指示されたのは君だから、リーダーは君だよ」向井が西条に人差し指を向けた。「君が決めてくれ」

「はあ」西条は目を瞬《しばたた》かせた。疲れてはいる……先日の徹夜以来、何だか調子が狂ってしまったのだ。

「今日は引き上げるか？」西条が決めかねているのに気づいたのか、向井が提案した。

「引き上げて大丈夫ですかね」西条は遠慮がちに訊ねた。

「何もないと思えば引き上げる。ありそうだと思えばここで張り込みを続ける。二つに一つだよ」

どうして俺に判断を押しつけるのだろう。思い切って訊いてみようと口を開きかけた瞬間、向井が「自分の意見を言わないと、一生誰かに頭を下げ続けることになる」と警告じみた台詞を吐いた。

「どういう意味ですか？」

「最近の若い奴は『言われたことしかやらない』ってよく言うじゃないか。俺は必ずしもそうは思わないけど、そういう人が増えてきたのは間違いない。人の命令に従うだけなら楽だよな？　自分では何も判断しなくていいんだから。でも、若い頃から人の命令に従って動いてるだけだと、一生そうなってしまう。誰かのご機嫌を伺って、ひたすら指示待ちで……他人の道具にしかなれない人生だよ。そして道具は、いつかは壊れる。そうなったらお払い箱だ。スペアはいくらでもあるんだから」

「それは……」向井が言っていることは理解できるが、あまりにも極論ではないだろうか。

「そうならないための方法を一つだけ教えておくよ」向井が人差し指を立てた。

「何ですか？」

「相手が誰であっても、どんな話題でも、自分が先に言ってみることだ。飯の誘いでも、仕事の引き上げ時でも何でもいい。自分はこう考えてる、こうしたいっていうことを、口に出してみたらいい」

「そんなこと言ったら、先輩に怒られますよ」西条の脳裏には、何かと口うるさい橋上の顔が浮かんでいた。

「じゃあ、一生誰かに踏みつけられて終わってもいいのか？」

「それは……ちょっと嫌ですね」

「じゃあ、どうする？」

「――飯にしますか？」

「賛成だ」向井が爽やかな笑みを浮かべてうなずいた。「俺もちょっと腹が減ってきた。この街は馴染みがないから、どこか美味い店を教えてくれよ」

と言われても困った。都立大は、東横《とうよこ》線沿線では地味な駅で、駅周辺には飲食店があまりないのだ。中華料理屋があるのを思い出し、そこに誘ってみる。

「酒というより飯の店なんですけど」

「俺は、酒はいいよ」向井がさらりと言った。

「呑まないんですか？」

「ああ。君は呑みたければ呑んでもいいけど」

「今日は遠慮しておきます」

「じゃあ、二人で大人しく烏龍茶《ウーロンちゃ》といこうか。でも、令和はいい時代だね。昔だったら、アルコールを強要されるのが普通だった」

「向井さんも被害に遭ってたんですか？」

「被害を与えた方かな」向井がさらりと言った。「昔は結構呑んでたから」

「ああ……そうなんですか」後輩を何人も潰した後で、自分は酒から卒業という感じだろうか。

目黒西署に配属されてから、何度か入ったことのある中華料理屋だった。黄色いテーブルクロスに黒いパイプ椅子。テーブルは半分ほど埋まっていたが、多少ややこしい話をしても他の客に聞かれないぐらいの余裕はある。

向井はさっとメニューを取り上げ「セットがあるんだね」と言った。何となく慣れた様子……一人で飯を食べる生活を長年続けている感じだった。独身なのだろうか？　左手の薬指に指輪はない。結婚しているからといって、必ずしも指輪をはめるわけでもないのだが。

「八時半か……」向井が壁の時計をさっと見上げて言った。「海老チリのセットにするかな」

「じゃあ、俺は担々麺《たんたんめん》にします」

「それが美味いのか？」

「一応、この店の一推しです」

「そうか」向井は注文を変えなかった。「担々麺は好きだけど、あまり塩分を摂りたくないんだ」

「健康に気を遣ってるんですね」

「この歳になると、多少は気にしないと」向井が肩をすくめる。

担々麺は赤みが強く、辛さも結構強烈だ。味の強いスープがおかずという感じで、セットでもらった白米が進む。向井は妙にゆっくりと食事を進めていた。

「向井さん、家では飯を食べないんですか？」遠回しに、独身なのか確かめてみた。

「一人だからね。自炊するのも馬鹿馬鹿しいし、効率が悪い」

「ああ……分かります」

「東京は便利だよな。一人暮らしの人間に優しい」

「向井さん、出身はどこなんですか？」

「北海道。伊達《だて》市って分かるか？」

頭の中に北海道の地図を広げてみたが、どこにどの街があるのかさっぱり分からない。首を傾げると、向井が苦笑した。

「洞爺湖《とうやこ》の近くで室蘭《むろらん》の隣町、と言っても分からないか」

「すみません」

「いや、自分の出身地や住んでいるところ以外の事情は分からないよな。君は富山出身だったよな」

「はい」と反応してしまってから、少し気味が悪くなった。何だか、知らぬ間に丸裸にされてしまったような気がする。こちらのことが一方的に知られているのは悔しく、西条は訊ねた。

「向井さん、どうしてここにいるんですか？」

「うん？」向井が皿から顔を上げた。

「いや、ですから、この時期の異動って異例ですよね？　うちに欠員が出たわけじゃないし」

「そうだね」向井がうなずく。「でも俺は、自分の異動を自分で決めてるわけじゃないから。人事二課の仕事は、他人の人事を決めることだよ」

「そうですけど……何かあるんですか？」

「さあ」向井が首を傾げる。「俺は言われたからここに来ただけだ。そして、命じられた通りに仕事をする。宮仕えは、そういうもんだろう？」

「はあ」

「取り敢えず、今は生方の動向監視だ。その仕事をきっちりやるよ——それで、明日はどうする？」

西条は絶句した。そこも俺が決めなくちゃいけないのか？

翌日の金曜日、出勤した西条は、課長の春川と向井が何やら話しこんでいるところに出くわした。向井は肩からショルダーバッグを提げたまま。バッグを下ろす暇もなく話しているのかと思うと、にわかに緊張する。昨夜のことで、何か俺に対するマイナスの報告でも上げているのだろうか……春川がちらりとこちらを見た次の瞬間、向井が一礼して自席についた。そして西条の顔を見ると、何事もなかったかのように「おはよう」と軽い調子で挨拶してくる。

「……おはようございます」

「今日はどうする？」

「今日ですか？　やっぱり夕方から張り込みと尾行、と思ってますけど」

「分かった。何時スタート？」

「六時でいいと思います」

「昼間は、この前の窃盗事件の捜査だね」

「はい」

刑事は二十四時間、三百六十五日働くものだ——西条のそんな思い込みは、刑事課に配属になった途端に誤解だと分かった。「何もなければ定時帰宅」に慣れてしまうと、たまに仕事が長引く時にきつく感じる。ましてや今週は、立ちっぱなしで一晩徹夜してしまったのだ。徹夜ぐらい何でもないと思っていたのだが、その後も窃盗事件の捜査が続いていて、確実に疲れは溜まっている。昼間、ひたすら歩いて聞き込みするのも、相当体力を削られる仕事だ。

朝一番で、その窃盗事件に関する捜査会議が開かれた。

「周囲の防犯カメラのチェックは全て終えました」橋上が報告する。「怪しい人間は映っていません」

「生方も？」春川が問い質した。

「いないですね」

「ふうん……向井部長、何か？」春川が話を振った。妙に気を遣っている感じがある。

「地図を作りたいですね」向井がのんびりした口調で答える。

「地図？」橋上が首を傾げる。

「現場付近でチェックした防犯カメラの地図です。死角になる場所を洗い出せば、犯人の動きが分かるかもしれない」

「なるほど。米田《よねだ》メソッドか」春川がうなずく。

「米田メソッドって何ですか」西条は反射的に訊ねた。

「お前、それも知らないのか」

橋上が呆れたように声を上げる。向井が「まあまあ」と言って割って入った。

「刑事になって三か月だと、知らなくてもおかしくないですよ。教えてないんでしょう？」

「まあ、そうですけど」不満そうだったが、橋上は引っこんだ。

「米田メソッドっていうのは、捜査支援分析センター《SSBC》の米田係長が編み出した捜査方法なんだ」向井が説明を始めた。

ＳＳＢＣなら、西条も知っている。その大事な役目の一つが、防犯カメラの画像解析などで犯人に迫っていくことである。事件発生現場やその周辺の防犯カメラの画像を集めてつなぎ合わせていく捜査は、近年極めて重要視されるようになっている。これによって、犯人の足取りを「線」として把握することができるわけだ。

「米田メソッドは、通常の防犯カメラを使った捜査の反対——裏返しみたいなやり方なんだ。防犯カメラに犯人が映っていない場合、犯人は死角を通ったと想定して『裏のルート』を探り出す。防犯カメラに映っていないところが、犯人の『動線』だと推定するわけだ」

西条は、道路の一部が黒く塗り潰された地図を想像した。カメラの「死角」が線になってつながる感じだろうか。それを言うと、向井が微笑しながらうなずく。

「まさにそのイメージだね。課長、どうですか?」

「管内の防犯カメラの場所は把握できているから、やってみるか。橋上、頼む。西条も手伝え」春川が指示した。「向井部長は……」

「聞き込みでも行きますか」向井が膝を叩いて立ち上がった。「米田メソッドは、何人もでやるような仕事じゃないですからね」

「そうだな。夕方からはまた監視を頼むけど」

「老骨に鞭打《むちう》って頑張りますよ」

春川の苦笑に送られ、向井が刑事課を出て行った。「老骨」というほどの歳ではないはずだが……。

午前中、西条は橋上と一緒に地図作りに専念した。それほど難しい作業ではない。防犯カメラの位置は全て把握しているし、だいたいどこまで映るかも分かるので、カメラがカバーしているはずの場所を黒く塗り潰していく。ＳＳＢＣが、その作業用に作ったソフトが役に立った。

「駒沢通り《こまざわどお》りの一本北の道路が、ほぼ死角になってるな」言って、橋上が伸びをした。

「ですね」道路の白い部分は複雑に入り組んでいるが、概《おおむ》ね西の方に続いている。環七通りの手前まで防犯カメラのチェックを終えたが、その先も事情は同じようなものだろう。防犯カメラは商店街などにはかなり普及しているが、住宅地ではまだそこまで多くは設置されていない。生方の自宅マンションの方まで死角が続いている様を西条は想像した。

「生方は、防犯カメラのチェックもしているかもしれませんね」

「ああ」

「夜の散歩で、狙う家を決めると同時に、死角になるルートも探している」

「ベテランの泥棒さんは、それぐらい用心深くやるだろうな」橋上がうなずく。「直接の証拠にはならないにしても、この白い道路沿いの家で聞き込みを続けていけば、生方の目撃証言が出るかもしれない」

「でも、生方の顔を見た人は、今のところはいないんですよね」

「それはしょうがない。決定的な証拠が出るまで、足を使うしかないだろう。それと動向監視、な」

「分かってます……あの、訊いていいですか？」

「何だ」橋上がワイシャツの胸ポケットから煙草を取り出した。署内は禁煙なのだが、彼は時々こうやって煙草のパッケージをいじっている。触っているだけで気持ちが落ち着くのかもしれない。

「向井さんって、何者なんですか?」

「何者って……俺もよく知らないけど」

「人事二課から所轄の刑事課へ異動って、ちょっとあり得ないですよね」

「しかし、絶対にない話じゃないだろう」橋上が煙草をポケットに戻した。

「よく分からない人なんですけど、元々刑事なんですか?」

「さあな。たまに所轄へ行ってるみたいだけど」

「たまに行ってる?」西条は橋上の言葉尻を摑まえて訊ねた。「異動じゃないんですか?」

「俺は詳しいことは知らないよ」橋上が立ち上がった。明らかに逃げ腰——何か知っているのに、話したくない様子だった。

「橋上さん——」

「西条!」春川が声を張り上げる。「終わったら、その地図をベースにして、さっさと聞き込みを始めろ。現地で向井と合流するんだ」

大声で命じられ、反射的に立ち上がる。何だかまずいことに触れてしまった感じ……いったい何なんだ? 不安は大きくなるばかりだった。

こうなったら何としても、生方の動きを確認したい。しかし時間は無駄に流れてしまった。

西条は週末の夜も自主的に出動し、生方のマンションを見張ったのだが、土日は生方はまったく外に出て来なかった。いや、実際に籠っていたかどうかも分からない。一人で二十四時間監視を続けるのは不可能だから、西条が見ていない間に家を出ていた可能性も否定できない。

もっと大人数でかかれば、とも考える。ローテーションを組んで二十四時間監視したら、すぐに尻尾を摑めるかもしれない。しかし今のところ、生方は「容疑者」ではないのだから、そこまで人手を注ぎこめないだろう。

月曜日の朝、署に顔を出すと、向井が妙に疲れた顔で座っていた。明らかに寝不足の様子で、目が赤い。

「どうかしたんですか？」思わず訊ねてしまう。

「土日はいろいろあってね」

「いろいろ？」

「警察の仕事以外の課外活動があるんだ。昼間の話だけど、どうしても時間がなくなるからね」

「まさか、副業ですか？」西条は声を潜めて訊ねた。

「いやいや、無給だから」向井が苦笑する。

「ボランティアですか？」

「そんな高尚なものじゃなくて、単なる趣味だよ。さて、今週はどうする？」

「張り込みと尾行、続行です」

「気づかれてるんじゃないかな」向井が唐突に言った。

「生方にですか？」

「先週の一件で、自分が疑われているのは分かっていると思うんだ。当然、監視・尾行されていることにも気づいていると思う」

「それで家から出て来ないのか……」西条は顎を撫でた。

「どうして、出て来ないって分かってるんだ？」

「え？」西条ははっと顔を上げた。

「もしかしたら、土日も監視してたのか？」

「ええ、まあ」何となく決まり悪くなって、西条は座り直した。

「一人で？」

「誰かに応援を頼むような話じゃないでしょう。生方は容疑者って決まったわけじゃないんですから」

「まさか、徹夜したのか？」

「いえ……午前二時には引き上げました」

「いい時間だね」向井がうなずく。「彼が動きだすとしたら、それぐらいの時間が多いだろう。それ以上遅くなると、下手すると朝になってしまう」

「ですね」早朝、新聞配達が街を回り始める頃に、盗んだ金を懐に入れて家路を急ぐ生方――あり得ない姿だ。午前二時に監視を中止した自分の判断は正しかったのだとほっとする。

「しかし君も、評判通りだね」

「何の評判ですか」西条はすっと背中を伸ばした。いったい誰に何を言われているのだろう？　人の評価は気になって仕方がない……。

「ま、いいじゃないか」向井が薄く笑みを浮かべた。「人の噂話は好きじゃないんでね」

「はあ」

何だか釈然としない。向井という男は、何というか……最後まではっきりと言わない。中途半端に語って、こちらに疑念を抱かせるだけだ。何か狙いがあるのか、それとも無意識なのか、さっぱり分からない。


この日の夜、生方は動きだした。午前一時――反射的に腕時計を見た西条は、既に月曜ではなく火曜になっていると意識した。

この時間だと、公園でトレーニングというわけではあるまい。次の犯行の本格的な下見、あるいは既に目処《めど》をつけていた家に忍びこむかもしれない。緊張しながら、西条は尾行を開始した。

向井の提案で、今日は無線を用意してきていた。連絡を取り合うなら携帯でもいいのだが、手元は空けておいた方がいい、というのは彼のアドバイスだった。組んで監視を始めてから、ようやくまともな話を聞けた。

しかし、尾行はやりにくい。午前一時ともなると、歩いている人はほとんどいないのだ。駒沢通りを走る車はそれなりに多いが、車は「隠れ蓑《みの》」にできない。生方は一切振り向く様子を見せなかったが、西条は不安で仕方がなかった。以前、橋上に聞かされたことがある。「何かやろうとしている人間は、普段よりもピリピリしているからな」。勘が鋭くなり、普段なら気づかないものにも気づいてしまう。

「脇道へ入れ」耳に押しこんだイヤフォンから、突然向井の声が聞こえた。

脇道……確かにこの先に、左へ折れる路地がある。

「先回りするんですか？」西条は確認した。

「脇道に入って、五秒待ってから尾行再開」向井の声はささやくようで、同時にキビキビしていた。普段話している時とは様子がまったく違う。

「了解」

何のことか分からないが、一応答える。西条は指示通り脇道に入り、ゆっくりと五つ数えてから駒沢通りに出た。生方との距離は五秒分遠くなっているが、背中はしっかり見えている。というより、動いている人は生方しかいないのだから、見逃しようがない。

「そのままキープ」

「了解です」

少し距離を開けるために時間調整する、ということか。しかしそれなら、「スピードを落とせ」と指示すれば済む話である。

生方は、駒沢通りの六叉路に差しかかった。学芸大学駅までは、ここから徒歩三分ほど。しかし生方はそちらへは向かわず、左へ折れた。六本ある道路のうち、駒沢通りとほぼ平行して走る細い道だった。片側一車線の道路だが、そこへ入るとほとんど車も見なくなる。尾行は極めてやりにくい場所だ。

「左へ折れて五秒待機」また向井の声が耳に飛びこんでくる。

「了解」

いったいどういうつもりなのか……距離を空けるだけの意味ではないようだが、向井の真意が読めない。

西条は左に折れ、五つ数えてから、コンビニエンスストアの駐車場を横切って元の道路に戻った。生方との間隔は三十メートルほどに開いている。マラソンだったら、そろそろ絶望したくなる距離だ。背中ははっきり見えているから、見逃すことはあるまいが……次の瞬間、向井が自分の五メートル先を歩いているのに気づいた。いつの間に？　先ほどまで背後にいたはずの向井の気配には、まったく気づかなかった。もしかしたら彼は、尾行の達人なのだろうか。

その後も、時折向井の指示が飛んだ。生方のマンションが近づいて来る頃には、向井の意図が何となく分かってきた。距離を詰めたり空けたり、さらに複数でかかる時には「一番手」の人間を交代する――全て、生方に気づかれないための作戦だろう。

生方は結局、マンションに戻って来た。その時、すぐ背後に詰めていたのは西条。このまま家に帰るのかと思ったが、生方はふいに左に折れた。

「その場で待て」

後を追おうとしたが、向井の指示で足を止める。ここで立ち止まっていていいのか？　向井からの連絡は途絶えてしまう。どうしたものか……振り向いた瞬間、後ろから生方が歩いて来るのに気づいて、西条は固まった。まさか、どこかでUターンして来た？　だとしても、何のために？

西条は動けなかった。そのまま歩きだせば、生方とすれ違う。しかし踵を返して同じ方向へ歩いて行くと、彼がマンションに入るのを見届けられない。何か指示を——無線に向かって頼もうとした瞬間、向井の声が聞こえた。

「そのまま」

ここで立っていろというのか？　生方とすれ違っても構わない？

生方は少しうつむいたまま、スピードを変えずにこちらへ向かって来る。西条とすれ違う瞬間、ニヤリと笑った。唇が開きかけたが、言葉は出ない……西条は何もできず、何も言えなかった。誰かに引っ張られるようにのろのろと歩きだし、少し進んだところで振り返る。生方は、マンションの外階段に足をかけたところで、いきなりこちらを向いた。あろうことか、西条に向かって軽く手を振って見せる。

クソ、やっぱり気づいてたんだ。顔がバレてしまった。これではもう、尾行はできない。

向井は「一度署に戻ろう」と提案した。怒っている様子ではなく、単に打ち合わせをしたい感じである。署に戻って刑事課に上がると、向井は自席について溜息をついた。

「今夜はよく歩いたね」気楽な調子で言うと、ネクタイを緩める。

「いえ……」生方に気づかれていたショックで、西条は話すのも億劫《おっくう》だった。

「聞いた話だけど、君は前にも一度、尾行に失敗しているそうだね」

「ああ……そうです」嫌なことを。彼は、人の噂話を集めるのが趣味なのだろうか。「人の噂話は好きじゃない」と言っていたはずだが。

「結果的に、それほど大変な失敗じゃなかったと聞いてるよ」

「犯人は捕まえましたから、失敗とは言えないかもしれないけど……俺がヘマした分、時間が余計にかかりました」

「それぐらいだったら、結果オーライでいいんじゃないかな。誤差の範囲ということで」

「いや……」

まったく、嫌な記憶だ。あれは一か月ほど前――傷害事件の容疑者を洗い出し、動向監視のために尾行を命じられたのだが、あっさり気づかれてしまったのだ。ただしあの時は、一緒に尾行していた橋上がそのまま追い続け、結局職質から逮捕へ至った。正式に咎められることはなかったが、橋上からは何度もからかわれた。もしかしたら一生言われ続けるかもしれない。こんなことなら、課長からきちんと叱責を受け、それで終わりにして欲しかった。

「君は、尾行には不利だ」向井が指摘した。「大きいからね」

「ああ……それは自覚してます」

「身長は――百八十五センチだっけ?」

「ええ」

「それぐらいでかいと、歩いているだけでも目立つ」向井が真顔でうなずいた。「かといって、身長を縮めることはできない。その点では、そもそも背が低い方が有利かもしれないな。底の厚い靴を履けば、その分身長が高くなって、見た目が変わるわけだし」

「尾行もできないんじゃ、刑事失格じゃないですか」西条は溜息をついた。

「そう思うか？」

「二度も気づかれたんですよ。もう、生方の尾行は無理だと思います。下ろしてもらうように言います」

「ずいぶん簡単に諦めるんだ」

「でも……」西条はつい、うつむいてしまった。

「刑事を続けている限り、尾行は必須だ。どうすれば上手くできるか、考えないと」

「気配を隠せればいいんですよね。でも、自分にはそれができそうにないです」

「気配なんか、自分で調整できるものじゃないからね」向井がうなずく。

「だったら、やっぱり無理です」西条は力なく首を横に振った。

「尾行にも、いろいろな方法、それに目的がある」

「そうですね」

「生方をどうすべきか……明確な証拠はないけど、先週の侵入盗も、奴の犯行なのは間違いないと思う。ただ、あの件で引っ張るのは現状では難しい」

「ええ」

「何度も捕まって、あいつも学習したはずだ。簡単にはヘマはしないだろう。いつか必ず、それも近いうちに、また犯行に及ぶのは間違いない。そこを現行犯逮捕するのが一番手っ取り早い」

「となると、窃盗の前――家宅侵入の時点ですか」

「そう。身柄を取れれば、その後の取り調べも簡単になる」

「でも、次にどこを狙うかは分かりませんよ」

「だから、そこは尾行だよ」

「俺がやるんですか」西条は自分の鼻を指差した。

「もちろん。それで、ちょっとだけずるい手を使う勇気はあるか？」

「ずるい手？」

「違法かどうかは微妙なところだけど……まあ、何とかなるだろう。君の方でよく考えてくれ」

「え？　指示じゃないんですか？」

「自分で考えないと」

この人は、ヤバい人なのか？　捜査のためなら、法律や警察のやり方をねじ曲げても構わないと思っている？　こんな人とつき合っていて、大丈夫なのだろうか。

翌朝、西条が出勤すると、向井がまた課長の春川と話し合っていた。自分の悪口を言っているのだろうか、と疑心暗鬼《ぎしんあんき》になってくる。西条の顔を見た春川が、素早く手招きした。

「今夜、勝負を賭けるぞ」

「生方を引っ張るんですか？」

「現行犯で捕まえる。奴が動きだせば、だけどな」

「……分かりました。自分もですか？」

「当たり前だろうが。お前は刑事課で最年少なんだ。率先して体を使え」

「生方に顔がバレてますけど……」

「バレてるならバレてるで、それを上手く生かす方法を考えるべきじゃないかな」向井が指摘した。

「顔バレしてたら、尾行なんてできないじゃないですか」西条は思わず唇を尖らせた。

「頭を使え、頭を」春川が人差し指で自分の耳の上を突いた。「作戦はお前が自分で考えろ」

「……何人でやるんですか」

「四人だな。橋上と、向井部長と、お前。それに大山《おおやま》もつける」

盗犯担当全員で出動か。そんな状態で、駆け出しの自分が作戦を任せられても……何も頭に浮かばない。基本的には、今までと同じように尾行を続け、向こうが動きだすのを待つしかないだろう。今日勝負を賭けるといっても、そう簡単に終わるとは思えない。四人揃っての尾行が何日も続いたら、全員へばってしまうだろう。

どうしたものか……向井に助けを求めようとしたが、彼は知らんぷりでそっぽを向いている。組んで仕事をしているのに、肝心なところで何のアドバイスもしてくれないのか？　だったらこの人は、どうして所轄に異動して来たのだろう？


定時に一度引き上げて、午前零時に署に集合。それまでは、別の刑事が生方の家の監視をしていた。動きはなし、との報告を受けて、生方のマンションに向かう。

「作戦は？」署を出た途端、向井が訊ねる。

「いえ」散々考えたのだが、何も浮かばなかった。

「君は顔を知られている可能性が高い」

「それが問題なんです」西条は思わず表情を歪めた。

「一番近いところで尾行するわけにはいかないね」

「ええ」

「昨夜、何度か姿を隠したり、俺と交代したりしただろう。あれは、バレないようにする基本なんだ」

「ああ……なるほど」しかし自分は、そのローテーションに入るわけにはいかない。できるだけ離れて目立たないようにして、先輩たちをサポートするしかないだろう。絶対に主役にはなれず、いざ逮捕劇となっても、後から形だけ参加することになるのではないか。「自分は、後方支援します」

「じゃあ、我々三人で、順番を交代しながら行きますか」

向井が橋上に視線を向けた。橋上が思わせぶりな表情を浮かべてうなずく。何なんだ……先輩たちのやることを見て勉強しろ、とでも言いたいのだろうか。

「足を引っ張るなよ」橋上が嫌そうな口調で西条に忠告した。

「頑張ります」

頑張ると言っても何を頑張るのか。邪魔にならないように、少し離れたところで動きを見守っているだけでは、仕事をしたとは言えないだろう。

「顔を知られているからできることもあるんだけどね」向井がさらりと言った。

「どういうことですか？」

「言った通りだよ。詳しく説明してる時間はないから、自分で考えてくれ。考えるのも仕事のうちなんだから」

「向井さん、はっきり言ってもらわないと分かりませんよ」西条は思わず抗議した。

「ほらほら、それがお前の悪いところだ」橋上が茶化した。「いちいち説明されないと動けないようじゃ、いつまで経っても一人前になれないぞ。現場は動いてる。そこにいる以上、自分で解決しなくちゃいけないことも多いだろうが。指示を仰いでいる暇なんか、ないんだから」

「はあ。まあ……」

「はあ、じゃねえよ」橋上が乱暴に言った。「考えろ。必死に考えろ。それで生方をパクるんだ」

午前一時過ぎ、生方がマンションから出て来た。とはいっても、西条は直接その場面を見てはいない。かなり離れたところで待機していて、無線で報告を受けただけだった。はぐれることはない。橋上や向井が、頻繁に状況を教えてくれたのだ。先輩たちの影を追うように歩いているだけで、仕事をしている実感がまったくない。

生方は、昨夜と同じようなルートを通っている。やはりあの辺りに、狙っている家があるのだろうか。西条はスマートフォンを取り出して、付近の地図を確認した。基本的に、学芸大学駅のすぐ近くまでは住宅街で、似たような光景が続く。西条は防犯カメラの有無も確認しながら歩いていたのだが、住宅街では、繁華街に比べればやはり数が少ない。玄関先に防犯カメラをつけている民家もあるのだが、ダミーの可能性も高い。「防犯カメラがある」と犯人に意識させるだけで、ある程度は防犯効果を期待できるはずだ。

「六叉路、左」

橋上の指示が飛ぶ。生方は昨日、ここで逆戻りするようにして自宅へ戻ったのだ。どうやら今日は別の目的——いよいよ犯行に及ぶつもりかもしれない。そこで、自分が何をできるか……この身長のせいでどうしても目立ってしまい、隠密行動は取れそうにない。

報告は次々に入ってくる。どうやら生方は、全く迷わずに歩いているようだ。これまで入念に下見を繰り返していたのだろう。昨夜は尾行されていることを確信したはずだが、逆にそれで、動けると思ったのかもしれない。この辺は犯人と警察の駆け引きだ。犯人側の心理として、

「動きがバレているからしばらく大人しくしていよう」と考えるのは自然だ。逆に「警察の方で用心して一時監視を止めるかもしれない」という発想になってもおかしくはない。おそらく生方は、後者の考えを取ったのだろう。もっとも、今夜このまま犯行に及ぶかどうかは分からない。そもそも入念な下見をするタイプのようだから、今夜も観察だけで、何もせずに帰宅するのではないだろうか。

「止まった」緊張した声で橋上が告げる。

西条は場所を確認した。尾行ではなく監視だったら、自分もさほど目立たず参加できる。そちらへ向かおうとしたのだが、歩調を速めようとした瞬間、「歩きだした」と再度報告が入る。

西条は少し歩みを緩め、尾行を再開した。いや、これはちゃんとした尾行ではなく、単に「先輩たちの後をついて回っているだけ」なのだが。

三分ほどして、また「止まった」と連絡が入った。反射的に住居表示を確認すると、鷹番《たかばん》三丁目……いつの間にかまた駒沢通りを越え、学芸大学駅の近くに来ている。とはいえ、喧騒とは程遠く、小さな一戸建ての家が並んでいるだけだった。人通りはまったくない。

「まかれた！」

予想もしていなかった橋上の声が耳に飛びこんでくる。三人もいて、まかれた？　生方はどれだけ鋭く、すばしこい人間なのだろう。しかしここで諦めてはいけない。警察の尾行に気づいたということは、生方は今日は犯行に及ばないと思うが、それでも動向はしっかり確認しておかねばならない。先輩たちが見失ったなら、自分が見つける――しかしどこへ行っていいか分からない。

西条は取り敢えず歩きだした。この辺は細い路地が入り組んでいるので、生方がこちらをまいて逃げる気になれば、ルートはいくらでもある。

生方は、一見マンションとも見紛うほどの、大きな一戸建ての家の前に立っていた。いや、まさに侵入しようとしている。これは〝本番〟ではなく下見かもしれない。玄関を見たが、警備会社のステッカーは貼られていない。生方は、ガレージのシャッター脇でブロック塀に手をかけると、鉄棒でもするように軽々と身を引き上げ、塀の上でしゃがみこんだ。そこでバランスを保ちながら、一瞬周囲を見回す。

そこで西条は、思い切って飛び出した。声は上げない。しかし生方は西条に気づき、その場で固まった。ブロック塀の内側に飛び降りれば、住居侵入の現行犯だ。かといって、道路に降り立って逃げれば、追いかけられることは分かっているはずだ。西条は敢えて慌てず、ゆっくりと近づいた。生方はまだ動かない。おそらく彼も、こういう状況で刑事に見つかった経験はないのだろう。逃げるか、その場に止まって何か言い訳するか。

しかし生方は、予想外の行動に出た。

ぐっと伸び上がると、高さを確認するように、二階のベランダに手を伸ばす。まさか――ベランダから侵入して家に立て籠るつもりか？　それとも屋根まで登り、その後屋根伝いにどこかへ脱出しようというのか？

ベランダまではかなり距離があるので、手を伸ばしただけでは届かない。飛びつくしかなさそうで、一発勝負になるだろう。細い塀の上で何度もジャンプするのは、さすがに元体操選手でも無理ではないか？　チャンスは一度――こっちも一度きりだと思い、西条はダッシュした。ギリギリ――生方が飛び上がる。西条はそのタイミングに間に合って、自分も飛び上がって大きく腕を伸ばすと、宙に浮きかけた生方の足首を思い切り払った。空中でバランスを崩した生方は、そのまま塀と家の間の狭い空間に音を立てて落下する。すぐに「クソ！」という悪態が響いた。

西条は自分も塀に手をかけ、一気にジャンプして飛び越し、敷地内に入った。目の前でうずくまる生方に声をかける。

「生方！　住居侵入の現行犯で逮捕する！」

背後に手を回し、手錠を取り出す。しかし手が震えているのにすぐに気づいた。一人で犯人を逮捕することなど、初めてなのだ。

生方は動かない。まだ逃げるチャンスがあると思っているかもしれないが、狭い空間に二人でいるので、実際には身動きが取れないはずだ。「下見か？」と訊いたが返事はない。

その時、西条の右側で部屋の灯りがパッと点いた。騒ぎに気づいたこの家の住人が起き出したのだろう。西条が一瞬それに気を取られた隙に、生方が立ち上がる。実際には、座った姿勢から一気に体を伸ばし、その勢いでジャンプして塀に手をかけていた。このままでは逃げられる――西条は慌てて、生方の足首を摑んだ。そのまま両腕で抱えこみ、体重をかけて敷地内に引き下ろそうとする。生方は西条よりもずいぶん体重が軽いし、両腕だけで体を支えているので、圧倒的に西条の方が有利なはずだが、なかなか引きずり下ろせない。生方は両足をバタつかせ、何とか縛《いまし》めから逃れようとした。放したら駄目だ。顔面を蹴られでもしたら、逃げられてしまう。

額に汗が滲み、息が荒くなってくる。いつまでもこんなことを続けていられない……しかし突然、「かちゃり」と小さな音がした後、生方が抵抗をやめた。

「ほれ、諦めろ、生方」橋上の呑気な声が聞こえてくる。

「確保したぞ、西条。こいつを押し上げろ」

橋上に指示されるまま、西条は生方の脹脛《ふくらはぎ》を抱えたまま、ぐっと上に押し上げた。体全体が塀の上に乗ると、今度は橋上が乱暴に生方を引きずり下ろす。手錠で両手の自由を奪われた生方は、バランスを崩して肩から道路に落ちてしまった。かなりの衝撃があったはずだが、悲鳴を上げず文句も言わず、その場にへたりこむ。マスクがずれて、顔が露わになっていた。

細い庭に面したドアが開き、パジャマ姿の初老の男性が顔を覗かせた。顔には怒りの表情。

「何の騒ぎだ!」

「警察です」西条は呼吸を整えながら、バッジを示した。

「はあ?」男が眉を吊り上げる。

「お騒がせしました。事情は後で説明します」

外では、立ち上がった生方の両脇を、橋上と向井が固めている。生方は顔を上げて塀越しに西条の顔を見ると、一瞬だけニヤリと笑った。

「兄《にい》ちゃん、あんたみたいにでかい刑事は——」

「黙ってろ！」

橋上が怒鳴りつけると、生方が首をすくめる。

「西条、お前はこの家の人に事情を説明してから署に戻れ」橋上が指示する。

「分かりました」

あーあ、これでプラス査定はなしか。生方は捕まえたものの、西条はガックリしていた。犯人を逮捕した場合、手錠をかけた刑事が後に表彰対象になる。もちろん犯人の動きを奪うための手錠は一つで十分なのだが、その場にいた刑事が表彰を受けるための「証拠」にする手錠もあるのだ。しかし今回、西条は手錠をかけられなかった。

「しかし、あんた、でかいねえ」完全に目を覚ましてしまったのか、男がはっきりした口調で言った。「身長、どれぐらいあるんだ？」

「百八十五センチです」

「それだけでかい体で刑事をやってたら、悪い奴もビビるだろう。あんたの姿を見ただけで、悪いことをやる気をなくすんじゃないか？」

その瞬間、西条はピンと来た。

そうか、自分にもちゃんと役目があるんだ。

翌朝、西条は刑事課で何となくぎくしゃくした雰囲気を感じた。未然に犯行を防ぎ、生方を逮捕したのだから、もっと明るい空気になっていてもおかしくないのに……もちろん、これから先週の侵入盗についても叩いて立件していくことになるから、しばらく忙しいのだが、それにしてももっと歓迎されてもおかしくない。

違和感の原因の一つにすぐに気づいた。

向井がいない。

向井はいつも、西条より早く出勤してきていた。それが今朝は、席が空いている。いや、昨夜は遅かったから署に泊まったはずだ。単に寝坊しているだけだろうか。

定時から五分遅れて向井が姿を現した。そのまま真っ直ぐ課長席に行き、春川と一言二言言葉を交わす。春川がちらりと西条を見てうなずいた。向井がこちらへやって来る……おいおい、また何かあるのか？

「ちょっと上へ行こうか」

「何ですか？」

「話がある」

「ここじゃ駄目なんですか？」

「天気もいいしさ」微笑んで、向井が先に刑事課を出た。そうされると、こちらも後を追わざるを得ない。

遅れて屋上に出ると、向井はベンチの前に立っていた。天気はいいが風が強く、彼のネクタイが激しくはためいている。

「昨夜はお疲れ」

「いえ、何の役にも立ってません」

「いや、まかれたのはこっちのミスだから。生方は敵ながらあっぱれというか、腕は衰えていないね」向井が自分の左の二の腕を叩いた。「相変わらず、すばしっこかった」

「向井さん、生方と何かあったんですか？」

「いろいろ伝説を聞いているだけだよ。しかし、奴も年貢の納め時だな。今回も窃盗事件がちゃんと立件されれば、また実刑を食らうだろう。次に出て来た時には、もう足を洗うしかないんじゃないかな。さすがに俊敏性も体力も衰えているだろうから」

「悪い奴は、さっさと引退して欲しいですよ」

「一人捕まえても、また同じような奴が出て来るだろうけど……で、どうだ？　尾行に自信が持てたかい？」

「全然駄目ですね。昨日も何もできませんでした」

「尾行には、何種類もあるんだ。一般的な尾行は、二人一組でやる」

「ええ」西条はうなずいた。

「その際、相手が何者か、場所はどこか、時間は――様々な条件でフォーメーションが変わってくる。今回は、実は一番難しい尾行だったんだ」

「夜中で人もいませんから、向こうも気づきやすいですよね。しかも俺はでかいから、目印になってしまう」

「そうだな」

「でも、尾行ではともかく、役に立てたとは思います」西条は、何とか自尊心を守り立てて言った。「俺が姿を見せた瞬間、生方は焦ってバランスを崩しました」

「そう、それが昨夜の最大のポイントなんだ」向井がニヤリと笑った。「ラッキーなことに、奴は家の敷地内に落ちた。それで住居侵入は成立する。もしも焦らず、道路に飛び降りていたら、どうなっていたかな。酔っ払いが塀に登って騒いでいるだけでは、逮捕できるかどうか分からないのと同じだ」

「あの……相手に姿を見せる尾行というのもありますよね」

「ああ」向井が嬉しそうに認めた。

「もしかしたらそれが、ずるい手ということですか？」

「プレッシャーをかけて、向こうの失敗を誘う——あまり褒められたやり方じゃないけど、そう、君が想像した通りだ。結果的に今回は逮捕につながったわけだから、俺もここへ来た意味があるよ」

「どういうことですか？」西条は眉をひそめた。

「君が言う通り、こちらの存在を意識させる尾行という手段は、確かにある」向井が、西条の疑問には直接答えず続ける。「相手を精神的に追いこむ、あるいはビビって犯行をやめさせる、そういうことも警察の仕事だろう」

「今回は、俺が生方を犯行に追いこんだようなものですよね。これはずるい手です。裁判でそこを突かれたら、厳しいことになるかもしれません」

「それは気にするな」向井が首を横に振った。「裁判のことは、俺たち警察官が気にしてもしょうがない。仮に起訴できなくても、奴は警戒してこの街を出て行くだろう。それで目黒西署管内は平穏になる——防犯的には、そういう考え方もあるんだぞ」

「何だか釈然としません」

「いいんだよ」向井が微笑む。「警察官の仕事は二つある。一つは犯罪を捜査して犯人を逮捕すること。もう一つは管内の治安を守ること。後者の方がずっと守備範囲が広いし、方法も難しい。そしてその中には、危険な人間を管内から叩き出すというやり方もあるんだ」

「そうすると、今度は他の警察署が迷惑を被《こうむ》るじゃないですか」

「お互い様だよ。どこかの署が追い出したワルが、こっちの管内に入って来ることもあるだろうし」

「はあ……」

向井がゆっくりとベンチに腰を下ろした。背もたれに両手を引っかけ、背筋をぐっと伸ばすと、小さく欠伸《あくび》をした。

「睡眠時間が短いと、きつい歳になったね」

「そうですか?」

「二十年後ぐらいには、君にも分かるよ」

「そんなもんですかね」

「誰だって歳を取る。いつまでも元気ではいられないさ」

「俺、この身長がずっと恨めしかったんですよ」西条は打ち明けた。

「君ぐらいの身長が欲しい人は、たくさんいると思うけどね」

「陸上は好きだったんですけど、ここまでの身長って、あまり必要ないんですよね。結局中途半端で終わってしまったし、目立つのも嫌いで、いつも背中を丸めてました」

「分かるよ。日本人は、目立つのが嫌いだからね。人混みに紛れて、誰にも気づかれないぐらいが快適だ」

「そうだと思います」認めて西条はうなずいた。

「かといって、身長は自由にコントロールできるものじゃない。体重は、時間をかければ何とかなるけどね。でも今回は、君の身長が役に立ったじゃないか。生方をビビらせたし、逮捕する時も君の身長のおかげでスムーズにいったんだ。自慢していいよ」

「あの……自慢するわけじゃないですけど、ちょっと意識が変わったかもしれません」

「そうかい?」

「昨夜《ゆうべ》、生方が侵入しようとしていた家——若松《わかまつ》さんって言うんですけど、話していて気づいたんです。でかい刑事は、それだけで安心できる存在なんですね」

「そりゃそうだ」満足げに向井がうなずく。「正義の味方が立派な体格なら、市民からしたら安心だよ。だから君は、堂々と胸を張っていていい。隠れての尾行はきついかもしれないけれど、そういうのは刑事の仕事の一部にすぎないんだから。それにいずれ、君も気配を消せる方法を身につけられると思う」

「そうですかねえ」

「こういうのは、ノウハウとしてなかなか残しにくいんだ。その場の雰囲気に合わせた服を着るとか、リバーシブルの上着を使うとか、マル対に気づかれない方法はいくつかあるから、そのうち自分に合った方法を見つけられると思うよ」

「また先輩たちに迷惑をかけるかもしれませんけど」

「カバーし合うのも警察の仕事だ。そもそも警察の仕事っていうのは、ラグビーと同じでね」

「ラグビーですか?」ピンと来ない喩えだった。

「ラグビーでは、小柄な奴にもでかい奴にも太った奴にも、それぞれ適した役目がある。だからどんな人間でもできる——警察官も同じだ。正義感さえあれば、その他のことは『個性』になって、どこかで必ず役に立つのさ。君の身長だって、他でも役に立つはずだ——これからも頑張ってくれ」

「頑張ってくれって……」西条は戸惑った。

「ああ、俺は今日までなんだ。明日、本部へ戻る」

「異動じゃなかったんですか?」

「いろいろあるんだよ。とにかく君には、その身長と粘り強さがある。最初に監視を指示された時、一人で徹夜して張り込んだんだろう? そういうことは、なかなかできないよ。その粘り強さをいつまでも忘れないでくれ。それが分かっているから、周りは皆、君に期待している」

いったい何だったんだろう。自席で頬杖をつき、西条はぼんやりと考えた。向井は「明日」と言っていたのだが、屋上から戻ると課長の春川に軽く挨拶して、すぐに出て行ってしまったのだ。

「西条、ぼうっとしてるんじゃない」

「ああ……課長」西条は慌てて顔を上げた。「あの、向井さんって、いったい何なんですか？　何者なんですか、あの人」

「人事二課の人だよ」春川がさらりと言った。

「今回、正式な異動じゃなかったんですか？」

「お前みたいな新入りは、知らないか」春川が訳知り顔でうなずいた。「警視庁の教育方法にはいろいろあるんだ。お前みたいに若い奴は、基本的に所轄で働きながらやり方を学ぶ——ただ、外部からの刺激が必要な時もあるんだな」

「その刺激が向井さんなんですか？」

「そういうことだ」春川がうなずく。

「出張講師のようなものですか？」

「そんな感じだな。特別講師と言ってもいいけど」

「向井さん、元々刑事なんですか？　刑事課の仕事のことは、当然分かってるんですよね」

「もちろん」

「じゃあ、どうして人事二課にいるんですか？」もちろん人事の仕事も大事だが、「元刑事」がそういう部署にいるのが理解できない。体を壊したとか、家庭の問題とか、何か特別な事情があるのかもしれないが……。

「いろいろあるんだよ」

「教えて下さいよ」西条は食い下がった。

「駄目だ」

「どうしてですか？」

「別に、知らなくても問題ないだろう」

「だけど、気になるんです」

「知りたければ自分で調べるんだな」春川がピシャリと言った。「刑事なんだから、疑問に思ったら自分で調べるのが筋だ。何でも人に聞けば、教えてもらえると思うなよ」

「はあ……」

「お前がどうしようもない奴だったら、向井には頼まなかったよ。あいつも引き受けなかっただろう。見込みはあるけどちょっとつまずいている人間だからこそ、ここへ来たんだ」

「要するにコーチ、ですか」

「そう、まさにコーチだな」春川がうなずく。「お前の美点は……」

「粘ること、ですか」

「よく言えば愚直、悪く言えば不器用だけど、悪くはない。今回は向井に刺激をもらったんだから、ここから先はお前の問題だぞ。成長できるかできないかは、自分自身の責任だ。コーチも、いつまでも面倒みてくれるわけじゃないからな」

「分かりました」

おかしなシステムだ……自分はまだ警察に完全に慣れたわけではないと思う。こんな、不思議なやり方があるなんて。

ということは、まだまだ学ぶことがあるわけだ。学ぶことがあるというのは――伸びる可能性もある。西条は心の中で向井に頭を下げた。

第二部

第一章　現　場

「向井さん？　知ってるわよ」瞳は久しぶりにその名前を聞いて驚いた。向井光太郎、警視庁警務部人事二課所属の巡査部長。

「マジですか？　主任も？」所が目を見開き、身を乗り出した。目の前には烏龍茶。せっかくの居酒屋なのに酒が呑めないのは、もったいない感じがする。アルコールが駄目なら、最近の若者らしく、宴席はパスすればいいのに……しかし彼は、酒場に行くこと自体にはまったく抵抗がないのだという。呑み屋の料理って美味いじゃないですか、というのがその言い分だった。

「あの、自分もです」

西条が遠慮がちに手を上げた。この男は百八十五センチという長身がコンプレックスになっているようだ。いつも背中を丸め、動作も控えめなのは、自分を少しでも小さく見せようとしているからかもしれない。

瞳と所、西条の三人は、同じタイミングで捜査一課殺人犯捜査第四係に赴任して来た。今回の異動はかなり大規模なもので、一つの係で一気に三人が入れ替わるのは珍しい。瞳は所轄の刑事課係長として管理職の修業を終え、古巣に戻って「主任」になったのだが、所と西条は初めての本部勤務である。二人ともまだ緊張しているので、少しでも和《なご》ませようと、瞳は「同期異動」の三人だけで新橋《しんばし》の居酒屋で呑み会を開いたのだが、場が温まってきたところで、所が突然、「所轄で変なことがあったんですよ」と向井の名前を口にしたのだった。

「所君は何があったの？」

「一昨年の暮れでした。ヘルプだって……ちょっとした傷害事件の取り調べで難儀してたら、本部から応援に来たんです」

「それで？」

「たった一回で相手を落としちゃって、こっちは面目丸潰れでした」所が肩をすくめる。「その直後に、歌舞伎町のクラブで傷害事件が起きて、しばらく手伝ってくれたんです」

「その件も向井さんが落としたの？」

「口を割らせたのは俺ですけど、全部お膳立てしてもらったみたいなものでした。それが終わったら、向井さんはさっさと本部へ戻りました」

「西条君は？」瞳は西条に話を振った。所はやたらと話し好きで、放っておくといつまでも下らないことを喋り続けている。一方西条は寡黙で、こちらで話を振ってやらないと必要なことさえ言わないタイプだ。

「去年の五月に、所轄へ異動して来たんです。すぐに本部へ戻りましたけど」

「同じパターンね」瞳はうなずいた。

「尾行で大失敗した後、向井さんに尾行の基本を教えてもらった……わけでもないですね」

「何、それ」回りくどい西条の説明に、瞳は思わず笑ってしまった。

「いや、俺、でかいじゃないですか。歩いてるだけで目立つから、尾行には向かないんですよ。でも尾行なんて、刑事の基本みたいなものだし……失敗が続いて、マジで刑事を辞めて機動隊にでも行こうかって悩んでたんですけど、でかければでかいで、刑事としてやれることがあるからって慰めてもらって——慰め、じゃないですね。論理的に説明されました」

「なるほどね……」瞳はビールを一口呑んだ。あの人、私のところへ来ただけじゃなかったんだ。もしかしたら、あちこちへ派遣されて、若い刑事のコーチをしているとか？

向井の存在、そしてその仕事ぶりは、喉に刺さった小さな刺《とげ》のようにずっと気になっていた。あれから何かと忙しく、向井のことを調べている余裕はなかったのだが、せっかく本部に戻ったのだから、探りを入れてみてもいい。

「主任は、どんな感じだったんですか？」所が訊ねた。

「二人と同じ感じ。応援に来て、すぐに戻って行ったわ」

「主任とはどんな絡みが？」

「説明しにくいわね」瞳は首を傾げた。「あなたたちみたいに、捜査の技術的なことじゃないから。もうちょっと複雑な、精神論的な話」

「そういうの、気になりますねえ」所がニヤニヤしながら言った。

「変な想像しないで」女性管理職としてのあり方——警察の中でどうやっていくべきかという、いわば「働き方」の問題だったから、やはり説明しにくい。若い男性刑事二人には、簡単には理解してもらえないだろう。それもまた、問題なのだが。女性の働き方について、男性側が無関心のままでいると、いつまで経っても事態は変わらない。

「でも、本当に何だったのかしらね」瞳は首を捻った。「ずっと疑問に思ってたんだけど、調べてみようかな」

「そんなこと、できるんですか?」西条が驚いたように言った。

「人事二課に顔を出して『お久しぶりです』って挨拶したら、いろいろ教えてくれるかもしれないでしょう。今は、同じ本部の仲間なんだから」

「いやあ、それはどうですかね」所が頭を掻く。「そんな簡単にいくかなあ」

「あなた、向井さんが苦手なの?」

「苦手っていうか、何だか子ども扱いされたみたいで……それに秘密主義だし」

「でも、きちんと成果を上げて本部へ上がって来たんだから、挨拶ぐらいはいいでしょう。どう? 明日辺り、三人で本当に人事二課に顔を出してみる?」

「いいですね」西条が笑顔で応じた。

かつての「教え子」が三人揃って顔を出したら、向井も慌てるのではないだろうか。あたふたする様子を見てみたい、とも思った。

よし、どうせ今は待機中で忙しくない。明日は笑顔で人事二課に顔を出そう、と瞳は密《ひそ》かに決心した。

警察官同士にしか通用しない様々な「格言」がある。そのうちの一つが、「余計なことを企むと事件が起きる」というものだ。翌朝、瞳はこの格言を身をもって思い知った。

枕元に置いたスマートフォンの着信音で、眠りから引きずり出される。係長の三田《みた》だった。目覚まし時計を確認すると、五時半……事件での呼び出しに決まっている。一気に目を開けて、体調は万全だと安心した。昨夜もほどほどで切り上げたから、酒は残っていない。

「益山です」

「殺しだ」

「現場、どこですか」

「東五反田《ひがしごたんだ》五丁目——品川北署管内だ」三田は完全に目覚めていて、口調は冷静だった。「まず、スタッフに連絡を回してくれ。現場に集合だ」

「分かりました」既に始発電車が動いている時間帯だから、班のメンバーはすぐに集まるだろう。

「お前が本部に戻ってから、最初の事件だな」三田が指摘する。

「そうなりますね」本部の主任として初めての事件、ということになる。

「お前も、事件づきしてるタイプかもしれないな」

「どういう意味ですか?」本部に戻って三日目で殺人事件というのは、確かに「事件に好かれている」感じはするが……。「事件が起きて嬉しいわけじゃないですよ」

「分かってる。被害者は一人暮らしの女子大生で、現場は自宅マンションだ。これは相当厄介な事件になるぞ」

「確かに」東京は、圧倒的に一人暮らし世帯が多い街だ。近所づき合いも少ないし、捜査が難航するのは簡単に想像できる。

「機捜と所轄はもう動いている。最初の仕切りは、お前が頼むぞ」

「え?」

「そう打ち合わせしただろう。俺の家がどこか、分かってるよな?」

「……そうでした」

三田は、JR常磐線《じようばん》の柏《かしわ》駅近くに住んでいる。近くといっても、たしか駅まで歩いて二十分はかかる場所で、これから家を出たら、現場に到着するのは早くても一時間半後だろう。そのことは赴任して来た時に既に告げられていた。夜中や休日に事件が発生した場合、東京北部ならすぐに臨場《りんじよう》できるが、南西部の場合、初動はお前に任せる、と。

早くも、自分の仕切りの手腕が試される時が来たわけだ。

必要なのは、純粋なリーダーとしての能力。女であることはこの際棚上げしておく——向井の教えが、ふいに脳裏に蘇《よみがえ》ってきた。

シャワーに五分。着替えに五分。家を飛び出してすぐ、瞳はタクシーを摑まえた。電車はもう動いているのだが、タクシーの中からなら、電話で必要な連絡を回せる。連絡網に情報を流してから軽く化粧を済ませ、準備完了。タクシーの中で化粧など、以前は考えられなかったが、刑事になってからは、時間がない時は仕方がないと思っている。

瞳が住む大岡山《おおおかやま》から現場までは、車で十分ほどだった。三月の午前六時、冬の気配をまとった空気が流れている。瞳は「捜査」の腕章をジャケットの袖に通すと、取り敢えず現場とその周辺の様子を確認しておくことにした。

一戸建ての家が多い、静かな住宅街。現場は三階建てのマンションで、目の前の道路は二か所でパトカーによって封鎖されていた。マンションの前で立番をしていた所轄の制服警官に挨拶し、中に通してもらう。入った瞬間に、狙いやすい家だと分かった。

そこそこ古い建物で、オートロックもないから、敷地内には簡単に入れるわけだ。三階建てだから、ベランダから侵入するのもそれほど難しくはないだろう。そもそも現場は、一階の一〇五号室である。後で裏――ベランダ側を確認しないといけないが、犯人は比較的簡単に犯行に及んだのではないだろうか。

部屋に入ると、ちょうど鑑識が活動を始めたところだった。現場の保存と調査は彼らの担当だから、しばらくは邪魔しない方がいい。瞳は先に、マンションの他の部分を調べてみることにした。一度外へ出ると、ちょうど到着した西条と出くわす。

「早かったですね」西条が驚いたように言った。

「タクシー、使っちゃったわ。裏を調べるからついて来て」

西条が無言でつき従う。百八十五センチもある人間を従えていると、それだけで心強く感じられる。護衛役として、これほど適した人間もいないだろう。もしも刑事として上手くいかなかったら、警護課でSPにチャレンジしてみるのもいいかもしれない。いやいや、本人は、あくまで捜査三課を希望して本部に上がって来たのだから、きちんと育ててあげないと。

マンションの裏手――ベランダ側は、別のマンションと隣り合っていた。二つのマンションの間の狭い空間を進んで行くと、すぐに一〇五号室の前に出る。ベランダの前にはかなり背の高いフェンスがあり、瞳の身長だと乗り越えられそうにない。二人は、直接部屋の前まで行かないように注意した。本当は、この狭い空間に入るのもまずい……犯人がこちらからアプローチして来たとすれば、地面から足跡が採取できるかもしれないのだ。いや、それは無理か。足元はコンクリートで固められており、見た限り、足跡などまったくない。

「ここから入れるかしら」

西条が右手を伸ばし、フェンスの高さを調べる。もちろん、フェンスには触れないように気をつけている。

「いけますね」

「あなたぐらい身長がないと苦しいんじゃない？」

「身軽な人間だったら乗り越えられると思いますよ」

遠目に見ても、窓の一部に穴が開いているのが分かった。熱してガラスに穴を開ける――「焼き破り」だ。部屋へ侵入する手口としてはごく一般的である。

ベランダを調べる鑑識スタッフの邪魔をしないようにと、二人はまたマンションの正面に戻った。この時間なのに、もう野次馬が集まっている。パトカーが道路を塞いでいるからマンションには近づけないが、遠くからスマートフォンをかざして写真を撮影している。鬱陶しいことこの上ない――西条に命じて、排除させようかとも思った。百八十五センチの大男が迫って行ったら、野次馬などすぐに蹴散らされてしまうだろう。

「遅くなりました！」所が息せき切ってやって来た。実際ダッシュして来たようで、息が上がっている。

「こっちも今来たところよ」瞳は努めて冷静に答えた。

「取り敢えず、どうしますか」所が呼吸を整えながら言った。

「そろそろ鑑識活動も落ち着くと思うから、順番に現場の部屋を見ておきましょう。その前に所君は、このマンションの管理会社を探し出して。常駐の管理人はいないみたいだから、被害者のことについて確認するには、管理会社か不動産会社に聴かないと」

「それはすぐに分かると思います……ちょっと待って下さい」

玄関ホールに駆けこんだ所が、すぐに手帳を手にして戻って来る。

「管理会社のヘルプデスクの番号が分かりました。二十四時間対応みたいですから、ここへ電話すれば、何らかの情報は入手できると思います」

「どこにあったの？」

「ホールに入ってすぐのところに、ステッカーが貼ってありましたよ」

瞳は一瞬で耳が赤くなるのを感じた。慌てていたせいか、まったく気づかなかった。所はなかなかいい観察眼を持っているようだ。フットワークも軽い。

管理会社への連絡を所に任せ、瞳と西条は部屋へ向かった。鑑識から軽く報告を聞き、ようやく中へ足を踏み入れる。私服の刑事――所轄の刑事だ――が既に中に入っていた。瞳より明らかに年上だが、こちらを見るとさっと頭を下げる。本部の「女性」主任が仕切りに来ることは、知らされているのかもしれない。

「捜査一課の益山です」

「品川北署の小谷《こたに》です」

「今回は四係が担当することになりました。特捜ですね」

「そうなるでしょうね」

無言でうなずき、瞳は床に横たわっている遺体の横でひざまずいた。そっと両手を合わせ、一度目を閉じる。それから普段よりも大きく目を見開き、遺体の様子をしっかり脳裏に焼きつけようとした。

遺体はほぼ裸だった。パジャマの下は脱がされ、部屋の隅で丸まっている。上もボタンがはだけて、胸が露わになっていた。状況的に、犯人が被害者を乱暴したのは間違いない。死因はおそらく、喉を絞められたことによる窒息だ。喉をほぼ一周する形で、絞めた痕がくっきりと残っている。

「乱暴目的で忍びこんだ――ですかね」西条が低い声で言った。

「たぶん。死因は窒息だと思う。他に目立った傷もなさそうだし」

西条も遺体の脇に屈みこみ、詳細に観察した。一通り確認してから立ち上がるのを見て、瞳は梯子車《はしご》がぐっと梯子を伸ばす様をつい想像した。

「小谷さん、最近管内で、この手の暴行事件はないですか?」

「ないですね——少なくとも、届け出られた事件はない」

暴行事件の場合、被害者が泣き寝入りしてしまうことも少なくない。しかし怪我するような事件だったら、さすがに届け出があるだろう。

「近くに女子大があるので、一人暮らしの若い女性は多いですけどね」小谷が耳を掻いた。「うちの管内でどうのこうのというわけじゃなくて、まだ捕まっていない事件の犯人じゃないかな。似たような事件は、何件かありますよ」

「未解決事件ですか?」

「一人暮らしの若い女性が自宅で殺される事件——都内でも過去に何件も起きてます。中には未解決のものもありますよ」

「古い事件だと、もう追跡捜査係に渡されているんじゃないですか?」

追跡捜査係は、発生から時間が経ち、「冷えて」しまった事件を捜査するのが仕事だ。捜査一課の一つの係ではあるのだが、同僚からはあまり好かれていない。「上手くいかなかった」捜査を検証する、イコール他の刑事の粗探《あらさが》しをすることにもなるからだ。

「一応、チェックしてみます。でも必ずしも同一犯の犯行とは言い切れませんけどね」瞳はうなずいた。

「警察も、全ての事件を解決できるわけじゃないですからね」小谷が皮肉っぽく言った。「まあ、こういう手口はよくあります」

「まず、この件の解決からですね……今、署の方からは何人来てますか?」

瞳は陣容を確認し、初動捜査を何とか軌道に乗せようとした。まず、マンションの全住人に事情聴取。家を出る前に摑まえて、話を聴いてしまいたかった。

犯人は既に、現場から遠く離れたと考えるのが自然だろう。一一〇番通報があったのは午前四時。悲鳴を聞いた隣の部屋の住人が、通報したのだ。所轄の当直員が現場に到着したのが、一一〇番通報から十分後。部屋のドアが開いていたのですぐに中を確認し、遺体を発見した。その時点では、おそらく犯行からあまり時間は経っていない——しかし五分もあれば、それなりに遠くへ逃げられる。

そうこうしているうちに、三田が到着した。非常に機嫌が悪い。表情は硬く、苛立った雰囲気を周囲に振りまいている。瞳は、臆さないようにと自分に強いながら、現場の状況を説明した。三田はうなずくだけで「よくやった」も「了解」さえも言わない。

「どうかしましたか?」思い切って訊ねてみた。

「追跡捜査係から連絡があったんだよ」三田が渋い表情で答える。

「こんなに早く?」いったいどこから情報が入ったのだろう。

「奴らは地獄耳だからな……過去の類似事件との関連を指摘してきた」

先ほど話題に上がった古い事件のことだろうか? 瞳は首を捻った。

「必要ならヘルプに入ると言ってるんだが、あの連中が入って来ると話がややこしくなるんだよな」

「断っちゃえばいいじゃないですか」

「一応、俺の独断で断ってはおいた。ただ、この情報は当然管理官の耳にも入るから、それでどうなるかだな……」

事件発生直後に連絡が来るとは――追跡捜査係の反応の速さには驚く。彼らは、どんなふうに情報を収集しているのだろう。もしかしたら、どこかに独自の「ネタ元」を持っているのかもしれない。

まあ、今は追跡捜査係のことを考えても仕方がない。まずはこの事件に注力するだけだ。


現場近くでの聞き込みは、被害者のマンションの住人を中心に、午前中一杯かけて行なわれた。早朝だったのでほとんどの住人が部屋にいて話を聞けたのだが、具体的な情報は出てこない。通報してきた一〇四号室の住人の他に、左隣の一〇六号室の住人も悲鳴を聞いていたことが分かったが、証言は「隣ではないと思った」。にわかには信じられない話だったが、寝ている場所によっては、かなり遠くからの悲鳴に聞こえたかもしれない。

検問でも近所の聞き込みでも、有効な手がかりは一切なし。午後遅く、今回の特捜本部に参加する刑事全員が署に集まって、情報のすり合わせをした。

今回の捜査を仕切るのは三田だが、最初の捜査会議ということで、その上の管理官、さらには捜査一課長も顔を見せている。品川北署の署長が特捜の本部長になり、制服姿で参加していた。

まず一課長、そして署長が訓示し、それから情報の報告と確認に入る。署で一番大きな会議室に置かれた捜査本部では、前に幹部たちが座っていた。それと相対する格好で、刑事たちが椅子を並べている。瞳は刑事たちと一緒——遠くない将来に、この前の席に座ること、と自分を鼓舞する。自分はまだまだ、出世の階段の低いところに足をかけただけなのだ。

既に今回の事件の情報で、手帳の数ページが黒くなっていたが、瞳は報告される情報をいちいちメモした。メモすることで覚えてしまおうという狙いもある。

被害者、高本萌《たかもともえ》、岐阜《ぎふ》県出身の十九歳。去年都内の私大に入学して、あの部屋で一人暮らしを始めた。今は春休みだが、帰省はせずにアルバイトをしていたようだ。

交友関係などは、まだはっきりしていない。若い女性が殺された場合、まず恋人の犯行を疑うのが常道だが、交際相手の存在は浮かび上がっていなかった。

現場付近では、これまで特に不審な事件はなし。今回は、突然発生した凶悪犯罪だった。

犯人は、やはり「焼き破り」の手口でガラスに穴を開け、窓の鍵を開けていた。穴の大きさから、それほど大きな火ではなく、おそらくライターか小型のガスバーナーで窓ガラスを熱してから水をかけて一気に冷やし、穴を開けたと見られている。現場には、ライターなどの遺留物はなし。

最初の捜査方針が示された。防犯カメラのチェック、聞き込みの強化、さらに不審者の洗い出し。犯行時刻と見られる午前三時頃には、現場で定時通行調査を行なうことも決まった。その時間帯にどんな人間が動いているか調べるもので、重大事件の捜査では定番のやり方なのだが、今回はあまり意味がないのでは、と瞳は疑念を抱いていた。そこで無駄な体力を使わない方がいいのではないか……具申しようと思っていたら、会議が終わった瞬間、三田に呼ばれた。

「古い事件との共通点の話だが」三田が低い声で話し始める。「朝方、お前には昔の話をしたが、それは当面忘れてくれ」

「ええ」どういうことだと思いながら、瞳は相槌を打った。

「俺が気にしていたのは、十五年前に八王子《はちおうじ》で起きた事件なんだ。確かに、手口などで共通点はある。しかしそこに気を取られ過ぎると、現在の捜査が疎《おろそ》かになるだろう。捜査員を集中させるためにも、お前の方で気をつけておいてくれないか。今のところ、特定の材料に引っ張られたくないんだ」

「分かりました……でも、実際のところ、どうなんでしょう」つい訊ねてしまう。

「十五年も前だからな」一課長が口を開いた。「それを考えると、同一犯の犯行と考えるのはやや無理がある」

「確かに十五年は長いですね」瞳は話を合わせた。「それだけ長い時間を置いて二度目の犯行に及ぶのは不自然——そういうことですね」

「ああ」一課長がうなずく。「それもあるから、あまり過去の事件に囚《とら》われるのはよくない」

「追跡捜査係の方はどうするんですか?」

「連中は、泳がせておく」一課長が苦笑した。「あいつらは、変に縛りつけない方がいい。自由にやらせた方が結果が出るんだ」

「予算の無駄遣いみたいに聞こえますが」

「そう言うな」一課長が真顔になった。「それより君は、これが本部に戻って最初の特捜だな」

「はい」瞳は背筋がピンと伸びるのを感じた。

「お手並み拝見といこうか、リーダー」


捜査会議が終わると、一旦《いったん》解散になった。深夜に定時通行調査を担当する刑事たちは、署の道場を借りて休むことになった。とはいえ、午後八時から寝るのも難しいだろうから、実質的には徹夜で、午前三時からの仕事に臨むことになるだろう。近い将来係長になったら、そういう時の人の動かし方、スケジュールの組み方も考えねばならない。実際には、係長の主な仕事はそれだ。

家に帰ってもよかったのだが、どうもその気になれない。ふと、もう一度現場を見てみようという気になった。この時間に何ができるわけでもないし、一人で勝手に聞き込みをしても意味はないのだが、もう少しちゃんと現場の様子を把握しておきたかった。朝方、鑑識が作業中だったのでよく見られなかったベランダ側の様子も確認しておきたい。

署の前の広い道路に出て、スマートフォンを取り出す。既にバッテリーの残量は二〇パーセントを切っていた。今日の歩数を確かめると、一万五千歩……道理で足が疲れているわけだ。署の目の前はバス停だが、ここを出るバスは、現場付近を通らない。徒歩十五分ぐらいだから、思い切って歩いてしまおう。普段運動不足だから、ちょうどいい機会だ。

「主任」

声をかけられ振り向くと、所が立っていた。何となく店じまいの雰囲気——もう帰るつもりになっているようだ。

「上がりですか?」

「その前に、ちょっと現場に行ってみようと思って」

「ああ……自分もつき合っていいですか?」

「いいけど、何も用がないならさっさと帰りなさいよ。遅くなると上がうるさいわよ」

「主任がうるさく言わなければ、何も問題ないんじゃないですか? 管理職なんだから」所がニヤリと笑った。

最近は、警察にも働き方改革の波が及び、勤務時間に関しては厳しく管理されている。そもそも公務員なのだから、無駄な残業で貴重な税金を無駄遣いするな、という指摘は昔からある。勤務時間が終わったら帰るのは当たり前——若い警察官の多くはそう考えているが、中には自分の興味の赴《おもむ》くまま、残業代とは関係なく、夜遅くまで仕事をする人間もいる。

瞳自身がそうだ。どうやら、自分より数歳若い所も同じタイプらしい。

「最初からあまり飛ばすと、後で疲れて動けなくなるわよ」

「大丈夫ですよ。体力には自信がありますから」

二人は並んで歩きだした。品川北署は極めて交通の便がよく、東急池上《いけがみ》線の大崎広小路《おおさきひろこうじ》駅へは歩いて二分ほど、五反田駅へも七、八分ぐらいである。五反田駅へ向かう通りの両脇に建ち並ぶ飲食店を見て、瞳は急に空腹を覚えた。特捜本部の兵站《へいたん》部門を担当する品川北署の警務課が夜の弁当を用意してくれたのだが、食べる気になれず、そのまま出て来てしまったのだ。瞳は昔から、特捜で出される弁当が好きではない。冷めているし、栄養バランスもよくない――メリットといえば自分の懐が痛まないことぐらいだ。現場を見たら、駅の近くで食事をしてから帰ろう、と決める。

現場のマンション周囲の封鎖は既に解除されていたが、何となく空気が重い。瞳は、マンションの近くにコート姿の男が何人かいるのを見て、所に「気をつけて」と忠告した。

「何がですか?」何も気がついていない様子で、所がきょとんとした表情を浮かべる。

「新聞記者がうろうろしてるわ」瞳は小声で告げた。「声をかけられても、何も言わないように」

「記者なんか、います?」

「いるわよ。よく見ておいて――事件現場で取材している記者は、だいたい二十代後半から三十代。刑事より少しましな服を着て、大荷物を持ってる人間がいたら、絶対に近づかないことね」

「大荷物?」

「だいたい、カメラとノートパソコンの入ったバッグを持っているから」

「ああ……なるほど。それっぽいの、確かにいますね」所がうなずく。

二人は新聞記者らしき若い男たちを避けて、マンションの周囲を見て回った。ベランダの窓には、一時しのぎとして内側から木の板が貼ってある。隣のマンションとの間のわずかな空間から侵入し、「焼き破り」で家に入る——ベテランの泥棒のような手口だ。もしかしたら、犯人は常習の窃盗犯かもしれない。侵入した家にたまたま若い女性がいたので、口封じで殺してしまった……いや、そのシナリオには無理がある。口封じのためだけなら、さっさと殺して立ち去ればいい。乱暴したということは、そもそもそれが目的でマンションに侵入したと考えるのが自然だろう。

犯人は、最初から萌をターゲットにしていたのだろうか？　その可能性も否定できない——いや、その可能性が高い。行き当たりばったりで部屋に忍びこんで、そこの主が巨漢の男子柔道選手だったら、目も当てられない結果になるだろう。このマンションは小さいから、近くでしばらく張っていれば、どんな人が住んでいるか、ある程度分かるはずだ。注意深い犯人なら、部屋番号と居住者を結びつけることもできるだろう。

「こういうの、西条さんの方が詳しいかもしれませんね」

所が漏らした。「さん」付け——西条の方が一年先輩なのだと思い出す。

「そうか、彼は元々捜査三課志望よね」

「所轄の時も、盗犯の捜査をずいぶん熱心にやったみたいですよ」

「彼がいた目黒西署は高級住宅地が管内だから、侵入盗が多いのよね」瞳はうなずいた。

「でしょうね」

「あなたは、乱暴な事件の担当が似合いそうね。歌舞伎町が庭だったんでしょう?」

「別に、庭じゃないですけどね」所が苦笑した。ふいに立ち止まり、「あれ」とぼそりとつぶやく。

「どうかした?」瞳はにわかに緊張感が高まるのを感じた。

「向井さんじゃないですか?」

所が指差す方を見ると……確かに向井だった。三月にしては少し冷える夜なので、きちんとコートを着こんでいる。何をするでもなく、マンションの正面に立ち、コートのポケットに両手を突っこんで建物を凝視している。

「どうしたんすかね? この辺に住んでるわけじゃないと思うけど」

「そうね……」

あの佇《たたず》まいは、まさに刑事のそれだ。現場の様子を頭に叩きこみ、今後の捜査のベースを作ろうとしている感じ。たぶん自分も、外部の人間からはあんなふうに見えるのだろう。

「どうします?」

「挨拶しようか」そうしていいかどうか分からなかったが、敢えて無視することもない。向こうがこちらを見つけて頭でも下げてくる前に、こちらからきちんと挨拶するのが筋だろう。彼が自分と絡んだ仕事の意味は未だによく分からないのだが、世話になったのは間違いないのだし。

所が先に立って歩きだした。向井は気づく様子がない。所は無邪気な声で「向井さん」と呼びかけ、しかも彼が振り向くと手まで振った。それはやり過ぎ……瞳は苦笑したが、次の瞬間には自分の顔が凍りつくのを意識した。向井は一切表情を変えず、さっと踵を返して歩きだしてしまったのだ。自分たちのことは認識した様子だが、明らかに挨拶を拒否している。会ったらまずい相手に、街中で偶然出くわしてしまった感じ……。

「何ですかね？　追いかけますか？」

「それはやめましょう」瞳は言った。何か特別な事情がありそうだ。

「俺たちのこと、分からなかったんですかね」所が首を傾げる。

「分かったと思うけど」無表情に見えたが、向井の顔に、一瞬だけ驚きの表情が浮かんでいたのを瞳は思い出した。

「何で避けるんですかね」

「あなた、所轄の時に、何か向井さんの機嫌を損ねるようなことをしなかった？」

「してませんよ」所が唇を尖らせて抗議した。「主任こそ、どうなんですか？」

「私は……私もないわよ」

「この現場に、何か用があったんですかね」所が首を傾げる。「知り合いが住んでるとか――まさか、被害者が知り合いとか」

「可能性はゼロじゃないけど、ちょっと想像が飛び過ぎじゃない？」

「どうしますか……どうしようもないですよね。追いかけて話を聞いたら、不機嫌になりそうだし」

「それはやめましょう。それより、ご飯食べてく?」

「主任の奢りっすか?」急に所の目が輝いた。

「奢りなんて言ってないわよ」瞳は苦笑した。「あらかじめ言っておくけど、ご飯の時は、自分の分は自分で出すこと。お酒が入る時は、私が少し多めに出してもいいけど」昨日の夜も、二人からは二千円ずつ出してもらっただけで、残りは瞳が受け持った。安い居酒屋だったのでそれほどの負担ではなかったが、食事まで奢っていたら、あっという間に破産してしまうだろう。

「主任なんだから、もうちょっと部下を大事にした方がいいんじゃないですか?」

「大事にしてるじゃない。それより、たかるのは人として最悪よ……とにかく、ご飯にしましょう」

二人は五反田駅の方へ戻った。店はある——ただしチェーン店が多く、食べながら話ができそうな店が見当たらない。気安い中華料理店はあったが、覗いてみると店内は一杯だった。こういう店では、仮に入れても、ややこしい話はできない。

「焼肉とかどうですか。景気づけに」

「この状態では、ちょっと不謹慎な感じじゃない?」

「……そうですね」

「だいたいあなた、お酒は呑めないんでしょう? 焼肉屋に行っても困るだけじゃない」

「烏龍茶さえあれば、どんな店でも大丈夫ですよ」何を思ったのか、所が胸を張った。

「じゃあ、そこのファミレスでいい？　あそこなら、あなたの好きな烏龍茶でも何でもあるでしょう」

「ファミレスかあ……」所ががっかりした声を上げた。

「本部で仕事をしてると、ファミレスへ行く機会は多くなるわよ。ファミレスと立ち食い蕎麦と牛丼屋、それにカレー屋でローテーションを回す感じね」

「貧相ですねえ」所が嫌そうに言った。「所轄の方が、食生活は豊かかもしれないな」

「あなたの場合はそうでしょうね。東新宿署の管内だったら、店は選び放題でしょう」

「主任は、最初の赴任地はどこだったんですか？」

「渋谷中央署《しぶやちゆうおう》」

「ランチ天国じゃないですか」

「男性にはいいかもね」渋谷中央署は、ＪＲ渋谷駅から歩道橋を渡ってすぐの場所にある。署の前を走る明治通《めいじどお》り沿いには飲食店が建ち並び、食事には困らなかった。問題は、若い男性サラリーマン向けの店ばかりだったことである。ラーメン、カレー、中華……とにかく肉と脂《あぶら》だ。瞳はパンケーキにサラダのような昼食を好むわけではないが、とにかく圧倒的なボリュームで勝負している店が主流なので、昼食時には難儀した。

　建物全体はホテルで、一階にはコンビニエンスストアが入っている。どうやらファミリーレストランは、ホテルのレストランも兼ねているようだ。既に午後九時近くなので、客は少ない。ちょっと前までは、時間潰しをしたり、長時間居座ってお喋りをする人たちで、ファミレスは二十四時間混み合っていたのだが、最近はすっかり静かになってしまったようだ。二人がけのテーブル席に落ち着く。左右のテーブルが空いていたので、これなら周りを気にせず話ができそうだ。

瞳はビーフシチューオムライス、所はタンドリーチキンとメキシカンピラフを頼み、それぞれドリンクバーをつける。

「何にします？　持ってきますよ」

「じゃあ、私も烏龍茶で」

「了解です」

所が席を離れると、瞳はもう一度メニューを確認した。オムライスとドリンクバーで、千五百円ぐらいになる。ファミレスも、夜の時間帯は結構高いのだ。これだと、客足が遠のいてしまうのも仕方ないかもしれない。

こういう店では、捜査について話すのははばかられる。話題は必然的に向井のことになった。

「向井さん、わざわざ現場を見に来た感じじゃなかったですか？」グラスから直に烏龍茶を飲みながら所が言った。

「確かにそんな感じだったわね。偶然じゃないでしょう」

「向井さん、また何かに絡んでいるんですかね。俺たちの時みたいに――」

「コーチ役？　だったら、私たちに情報が入ってこないのは変でしょう。それに、さすがに本部の刑事にコーチはしないんじゃないかしら」

「所轄の刑事だったら……」

「ああ、それはあり得るかもしれないわね」特捜は、本部と所轄の共同捜査だ。

「向井さん、用意周到なんですよ。俺のコーチ役で来た時も、事前にしっかり情報収集してきました。もしかしたら今回も——明日の朝、向井さんが捜査会議に参加していても、俺は驚かないですね」

「あまり向井さんのことを気にしてもしょうがないけど、やっぱりちょっと引っかかるのよね」

「ですよね。誰か、話を聞ける人がいればいいんですけど……俺にはそういうコネはないです」

「そうね……」瞳は頭の中で、自分の人脈図鑑を広げた。警察官としての経験は所より長いが、人脈はそれほど豊かなわけではない。これまで仕事で絡んできた人の中で、誰か話を聞けそうな相手——残念ながら一人も思い浮かばなかった。

「あまり気にしない方がいいわね。今は、仕事に集中しないと」

「分かってるんですけどね……やっぱり気になるんですよ」

「向井さんに恩義を感じているから？」

「ちょっとむかついたりしましたけど——そうですね。向井さんと会わなかったら、一課に上がれたかどうかは分からないし」

それは自分も同様だ。向井がリーダーとしての心の持ちようを教えてくれなかったら、所轄で潰れていたかもしれない。二人にとっては――いや、西条にとっても向井が恩人であるのは間違いない。「恩を返す」は、刑事だけではなく人間としての基本だろう。

しかし、何をすれば恩返しできるかがさっぱり分からない。そもそも自分たちは、向井という人間のことをほとんど知らないのだ。

翌日、瞳は西条と組んで近所の聞き込みをした。この聞き込みの目的は、不審者――変質者を探すことである。重要な性犯罪が起きると、その後になって「自分も痴漢被害に遭った」という訴えが出てくることがある。性犯罪者の犯行の特徴の一つが、何故か何の用心もせずに、自分が住む近所で犯行を繰り返すことだ。わざわざ遠くの街へ「出張」はしないから、被害者が狭い場所に集中することも少なくない。

しかし今回、この手の情報は集まってこなかった。自分たちだけが聞き込みをしているわけではないが、何となく雰囲気で分かる。

歩き回る合間に、つい西条に向井のことを話してしまった。

「向井さんがあの現場に？　何だか変ですね」西条が言って首を傾げた。

「そう――確かに変だったわ」

「気になりますよね」

「本当は、向井さんのことを気にしている余裕なんかないんだけど、どうしてもね。誰か、向井さんの事情を聞ける人がいるといいんだけど、人事二課には知り合いがいないし……西条君、何かヒントはない？」

「ヒントですか……向井さんの個人情報という意味ですよね？」

「そんな感じ」

「俺が覚えているのって、ラグビーかな」

「ラグビー？」

「向井さん、ラグビーを喩え話に使ってたんですよ。そういうのは珍しくはないかもしれないけど……あと、俺にラグビーをやれ、なんて言ってました。身長を活かすにはそれがいいって」

「それよ」

瞳は立ち止まった。一歩先を歩いていた西条が立ち止まる。体が大きいせいか、どこか動作がゆったりしていた。

「それって……」

「ラグビーよ。向井さん、ラグビーの経験者じゃないかしら」

「そうなんですか？　でも、ラグビーを喩え話に説教なんて、やりやすいでしょう。ワールドカップの時には流行《はや》ってたし」

「私は、向井さんのタックルを目の前で見てるのよ。自分より十センチも背が高い相手を吹っ飛ばしてた」

「それはすごいな」

「その時も、ラグビーの話をしてたわ。だいたい向井さん、がっしりしてるじゃない。あれって、ラグビー選手の体型よね」

「それがヒントに……ならないかなあ」西条が頭を掻いた。「ラグビー経験者っていうだけじゃ、手がかりとしては弱いですよね」

しかしその夜、「向井＝ラグビー」の結びつきがさらに強固になった。捜査会議を終え、弁当を突いている時に――今日は瞳も特捜の弁当で我慢していた――その話題を持ち出すと、所が乗ってきたのである。

「向井さんなら、高校でラグビー部のコーチをしてますよ」

「何でそんなこと、知ってるの？」瞳は目を見開いた。

「たまたま見たんですよ。うちの近くの高校で、練習試合の審判をしてました。後で聞いたら、自分の出身大学の付属高で、コーチを引き受けているそうです」

「向井さんって、大学、どこ？」

「城南大です」

そこで瞳は、何本かの糸が急に一本につながるのを感じた。捜査の最中だから、この調査に時間を費やすわけにはいかないが、どうしても気になる。

「それなら私、ちょっと伝手《つて》があるわ」

「主任、城南大なんですか？」西条が訊ねる。

「違うけど、知り合いがいるから、話は聞けると思う」

「あの……ちょっと感じたんですけど、向井さんの話って、警視庁の中で一種のタブーになってませんか?」西条が遠慮がちに言った。

「そう?」

「所轄に来たのも、変な感じというか、変則的だったじゃないですか。先輩たちに訊いてみたんですけど、誰もちゃんと答えてくれないんですよ。自分で調べてみろ、みたいな話になって」

「確かに……でも、タブーになることなんてあるかな。変なことをしているわけじゃないでしょう」

「それこそ何だか分かりませんけどね」所が割って入った。「警視庁に、そんな訳ありの人、いるんですかね」

いる。少なくとも向井がある種のタブーになっている可能性は高いではないか。


仕事は仕事。捜査会議でちゃんと情報を共有して、質問もして……ただし、発生二日目になるのに、捜査がまったく進んでいないことを意識し、瞳は早くも軽い焦りを感じていた。

被害者の高本萌に、恋人もボーイフレンドもいなかったのは間違いないようだ。女子大なので、周りに男性が少ないのも事実だが……週に三回、学習塾で事務の仕事をしていて、自宅と学校、バイト先の三か所だけで生活していたらしい。それには、彼女の経済事情も影響していたようである。実家からはほとんど仕送りを受けず、奨学金とバイトの稼ぎだけで、何とか大学生活を送ると決めていたようなのだ。それはそれで立派な態度だと思うが、侘しくはなかっただろうか。

身辺調査の結果、やはり通りすがりの犯行の線が強くなってきた。手口の調査を担当した刑事たちは、類似手口の窃盗事件に着目し、犯人の追跡をしていた。「焼き破り」で窃盗事件を起こして逮捕された人間が、その後どうしているか——犯行形態、手口、容疑者をクロスして網羅するデータベースで該当する人間を洗い出し、出所後何をしているかをチェックするわけだ。今のところ、現場近くに住んでいる、あるいはその近辺に足がある人間は一人も見つかっていなかった。

つまり、現段階では犯人像が一切分からない。定時通行調査でも怪しい人物は見つからなかったし、近所の聞き込みでも、最近痴漢などの性犯罪が起きている情報はなかった。

捜査は前進していない。

八時過ぎに夜の捜査会議は終了し、瞳はさっさと自宅に向かった。自由になる時間に、取り敢えず向井に関する調査を進めておかないと。

所も西条も知らないようだが、警視庁には城南大出身者がそこそこいる。彼らは「警視庁城南会」という組織を作って、情報交換をするなどの活動をしているようだ。瞳自身は城南大とは何の関係もないが、やはり城南大OBの先輩が「あの会の会合は面倒臭い」とこぼしていたのを覚えている。体育会系の気質が合わない人もいるようだ。

その先輩、冨永隼人《とみながはやと》はかつて捜査一課にいて、今は刑事総務課に籍を置いていた。現場から管理部門への転身だったが、別に外されたわけではなく、通常の人事である。

瞳は家で一休みすると、すぐに冨永に電話をかけた。

「おやおや、珍しい」冨永がおどけたように言った。「ようやく俺のプロポーズを受ける気になったか？」

「それ、状況次第ではセクハラですよ」冨永は三十八歳で独身。同じ係にいた時に、盛んに「俺と結婚しないか」と言ってきたので参っていた。正直、タイプではないから鬱陶しいだけだったし、あまりに何度も言われるので冗談だと判断していたのだが……久しぶりに話をして、いきなりこんなふうに切り出してくるということは、本気だったのだろうか？　あるいは誰にでも声をかけている？

真面目に検討するようなことではない。元々少し軽く、イマイチ信用できないタイプなのだ。

「ちょっと教えて欲しいことがあるんですけど、いいですか？」

「俺に答えられることならね」

「城南大のＯＢで、向井さんっていますよね？　人事二課の向井光太郎さん」

「ああ」急に冨永の声が暗くなった——いや、明らかに警戒している。「向井さんがどうかしたか？」

「どういう人なんですか？」

「ずいぶん抽象的な質問だな。何でそんなことを聞きたい？」

「所轄へ出た時に、お世話になったんですよ」

「ああ――もしかしたら、コーチ役で？」

「そうです」瞳は、一人うなずいた。一人暮らしの寒々とした部屋でそうしていると、何だかひどく間抜けな感じがする。「ちょっと所轄で行き詰まっている時に、いろいろ教えてもらいました」

「なるほど。向井さん、今もそういうことをやってるんだな」

「そういうことって、コーチ役ですか？」

「ああ」

「変ですよね？　もちろん、後輩に教える役目の人間は必要ですけど、わざわざ人事二課から派遣されてくるなんて、変則的にもほどがあるでしょう」

「普通の業務内での指導だと、効果がない時もあるだろう？　普段からずっと一緒にいるから、言われてもピンと来ないこともあるし。向井さんの場合、劇薬というか特効薬みたいなものかもしれないな」

「まあ……それは確かに」認めざるを得ない。向井の教えで、自分は管理職としての第一歩を無事に踏み出すことができたと思っている。

「見込みがある人間だけが、向井さんの指導を受けるそうだよ。まあ、これは都市伝説みたいなものだけど」

「その選択は、誰がするんですか？　向井さん自身？」「だったら、相当おかしな話だ。

「その辺は、俺も詳しくは知らないけど……向井さんは城南会の会合にも出て来ないぐらいだから、噂で聞くだけなんだ」

「そうなんですか……どういう人なんですかね」瞳はこの「コーチ制度」に納得したわけではないが、ここは話を先へ進めないと。「昔から人事二課なんですか？」

「いや、捜査一課にもいたはずだよ。向井さんのことを知りたいなら、捜査一課の古株の人に訊いた方がいいんじゃないかな。俺がいた頃には、とっくにいなくなってたんだし」

「捜査一課の古株ですか……」

「そんなに興味があるなら、本人に確認すればいいじゃないか。でもお前、今、特捜に入ってるんだろう？」

「ええ」

「じゃあ、向井さんのことなんか調べている暇はないわけだ」

「だから冨永さんに電話したんですけどね」

「おいおい、俺に調査をさせるつもりか？」冨永がかすかに非難するような口調で言った。

「同じ城南大OBじゃないですか」

「向井さんには、一回か二回しか会ったことないんだけど……」冨永はいかにも不満そうだった。

「刑事総務課は、別に忙しくないでしょう？」

「そんなこともないよ……でも、いいか。引き受けるから、条件出していいか？」

「何ですか？」

「マジで一回ぐらい、飯でもさ」

「お断りします」瞳は、自分でも驚くほどはっきりした口調で言ってしまった。「今、デートしている暇なんかないので」

「管理職として本格的に生きていく覚悟を決めたのか？」少し揶揄《やゆ》するような口調で、冨永が訊ねる。

「そうです」瞳は認めた。「私が管理職としてやっていくのは、冨永さんが考えているよりもずっと大変なんですよ」


翌日、瞳は暗い気分で品川北署の特捜本部に顔を出した。冨永は城南大人脈を使ってあっという間に向井に対する情報を集め、昨夜遅くに電話をかけてきて教えてくれたのだが、聞かない方がよかったと思える内容だった。向井が、今のように複雑な状況にいるのも理解できる。彼が何を考えているかは分からないが、今でも苦しい毎日を送っているのは間違いないだろう。

朝の捜査会議を終え、慌ただしく刑事たちが散っていくまでのわずかな時間を利用して、瞳は所と西条に事情を話した。二人の顔が同時に青くなる。

「その話、マジなんですか」所が首を捻った。「そんな話だったら、俺たちが知っていてもおかしくないと思うんですけど……」

「警視庁には四万人以上の職員がいるでしょう？　いくら噂好きの人間が多くても、全員が情報を知っているわけじゃないはずよ。あまり大きな声では話したくないことだろうし……それに結構古い話だから、知らなくても全然おかしくないでしょう」

「ですね」

納得したのか、所がうなずく。しかし、西条は渋い顔のままだった。

「それが分かっても……俺たち、どうしたらいいんですかね」首を傾げながら西条が言った。

「勝手な思いこみかもしれないけど、私は、このままじゃいけないと思うのよ。向井さんが優秀なのは間違いないでしょう?」

「確かに、何でもできる人ですよね」所が同意した。「取り調べも尾行も上手い、逮捕術にも長けている、人に教えるのも得意だ」

例示しながら、所が順番に指を折っていった。真面目に向井の強みを数えていたら、そのうち両手が「グー」の形になってしまうだろう。

「こういうの、警視庁にとっては大きな損失だと思うのよ。捜査一課だけじゃなくて、他の捜査セクションでも、向井さんは力を発揮できるでしょう。人事二課の仕事が重要じゃないとは言わないけど、向井さんの力は現場で使ってこそよ」

「まあ、そうなんでしょうけど……」西条はまだ渋い表情だった。

「西条君は、向井さんに恩義があると思ってるでしょう」

「それはもちろん、思ってますよ」西条がうなずく。

「恩返ししたいと思わない? 向井さんのために何かしてあげるべきじゃないかしら」

「俺たちが、ですか?」西条が自分の鼻を指さした。「そんな大変なこと、できますかね」

「できるわよ」瞳は短く、しかし強く断言した。

「でも今は、特捜が動いている最中じゃないですか。向井さんのために力を使っている時間なんてないでしょう」西条はあくまで懐疑的だった。

「主任、まさか……」所が疑わしげに言った。「逆バージョンですか？」

「そういうこと」

瞳は小さな喜びを感じて微笑んだ。最初に見こんだ通り、所は頭の回転が速い。一方西条は、粘り強さが美点のようだ。若い二人のこういう個性を伸ばしていくのが主任としての自分の仕事だが、それ以外のことだって考えていい。恩は必ず返す。そのためには、どんな手でも使う。

今朝が、その最初のチャンスだった。今日も、捜査一課長が特捜本部の朝の会議に参加していたのだ。本部の課長ともなれば、課長室に居座って書類に判子を押しているだけのようなイメージがあったのだが、捜査一課長は本部の課長の中では一番忙しい。昼間は都内各地の特捜本部を回って現場を督励し、事件が起きれば時間に関係なく現場へも出動する。さらに自宅へ戻っても、マスコミの夜回りに対応しなければならない――体力的にも肉体的にもタフでないとやっていけないポジションだ。自分が一課長になったら、と考えることはあるのだが、さすがに上手くイメージできない。

会議が終わった後、捜査一課長は管理官や係長の三田と何か相談していた。課長と話すと思うと、さすがに緊張してしまう。面識がないわけではない――いや、むしろ課長はこちらを確実に意識しているはずだ。先日言われた「お手並み拝見といこうか、リーダー」という言葉が、今も脳裏に残っている。若さ、それに女性という条件から、彼が「本当にやれるのか」と心配しているのは明らかだった。そう考えても、今はむっとしない。「性別」ではなく自分の「若さ」こそが問題だと意識しろというのは、向井から学んだ姿勢だった。

瞳が近づいて来るのに気づいて、課長がこちらを見る。

「何か?」係長の三田が声を上げた。顔つきにも声にも刺がある。重要な打ち合わせを邪魔されたと思ったのかもしれない。

「実は、一課長にご相談がありまして」

「俺に人生相談されても困るぞ」課長が真顔で返した。「そういうのは苦手だ」

「いえ、まさに人生相談です」自分の、ではなく向井の人生だが。

「拒否するわけじゃないが、勤務時間外にしてくれないか」

「一課長の毎日から、仕事と睡眠の時間を引いたら、十分ぐらいしか残らないと聞いています」

瞳が真顔で言うと、一瞬、その場に嫌な沈黙が降りた。しかしすぐに、一課長が声を上げて笑う。

「一番上にいる人間が一番ブラックな働き方をしているのは、洒落にならないな」

「私が一課長になったら、自分で働き方改革を実行します」

「それは頼もしい」一課長が皮肉っぽく言った。「確かに、俺の自由になる時間は毎日十分もない。だったら今、話を聞くよ」

「人事二課の向井光太郎部長をご存じですか」

今度は、先ほどよりも重く暗い沈黙が降りる。一課長は間違いなく事情を知っている、と瞳は確信した。あるいは管理官、係長も。ある程度のポジション以上になると知らされる決まりでもあるのだろうか。

「私は、係長として所轄に出ている時に、向井部長の指導を受けました。不思議なやり方ではありましたが、有効だと思います。警視庁に、そういう柔軟性があることは素晴らしいと思います」

「益山主任、端的に頼む」

「失礼しました」瞳はさっと頭を下げた。「向井部長の個人的な事情を聞きました。大変なことだったとは思いますが、もう長い時間が経っています。向井さんのように優秀な人は、早く現場に戻すべきじゃないですか？ というより、課長たちもそのために、向井さんに特別コーチをやらせているんじゃないんですか？」

一課長は何も答えない。瞳の発言をじっくり吟味《ぎんみ》している様子だった。やがて口を開いたが、出て来た台詞は「この件を話すには時間がかかる」だった。

「今じゃ駄目なんですか」

「大袈裟に言えば一晩かかる。君とは意見も一致しないだろうな――そう簡単には」

「今決められることもありますよ……三田さん？」

「何だ」三田が嫌そうな口調で言った。部下が面倒なことを言いだしたせいで、困っているのは明らかだった。それでなくても、事件のことで頭が一杯だろう。

「うちに一人、問題児がいますよね」

「木崎《きざき》か？」

三田の口からすぐにその名前が出て来たので、瞳は苦笑してしまった。木崎は、年次では西条の一つ上。去年、所轄から捜査一課に上がって来たのだが、早くも「使えない」と烙印を押されていた。実際三田も、瞳が捜査一課に戻って来た時に「様子をよく見ておいてくれ」「駄目なら早めに飛ばす」とはっきり言ったぐらいなのだ。

「ああいうタイプには、コーチ役が必要じゃないですか」

「いや……それこそ向井さんの無駄遣いだろう」

三田が否定する。今の言い方で、三田は向井より年次が下だと分かった。

「向井さんを生かすために、木崎を使うんです」瞳は力説した。「木崎だって、捜査一課で一つぐらいは、役に立つことをしてもいいんじゃないですか」

「分かった、分かった」一課長が笑いながら言った。「それは確かに、君の言う通りだな――この件、俺に預からせてくれ。向井を現場に出すには、ちょっと面倒な調整が必要なんだ」

「可否を判断する委員会でもあるんですか？」

「何人かの人間の意思統一が必要だ。一番重要なのは人事一課長だが……今回は、全員がＯＫしても、上手くいかないかもしれないぞ」

「どうしてですか」

「向井本人がOKしないかもしれない」

「OKさせて下さい。警視庁の幹部には、それぐらいの力はあると思います」

「益山、それは言い過ぎだ」三田が心配そうな口調で忠告した。

「いいよ、三田」一課長が鷹揚に言った。「今の話では、益山の言い分にも一理ある。それにこれは……向井があちこちでコーチをやってきた成果とも言えるじゃないか。あいつはきちんと、種をまいてきたんだよ」

「何の種ですか？」瞳は訊ねた。

「いい刑事になるための——いや、いい人間になるための種だ」


週明けの月曜日、瞳は特捜本部に向井の姿を見つけて仰天した。一課長は動いてくれると信じていたが、時間がかかりそうな話だったではないか。こんなに早く、しかも土日を挟んでいたのに、もう向井は現場に投入されている。最初の挨拶が肝心だ、と瞳は自分に言い聞かせた。向井は、捜査会議の席上で紹介された。しかし何とも堅苦しく、不自然な感じが漂う。紹介した三田自身、やりにくそうだった。

「今回、事件の重要性に鑑《かんが》み、人事二課から特別に向井光太郎部長の応援をもらうことにした。向井部長は普段は現場の仕事はしていないが、元々捜査一課での経験もある、貴重な戦力だ。一致団結して、一刻も早く事件を解決してもらいたい」

向井が立ち上がり、所属と名前だけを告げる。以前、瞳のいた所轄に来た時は、もう少し自然に話していた感じだった。しかし今は、微妙にふてくされた感じで、やる気が見えない。やはり、特捜本部への参加を渋々承知したのではないだろうか。それでは逆効果というか、瞳たちの狙いは実現できそうにない。

捜査会議が終わると、瞳は所と西条に目配せした。まったく言葉を交わさないのも不自然だが、長々と「あの時は――」とやっていたら、逆に向井を頑なにさせてしまうかもしれない。ここはさらりと挨拶して、後は動きを観察しよう。それによって、こちらも作戦を考えればいい。

「向井さん、お久しぶりです」瞳はできるだけさりげなく、そして快活に挨拶した。「所轄でお世話になりました、益山です」

「ああ……ご活躍で」ひどくよそよそしい挨拶だった。

「またよろしくお願いします」

もう一度頭を下げたところで、西条がやって来た。彼は今日、瞳と組んで現場付近で聞き込みをすることになっている。

「西条です。目黒西署でお世話になりました」

「ああ」向井の声にはやはり元気がない。西条とは目を合わせようともしなかった。

「西条君、行くわよ」事前に打ち合わせていた通り、瞳はこの挨拶を早く打ち切るために声をかけた。

二人が離れるのと入れ替わりに、所が挨拶に来る。彼は調子がいい――よ過ぎるから、今は余計なことを話しかけて欲しくないのだが……まあ、所も今回の作戦のコンセプトは分かっているはずだから、さっと切り上げるだろう。

「話は分かりますけど、向井さん、ちょっと可哀想じゃないですか」署を出て歩き始めた瞬間、西条が切り出した。

「何が？」

「木崎さんと組まされて。あの人、本当にヤバいですよね」

「まあね。でも、どうしてああいうタイプが網をすり抜けてきちゃうのか、不思議だわ」西条の言う通りだと瞳は首を傾げた。警察には、独特の「選別システム」がある。警察学校がまさにその典型で、「警察官を育てる学校」ではなく「警察官に向かない者をふるい落とす場所」とまで言われているぐらいだ。実際、試験の成績だけでは見切れない人間性があり、警察学校ではそれをしっかり観察して、駄目な人間は容赦なく切る。その後、実際に警察官になっても、あらゆる局面で選別は続いていく。

瞳が見た限り、木崎は「何かあると異常に緊張してまったく力を発揮できないタイプ」だった。上司と話すだけでも言葉に詰まるし、聞き込みでは質問があらぬ方向へねじ曲がってしまう。こういうのは、経験を積めば成長する保証はなく、静かな事務職場で仕事をさせておいた方がいいかもしれない。そういう人間を向井に押しつけるのは、確かに申し訳なかった。

それでも、彼を捜査の現場に引き戻す手段はこれしかないのだ。

「心配してもしょうがないわね」

「後で、向井さんに謝らないと」

「それは駄目」瞳は釘を刺した。「こっちが仕組んだことがバレちゃうでしょう。あくまで通常のルートでコーチを頼んだ、ということにしておかないと。そして、私たちは当然無関係」

実際、動いたのは上司なのだ。

「今後、俺たちはどうするんですか？」

「向井さんの様子を見て、話をするわ」

「捜査一課に戻るように？」

「それは、私たちが言うことじゃないでしょう。搦手《からめて》から——現場の面白さについて話し合うとか」

「あくまで雑談ということですか」

「最初はそこからね」

「でも向井さん、たしかもう四十六……四十七歳ですよね。現場に復帰しても、あと十年ちょっとしかないじゃないですか。復帰するなら復帰するで、一刻も早く動かないと」

「それも考えておかないとね。あなたも、向井さんのことはよく観察しておいて。話せるきっかけがあったら、すぐに声をかけてね。私たち三人に関しては、サインは常に『グリーン』だから」

「グリーンって……」

「野球で、そういう言い方しない？　盗塁のサインなしで、ランナーの判断でいつでも走っていいような状況」

「俺は陸上部だったんで、よく分からないです」

瞳は苦笑した。西条は少し鈍いのだが、何故か気にならない。「鈍い」と言っても、様々なタイプがあるのだろう。西条の場合、目の前にあること、自分に興味のあること以外には、あまり目がいかないような感じだ。前しか見えないように遮眼帯をつけられた馬のようなものではないだろうか——集中力があるのは間違いない。

同じ仕事でも、人によってやり方は様々だ。後輩の個性を殺さぬよう、いかに仕事に活かしていくかが自分の仕事——現場で聞き込みしたり、長い時間の張り込みに耐えたりするより、はるかに面倒臭い。


その日の午後、聞き込みをしている最中に瞳のスマートフォンが鳴った。三田だった。

「ちょっと確認して欲しいことがある」

「何ですか？」

「マンションの防犯カメラに、一人だけ、怪しい人間が映っていたんだ」

「容疑者ですか？」

「いや、容疑者とは言えない。ただ、マンションの住人でもないようなんだ」

「犯行当日——犯行時刻の前後ですか？」

「ああ」

「今になって出て来たんですか？　遅くないですか」瞳はつい、きつい口調で言ってしまった。防犯カメラの映像分析は、専門部署のＳＳＢＣが行なうことになっており、最近はしばしば大きな成果を上げているのだが、依頼が殺到して分析は常に滞《とどこお》っているという。そんなことは分かっているのに、自分たちが後回しにされているような気分になった。

「映像の分析自体は、先週末には終わっていた。ただし、画像を鮮明にしてより見やすくするために、時間が必要だったんだ」

問題の人物が、マンション正面の防犯カメラに映ったのは、午前三時五分。マンションの中に入ったように見えたが、三分後、同じ服装の男が再び姿を現したので、住人ではない疑いが生じたのだ。映ったのはその二回だけ。高い位置から撮影されたので、顔を正面から捉えてはいなかったが、何となく特徴は分かる。問題は、マンションの住人かどうかだ。

「画像を送るから、見てくれ。お前、マンションの住人とは、ほぼ顔を合わせてるんじゃないか」

「ええ」現場での聞き込みでは、「クロスチェック」も重要だ。一度事情聴取をした相手に、時間を置いて別の刑事が再度話を聴く。それによって証言の矛盾などが浮き彫りになり、新しい事実が出てくることも珍しくない。今回のクロスチェックで、瞳はマンションのほぼ全住人と顔を合わせていた。会えていない住人は——気にする必要はないだろう。一人暮らしの女性二人だから、犯行に関わっているとは考えられない。

画像を受け取り、瞳はそれをすぐに西条のスマートフォンにも転送した。

「四十歳……にはなりませんかね」画面を凝視したまま西条が言った。

「何とも言えないわね」瞳も同意したが、言い切る自信はなかった。「顔が見えない」

ＳＳＢＣは、写真を相当綺麗に仕上げてくれたが、斜め上からの映像なので、顔がはっきり映っていないのが痛い。少しウェーブがかかった髪はふさふさしている。鼻は高い。目は大きそうだ——顔の特徴で分かるのはそれぐらいだった。上着は裏地付きのステンカラーコートのような感じだ。男性の冬のアウターとしては定番だろう。下はグレーのパンツのようだ。靴は黒だが、はっきりしない。

「妙にちゃんとしてますね」西条が言った。

「ちゃんとしてるって？」

「服装ですよ。この格好で、昼間どこかの会社にいても不自然じゃない」

「じゃあ、犯人ではない？」

「いや、どうかな」西条が顎を撫でた。「靴は、たぶんローファーですね。窃盗犯の中には、こういう靴を履く人間が多いんです」

「ああ、脱いだり履いたりが楽だから？」

「そうです。とにかく早く入って早く出るのが、プロの窃盗犯の特徴ですから。この男がそういう人間かどうかは分かりませんけどね」

さすが、元々捜査三課を志望していたこともあり、窃盗犯については詳しい。関心したが、今の理屈も完璧ではない。

「この男が犯人だとして——靴のことまで用心するのが当然だと思う？」

「ああ……」西条が気まずそうにうなずく。「先走りし過ぎました。慣れている人間なら靴のことまで考えるでしょうけど、常習犯かどうかまでは分からないですもんね」

「先入観なしでいきましょう。とにかくこの男は、あのマンションの住人じゃない。だったら誰なのか——聞き込みね」

「もう少しはっきり顔が映っている写真があるといいんですけどね」西条が、スマートフォンをスーツの胸ポケットに落としこんだ。

「それはさらに探すと思うわ。近所の防犯カメラをチェックして、映っていないかどうか、確認するでしょう」

それでもう少しはっきりした写真が入手できれば、聞き込みも上手くいく可能性が出てくる。しかし、それを待っているわけにはいかない。今は、ある材料で何とかするしかないのだ。頼りない写真なのは承知の上で、瞳は気合いを入れ直した。


聞き込み、空振り。近所を虱潰《しらみつぶ》しにして事情聴取してみたが「見たことがない」ではなく「顔がよく分からない」という答えが返ってくるだけだった。

夜の捜査会議で他の刑事とすり合わせをしたものの、全員が同じ結果だった。最初から、有力な手がかりにはならないだろうと大きな期待はしていなかったが、さすがにがっくりくる。他の防犯カメラの解析もほぼ終わっており、同じ人間は映っていないことが分かっていた。この件はここで行き止まりか……。

捜査会議が終わった後、西条がまたスマートフォンを凝視していることに瞳は気づいた。

「何か分かったの？」

「そうじゃないんですけど、ちょっと引っかかるんですよね。このコートなんですけど」

「コートがどうかした？」瞳にはまったく分からなかった。何の特徴もない普通のコートにしか見えない。

「先輩、どうかしたんですか？」所が割って入って来た。

「いや、コートなんだけど……」

「そんなに集中しても、見えないものが見えてくるわけじゃないですよ。超能力なんかないんだから」

「いやいや……ちょっと調べます」言って、西条がバッグから自分のパソコンを取り出す。電源を入れると、スマートフォンで見ていた写真をそちらで表示させた。画面は一気に大きくなったが、だからと言ってそれで何かが分かるわけではない。少なくとも瞳には何も分からなかった。

「何か調べるなら手伝うけど」瞳は申し出た。

「まだはっきりしないんで、手伝ってもらうのは申し訳ないです」画面を睨んだまま、西条が言った。

「コートが何か問題なの？」

「これ、『リーズ』のコートなんですけど……」

ブランド名だろうか？　瞳は聞いたことがなかった。正直に打ち明けると、所が説明してくれた。

「どっちかっていうと、若者向けですかね。イギリス製です」

「私も若くないわけじゃないけど」むっとして瞳は言い返した。

「あ、いや、基本的にメンズの展開がメインなんですよ」所が慌てて言い直した。

「……それで、何が気になるの？」

「それがよく分からないから、困ってるんです。ちょっと違和感があるだけで」

「手伝うことがあるなら手伝うけど」瞳は繰り返した。

「いや、それは……何か分かったらお願いするかもしれませんけど、現段階では何とも」

「西条先輩は、ファッションにはうるさいですからね」所がからかうように言った。

「そうなの？」瞳は、パリッとしたスーツ姿の西条に視線を向けた。

「今時、メンズのファッション誌なんか買ってるんですよ？　希少価値、高いでしょう」

「うるさいな。黙ってろ」

一喝《いっかつ》され、所が肩をすくめて去って行く。西条がファッションに興味がある——そんなふうには見えない。確かにすらりと背が高く、スーツは上手く着こなしているが、特別高価なものには見えなかった。

もう少し話をしてもよかったが、西条は一人で何とかするつもりのようだった。それなら邪魔するのは野暮《やぼ》……瞳は静かに特捜本部を去った。

翌朝、出勤して来た途端に、瞳は驚いた。自分が一番乗りかと思ったら西条がいる――いや、早く来たのではなく、泊まりこんだのは明らかだった。昨日と同じスーツを着たまま、テーブルに突っ伏している。顔の隣では、ノートパソコンの画面でスクリーンセーバーが踊っていた。徹夜したのか？　起こさないように動こうと思ったが、いずれ他の刑事も来て目が覚めてしまうだろう。せめてもと、瞳はコーヒーメーカーのスウィッチを入れて準備をした。かなり古いこのコーヒーメーカーは、コーヒーが落ちる時にぼこぼこと大きな音を立てるのだが、西条が目覚める様子はない。

コーヒーカップを二つ用意し、一つを西条の横に置く。香りが刺激になったのか、西条がもぞもぞと動きだした。ゆっくりと顔を上げて、瞳を見ると「あ」と短く言った。

「泊まったの？」

「中途半端にしておけなくて」

「昨日の話？」

「ええ」

何がそんなに気にかかっていたのだろうか。瞳は首を捻りながら、「とにかくコーヒーを飲んで、目を覚まして」と言った。

「すみません」ひょいと頭を下げ、西条がコーヒーを一口啜《すす》る。それから欠伸を噛み殺した。

「早く話を聞きたいけど、顔ぐらい洗って来たら?」

「そうします」

のろのろと特捜本部を出て行く西条の大きな背中を見送りながら、瞳は噂は本当だったと確信した。西条は、刑事としての「反射神経」はよくないが、とにかく粘り強い。尾行をまかれた相手の自宅を、誰の指示もないまま、朝まで見張っていたことがあるというが、それも納得できる。

戻って来た西条は、少しだけさっぱりした表情になっていた。

「完徹したの?」

「そうですね……五時ぐらいまで起きてたと思いますけど」

言って、西条がノートパソコンのキーを叩いた。スリープモードから復旧すると、ブラウザ上に画像がずらりと並んでいるのが見える。ウェブ上のカタログ——メーカーのECサイトだとすぐに分かった。

「これが、リーズの日本向け通販サイトなんですけど」西条が説明する。

「うん」

「問題の男が着ていたコートが、リーズのものなのは間違いありません」

西条が、防犯カメラから取り出した画像を提示した。よく見ると、ちょうど身を翻した瞬間なのか、コートの裾が乱れて内側が見えている。

「ここ」西条がコートの裾を指差した。「内側が緑と青、それに赤のチェックでしょう? これは昔から、どのモデルでも同じです。要するにアイコンですね」

バーバリーのチェックのようなものね、と納得して瞳はうなずいた。

「基本のラインナップは、ステンカラーコートとトレンチコートで、それぞれカラーと長さのバリエーションがあるだけなんですけど、時々イヤーモデルが出るんですよ」

「その年限定の特別なモデル？」

「ええ。昨夜から散々悩んでいたんですけど……リーズなのに、見たことがない形だったんですよ。パチモンかと思ったんですけど、三年前のイヤーモデルでした。見てもらうと分かりますけど、ステンカラーコートをベースに、少しアウトドア寄りにしたみたいな感じで、襟のデザインが独特なんですよ。ここだけコーデュロイになってるでしょう？」

「確かに」

「それと、通常ラインのステンカラーコートにはない、外側の胸ポケットがついてます」

「イヤーモデルということは、数は少ないはずね」

「それどころか、日本には入って来ていません」

「そうなの？」

「入っていない……はずです」西条の歯切れが悪くなった。「イギリス本社のサイトで過去のデータを確認して、限定のイヤーモデルだということは分かったんですけど、日本で売られたかどうかは、まだ分かってません。日本法人にも問い合わせできなかったですから……これから電話してみます」

「この男を特定する手がかりになるかもしれないわね。どういう状況が考えられる?」

「一番あり得るのは、イギリスで買って来たパターンですね。その場合は、追跡は難しくなります。リーズは、修理やメンテナンスのために顧客の情報管理をしっかりやっているはずですけど、イギリスの本社に問い合わせても、相当時間がかかるでしょう。そもそも、買った人が会員登録していないと、何も分かりません」

「あなた、何でそんなこと知ってるの?」瞳は目を見開いた。「もしかしたらリーズのコートを持ってるとか?」

気になって瞳も昨夜調べてみたのだが、リーズのコートは、一番安いラインでも日本では十万円はする。

「いや、まあ、いつかは自分もってやつですよ」西条が照れたように言った。「とにかく、日本法人に確認してみます。個人輸入とか、ショップが別注した可能性もあるので、ちょっと粘ってみます」

「じゃあ、朝の捜査会議でしっかり報告して。あなたは今日、この件に集中でいいと思うわ——人手が必要なら、本当に手伝うけど」

「それは、上で決めて下さい。俺には判断できないので」

「分かった」

大まかな方針が決まったところで、向井がやって来た。今日も不機嫌な表情——しかし、実際に不機嫌かどうかは分からない。自分は、向井のことを何一つ知らないも同然なのだ、と思い知る。

向井にコーヒーを持って行った。座ったばかりの向井がはっと顔を上げ、軽く会釈した。

「おはようございます」

「おはようございます、はやめて下さい」瞳は苦笑した。「所轄では係長でしたけど、本部では主任ですから。年齢優先で喋ってもらった方がありがたいです」

「そうですか」向井はコーヒーカップを手に取ろうとはしなかった。

「木崎君はどうですか」瞳は声を潜めて訊ねた。

「ああ……」向井は座り直す。「あれはちょっと……今回、何で呼ばれたのか分かりませんね」

「どこへ応援に行くか、向井さんが決めてるんじゃないんですか?」

「私は命令に従うだけだから」

「すみません、木崎君がご迷惑をおかけして」

「君だって、まだ来たばかりで、彼のことはよく知らないんじゃないか?」

「人を見る目には自信があります」瞳は自分の目を指さした。「第一印象は、だいたい外れません」

「人事二課としては失敗だね」向井がうなずく。「目は配っているつもりなんだけど、個人の素質や向き不向きを完全に把握できているわけじゃない」

「しょうがないですよ。警視庁は大所帯なんですから。それで木崎君は——見込みなしですか?」瞳は声を潜めて訊ねた。

「組んで仕事をしている以上、そんなことは言えないよ」向井が表情を崩しかけた。しかしすぐに、不機嫌な、緊張した顔つきに戻ってしまう。

「向井さん、特別コーチみたいなものなんですよね」瞳は一歩踏みこんで訊ねた。

「うん？」

「伸び悩んでいる人間がいたら、短期間一緒に仕事をしてノウハウを叩きこむ——叩きこむ、じゃなくて、悟らせるっていう感じですか」

「叩きこむ、なんていうやり方は、昭和の時代にとっくに終わってるよ。俺だって、そんなに厳しい先輩に当たったことはない」

「相手に悟らせる——その方が、指導のやり方としては高度ですよね」

「それは、何とも言えないな」向井が肩をすくめる。「俺の本来の仕事は、人を動かすことで、教えることじゃないから」

「でも、向井さんは何でもできるんですね」

「そんなことはない」向井が顔の前で手を振った。

「尾行のノウハウから、リーダーとしてのあり方、ジェンダーの問題から——」

「買い被《かぶ》りだよ」向井が被せ気味に言った。「リーダーのあり方に関しては、俺は何も分からない。なにしろただの巡査部長だからね。人の上に立って仕事をしたことはない」

「じゃあ、そういうのはどうやって学んだんですか」

「ビジネス書を大量に読んだ」

向井が真顔で答えた。どう反応していいものやら分からず、瞳は苦笑するしかなかった。向井の本音に迫るのは、相当難しいだろう。自分には無理かもしれない。こういう時は「捜査一課では取り調べ担当をやりたい」と公言している所に任せてみるべきだろうか。いや、所には経験が足りない。あっという間に煙《けむ》に巻かれて、すごすごと引き返すことになるだろう。

朝の捜査会議では、西条が持ち出したリーズのコートの情報が、俄然注目された。この件は最優先で調査――西条だけではなく、瞳も一緒に担当するように指示された。

「別に、一人で大丈夫なんですけどね」署を出て駅へ向かう途中、西条がこぼした。誰がどんな仕事をするか決めるのは上の人間で、下っ端は口出しできない。しかし、こんなことも任せられないのか、と悔しがっているのかもしれない。

「聞き込みは二人一組が基本よ」瞳は言い切った。「それに今日のあなたは、普段の半分ぐらいしか力が出てないわよ」

「寝てないだけですから」そう言いながら、しきりに目を瞬かせる。

「寝不足は聞き込みの大敵」

「何ですか、それ」

「今作った格言」

西条が小さな笑い声を上げた。大したジョークではないが、少しはリラックスしてもらえたかもしれない。

リーズは日本法人を持っているわけではなく、ファッション関係専門の商社である「グロワール」社が、輸入・販売の窓口になっていた。六本木にあるオフィスビルのワンフロアを占める会社に足を踏み入れた瞬間、瞳は奇妙な緊張感を覚えた。刑事としての経験もそれなりに長くなり、中堅の域に入っているのだが、会社で聞き込みをした経験はほとんどない。この会社の洒落た雰囲気に押されているのは、自分でも分かっていた。什器《じゅうき》はガラスとクロムを多用して、クールに統一されている。当然ながら、社内を歩き回る人たちの服装には一分の隙もない。瞳は所轄で最初に刑事になった時に、仕事の場でのお洒落は一切諦めた。ファストファッションのブランドで夏冬用それぞれのジャケットを五着、パンツを五本買って、傷む度に買い換えるだけで済ませている。一方西条は、服装こそきちんとしているが、ほぼ徹夜で疲れ切り、生気がない。どうにも冴えない二人組だ、と情けなくなる。

応対してくれたのは、リーズの担当セクションである「ファッション第三部」の担当者・関《せき》谷《や》だった。体にぴたりと合った灰色のツイードのスーツ。胸ポケットにはネクタイと色を合わせた紫のチーフを飾っている。足元は、綺麗に磨き上げた茶色のダブルモンクストラップだった。年齢は三十歳ぐらいだろうか。よく日に焼けていて、いかにも健康そうだ。

「何か、ややこしい話でしょうか」関谷が慎重な口調で切り出す。西条は、電話でアポを取りつけた時に、詳しい事情は話していなかったはずだ。

「捜査の関係で、確認したいことがありまして」瞳はやはり曖昧に答えた。殺人事件については、あまりはっきり説明したくない。「これを見ていただけますか」

西条がノートパソコンを開き、向かいに座る関谷に画面を見せた。

「ええと……これ、防犯カメラの画像ですか？」

「そうです。この人物が着ているコートを確認してもらえますか」瞳は指示した。

「このコートは……ああ、なるほど。リーズなんですね」関谷がうなずき、さらに画面に顔を近づけた。

「三年前のイヤーモデルだと思います」西条が発言した。「日本には入っていないはずですが」

「ちょっと確認させてもらっていいですか」

関谷が自分のノートパソコンを開き、キーボードに指を走らせた。すぐに、「キンクスですね」と答える。

「キンクス、というのがモデル名なんですか？」瞳は訊ねた。

「ええ。製品には必ずロックバンドの名前をつけるんですよ。百年以上の歴史があるメーカーなのに、不思議な感じですけど……当該のバンドには、いくばくかの金を払うみたいです」

「それで、このキンクスなんですけど」瞳は話を引き戻した。「三年前のシーズンだけ作られたモデルで、日本には正規輸入されていない――それは間違いないですか？」

「型番二〇一七A一〇――そうですね。入って来ていません」

「間違いなく？」

「うちでは正規には入れていない、ということです。ああ、そうそう、思い出しました」関谷がノートパソコンを閉じる。「リーズの本社サイドからは、日本での展開を打診してきたんです。ただ、リーズのイヤーモデルは、日本ではあまり受けないんですよね。あくまで定番中心なんです。過去に、こういうアウトドア系に振ったイヤーモデルを入れたこともあるんですけど、売れ行きは散々だったんです。それで、この時はやめようという判断になりました」

「日本には一切入って来てないんですか？」

「そんなこともないですよ。今は個人輸入だって簡単だし、現地で買う人もいるだろうし」

「日本のお店で普通に売っていることはないんですね？」

「それはまずないでしょうね。まあ、うちのファンでこれを欲しいと思う人もいないでしょうけど……リーズらしくないデザインですからね。ちょっと冒険し過ぎたんじゃないかな」

「流通ルートを追うことはできないですか」瞳はさらに突っこんだ。

「いや、それは……難しいというより、不可能ですね」

瞳はふと、警察学校で聞いた講義を思い出した。「物証の追跡」がテーマで、過去の捜査で証拠品の追跡がどのように行なわれてきたかが課題になった。昔は——昭和三十年代ぐらいまでは、個々のブツの追跡もそれなりにできたが、昭和四十年代に大量生産、大量流通が基本になってからは、追跡が難しくなったという。さらに現代は、流通ルートが複雑になっているから、難易度は増している。現場で見つけて「いい証拠だ」と思っても、過度な期待をしてはいけないという教訓が最後についてきた。

今回もそういうことになるのか、と瞳の心は沈み始めた。

「ええと」関谷が遠慮がちに言い出した。「この写真ですけど、防犯カメラの映像から切り取ったものですよね？」

「ええ」

「これ一枚しかないんですか？」

「いえ」西条が言って、ノートパソコンを自分の方に向けた。キーボードに指を走らせて、もう一枚の写真を提示する。警察的には、こちらの写真はあまり役に立たない——後ろ向きで、顔がまったく写っていないのだ。「これです。あまり参考にならないと思いますけど」

「ちょっと失礼しますね」関谷が自分でパソコンを動かし、また画面を覗きこんだ。何かが気になったのか、スーツの内ポケットからフレームレスの眼鏡を取り出してかける。画面に顔を近づけ、しばらく息を止めるようにして見詰めていた。

「何か分かりますか？」瞳はかすかな期待をこめて訊いた。

「はっきりとは言えないですけど、どうかな……他に写真はないんですか？」

「今、手元にあるのはこれだけなんです」西条が悔しそうに答える。

「うーん——ちょっと待って下さい」

関谷が立ち上がる。彼が席を外している間に、瞳は「何かありそう？」と西条に訊ねた。

「どうですかね」自信なげに言って、西条がノートパソコンを自分の方に向け、画面を凝視した。「何か引っかかることがあったのかなあ」それに気づかなかった自分を責めるような口調だった。

「あなたが気づかなくてもしょうがないわよ。いくらファッション好きでも、プロじゃないんだから」

「変なことがあれば、気づくと思いますけどね」西条は不満を隠さない。

「でも、これがリーズのイヤーモデルだっていうことには気づいたじゃない」

「それぐらい、ちょっとファッションに興味がある人なら、誰でも分かりますよ」西条が苦笑した。

「どうも――お待たせしまして」

関谷が腕にコートを抱えて戻って来た。広いテーブルに広げて裏返すと、瞳にもすっかり馴染みになった独特の色合いのチェックが姿を現す。

「ここ、見ていただけますか？」関谷が襟元を指さした。ブランド名の入ったタグ。

「これが何か？」瞳は立ち上がってタグを確認した。上部だけ縫いつけてある。

「通常のモデルのタグはこれなんです。それで、こっちを見て下さい」言って、関谷がもう一枚のコートを示した。一目瞭然で違う――通常のコートのタグは長さ五センチ、幅一センチほどの細長いものだが、こちらのコートのタグはもっと大きい。おそらく八センチ四方ぐらいの正方形で、ロゴ以外のデザインもまったく違っていた。

「何が違うんですか？」

「この大きいタグの方は、テスト品というか……正規輸入前に、サンプルとして送ってもらうものなんです。実は、イギリス本国でのタグは、この大きいやつなんですけどね」

「でも、通常モデルは小さいやつですよね？」瞳は確認した。

「大きいタグ、日本では評判が悪いんですよ。首に当たって痛い、という苦情が結構ありましてね。だから正規輸入品は、日本向けに小さいタグにつけ替えてもらっているんです」

「あ」西条が短く声を上げた。「この写真のコート、確かにタグがはみ出ているように見えますね」

瞳も画面を覗きこんだ。言われてみればそんな感じもするが、解像度が低いので断定はできない。

「こんなことを言うのは申し訳ないんですけど、他の――もうちょっとましな画像はないですか？」関谷が遠慮がちに言った。

「ありますけど、どれも似たようなものですよ。不鮮明です」西条が答える。

「でも、できれば他の画像でも確認したいです」

「ちょっと時間をいただければ、何とかなると思いますけど、何が気になるんですか？」

「タグの色を見て下さい。こっちは紫でしょう？」

関谷が、テーブルに広げたコート――最初に広げた一枚の襟元を指さす。確かに、小さいタグは紫色だった。続けてノートパソコンの画面で確認すると、紫には見えない。緑か青か……断言はできない。

「画面の方は、よく分かりません」瞳は正直に認めた。

「リーズ本社の方針で、輸出地向けにタグの色を変えているんです。製品管理のためか、あるいは他の目的があるかは分かりませんけど……日本というか、アジア市場向けは紫色で統一しているんです。ヨーロッパは緑、北米市場は赤だったかな。画像のコート、紫に見えません？」

「ちょっと待って下さい」頭が混乱するのを意識しながら瞳は訊ねた。「確認します。日本へ正規輸入されているものは、小さな紫色のタグなんですね？」

「ええ」関谷がうなずく。

「でも、画像に写っているコートは、紫色の大きなタグ——日本には入って来ないものなんですね」

「中国とかで買って来た、ということですかね」西条が首を傾げる。

「そうですね」関谷が認める。「ただし日本にも、この大型紫色のタグ付きの商品はないわけではないんです」

「サンプルで入って来るんですよね？」瞳は先ほどの話を思い出した。

「そうです」

「ということは——」瞳は、急に手がかりが近づいてくるのを意識した。「この会社に送られて来たサンプルが流出したということですか？」

「流出というのとはちょっと違いますが」関谷が言い訳した。「正規の商品ではないので、店に出すことはないんです。広報用で、ファッション誌に貸し出したりするぐらいでお役御免になります。ただ、捨てるわけにもいきませんから、社員が引き取るのが慣例になっているんですよ」

「社員割引で？」

「いえ、早い者勝ちで、無料で」

「じゃあ、このコートを着ているのが、御社の社員である可能性もあるんですか？」

西条が立ち上がったので、関谷が思い切り引いた。腹とテーブルの間に、五十センチほどの空間が空いてしまっている。百八十五センチの大男がのしかかるように迫って来たら、誰でもビビるだろう。

「それはちょっと……何とも言えませんが。誰かに譲ったのかもしれません。よくある話ですよ」

ただでもらった商品を、知り合いに「安く譲るよ」と横流しする――こんなことは犯罪とは言えない。仮にそうしている人がいても、ちょっとした小遣い稼ぎぐらいの感覚だろうし、目くじら立てるほどのことではないだろう。

「確認できませんか？」瞳は頼みこんだ。「このキンクスが、実際に御社の社員の手に渡ったかどうか。渡ったとしたら相手は誰か」

「それはちょっと、上に相談してみないと……それより、もう少し写真を見てみたいです。角度によっては、どういうタグか分かると思うんですよ」

「すぐに手配します。写真も、もう少しちゃんと見えるように調整させますので」西条ががくがくとうなずいた。気合いが入り過ぎて、動きがおかしくなっている。初めてのまともな手がかりかもしれないから、しょうがないのだが。

瞳は、西条のスーツの袖を引いて座らせた。西条がゆっくりと腰を下ろす。よしよし――物証が重要な手がかりになることだってある。警察学校で教わったことが必ず正しいとは限らない、と瞳は自分に言い聞かせていた。今後後輩に話をする時に、この話は格好の材料になるのではないだろうか。

第二章　難　航

所の頭の片隅には、過去の事件がずっと引っかかっていた。今回の事件発生当初にちらりと聞いた、十五年前の八王子の殺人事件。

被害者は浜浦沙織《はまうらさおり》、二十二歳。就職も決まった大学四年生だった。手口が今回の犯行と酷似していることは、早くから——事件発生直後から指摘されていた。誰かと話し合いたいと思ったが、捜査会議でも一切話題にならないので、切り出しにくい。気楽に話せるのは瞳と西条だが、二人も常に忙しく動いているので、ゆっくり話をしている暇がなかった。

それにしても、誰も話題にしないのはむしろ奇妙だ。追跡捜査係が、早い段階から過去の事件との関連を指摘して、介入しようとしていたぐらいなのだから、関連性を指摘する人間が特捜の中にいてもおかしくない。十五年前の事件だってまだ時効になっていない。もしかしたら今回の捜査がきっかけになって、解決に導けるかもしれないのに。

調べてみたいとは思ったが、今回の事件の捜査に専念している状態では、とてもそんなことをしている暇はない。せいぜい、移動途中にネットで検索し、事件の概要を頭に叩きこむぐらいしかできなかった。追跡捜査係が構築中のデータベースは、捜査一課の刑事なら使用できるが、ログインの記録が残ってしまう。それに気づかれ「何をしていたのか」と問い詰められるのも嫌だった。非常に重要なことなのだが、取り敢えずは目の前の事件を何とかしないと。

所は、被害者の周辺捜査を任されていた。とはいえ、この線は早い段階で行き詰まりになりそうな予感がしている。彼女に大学生らしい社交生活がほとんどなかったのは間違いなく、交友関係からは何も探り出せそうにない。

今日は瞳と組んで、萌がバイトをしていた学習塾の塾長・鹿島《かしま》に話を聴きに行った。事件発生から既に一週間。塾の職員からは何度か話を聴いていたのだが、塾長だけはスケジュールが合わずに、事情聴取が先延ばしになっていたのだ。

特に「塾長室」というのはなく、塾長の鹿島は、事務スペースの一角を自分の仕事場にしていた。大量の書類や参考書が、今にも雪崩《なだれ》を起こしそうになっている。二人は、そのデスクの横にある応接スペースで、鹿島から話を聴いた。

鹿島は六十歳ぐらいだろうか……長く伸ばした髪は半ば白くなり、瘦せているせいもあって、どこか仙人のような雰囲気を漂わせている。

「何度も連絡いただいたのに、失礼しました」鹿島が丁寧に切り出した。

「いえ……ずいぶんお忙しいんですね」

「そうですか?」

「塾で教えるお仕事だから、授業以外ではお時間がおありかと思いました。すぐにお話しできると思っていたんです」

「今、埼玉に新しい塾を開く用意をしていまして、場所の交渉なんかで結構忙しいんですよ」

「そうですか」その話は既に知っていたが、所は初めて聞くふりをして大きくうなずいた。相手の話には、少し大袈裟に反応した方がいい結果が出るものだ。「こちらの塾は、何か所も展開しているんですよね」

「今、首都圏で七か所ですかね」わずかに胸を張るようにして鹿島が言った、「あと二か所を計画しています」

「いずれは全国展開ですか？」

「いや、そこまでは……」鹿島が苦笑した。

この学習塾「鹿島スクール」が、「鹿島メソッド」と呼ばれる独特の英語学習のノウハウを持っていることは、所も今までの事情聴取で職員から散々聞かされていた。この件は避けたい――話が長くなって、いつまでも本題に入れないだろう。

「いきなりで申し訳ないですが、こちらで事務のアルバイトをしていた高本萌さんのことでお伺いします」

「はい」鹿島がすっと背筋を伸ばした。

「高本さんがこちらで働いていたのは、『塾長案件』だったと伺っています。何か、大変なことのように聞こえますけど、どういうことなんですか？」

ふと、隣に座る瞳の視線が気になった。事情聴取の際には、まず相手の人定《じんてい》をする――住所氏名、生年月日と連絡先を確認するのが定められたやり方なのだが、所はしばしば後回しにしていた。いきなり本題に入った方が、スムーズに話してくれる人も多い。

「高本君は、大学でスペイン語研究会に入っていました」

「それは聞いています」

「その研究会から、毎年必ずうちの塾にバイトで入ってもらっているんですよ」

「そうなんですか？　どういう決まりなんですか」

「ちょっとややこしいんですけど、いいですか」

「どうぞ」所は右手をさっと差し伸べた。

「私、元々はスペイン語が専門なんです。外語大で学んで、卒業後は商社勤めをしていました。その後あれこれあって商社を辞めたんですけど、塾の経営を始める前に、いくつかの大学で講師をしていた時期がありました。その時に、あの大学のスペイン語研究会の顧問になったんです。もう二十年ぐらい前かな……それでこの塾を開く時、バイトで入ってもらうようになったんです。塾のバイトは身元がしっかりしていないと困るんですが、あそこのメンバーなら信頼できるので」

　ややこしい話と言いながら、鹿島の説明は流れるようでかつシンプルだった。塾で教える人は、話も上手くなるのだろうか。

「高本さんも、その線でアルバイトに入ったんですね」

「ええ」

「それで塾長案件というわけですか……どんな人でした？」

「真面目な子でしたよ。田舎の優等生という感じかな。基本的に大学と家とこの塾、三か所だけで生きているみたいでした」

「大学生にしては真面目過ぎるような気がしますけどね」所が首を捻る。

「いや、そういう子もいますよ」鹿島が即座に否定した。「大学生といえば遊び回っているというのは、単なるイメージですから。彼女は教員志望と言ってましたから、遊んでる暇はなかったと思いますよ。いずれ実習もあるし、意外と忙しいんです」

「ああ――なるほど」所はうなずいた。教員志望の学生は、教育実習もあるから、普通に民間企業に就職しようとする学生よりも忙しいのかもしれない。試験もそうだ……それに関しては、公務員の試験を受けた所もよく知っている。「交友関係を調べているんですが、恋人とかはいなかったんですか？」

「いないでしょう。見れば分かります」鹿島が自信たっぷりに言い切った。

「東京の大学へ入って一人暮らしを始めれば、少しは羽を伸ばしそうな感じもするんですけどね」

「うーん……これは言っていいかどうか」鹿島が腕組みをした。

「何か情報があるんですか」所は身を乗り出した。

「ボーイフレンドはいたと思いますよ。ただ、過去形ですね。別れたんじゃないかな」

「何でご存じなんですか？」

「塾の懇親会の時に、彼女が自分で話したんですよ」鹿島が少しだけ慌てた調子で説明した。

「高校時代の同級生だったみたいですね。一緒に岐阜からこっちに上京して来たけど、上手くいかなくて別れたって」

「どういう人か、分かりますか?」

「いやあ、そこまでは……名前も分かりません。そうそう、思い出した——新しいスマホを持ってたから『機種変したのか』って訊いたら、彼の記録を全部消すためですって、結構あっさり言ってましたよ。高校時代から二年ぐらいつき合っていたそうですけど」

おいおい、この線はヤバいんじゃないか——所は瞳と視線を交わした。瞳もピンと来たようで、素早くうなずく。

所は、ボーイフレンドの身元を何とか聞き出そうとしたが、鹿島はそれ以上の情報は持っていなかった。しかし何とかなりそうな予感がする——出張は必要だが。

事情聴取を終え、塾から出ると、所はすぐに出張の話を持ち出した。

「大学の友だちは、誰もボーイフレンドの存在を知りませんでした」

「そうね。隠していたのかもしれない——言うこともないと思ってたんじゃないかしら」

「そういうの、気楽に話すものじゃないですか? 女性の場合、特にそんなイメージがありますけど」

「それは人によるわよ」瞳があっさり否定した。「そういうことを話すのが恥ずかしいっていう人もいるでしょう。今まで積み上げてきた高本さんの人間像を考えてみて。あまり人と交わろうとしない——大学でも積極的に友だちを作ろうとしていなかった」

「田舎出身だと、肩身が狭いとかあるんですかね。あそこ、お嬢様大学で有名じゃないですか」

「それは考え過ぎ。だいたい、岐阜市って田舎じゃないわよ。かなりの大都会だと思うけど」

「はあ」

「とにかく、あなたが探り出したんだから、あなたが現地に行って聞き込みをすべきね」

「その場合当然、誰かと一緒ですね……チャンスですけど、どうしますか」

向井と行くべきだ、と暗に提案してみた。鋭く察したのか、瞳が「向井さんに頼んでみましょう」と言った。

萌の遺体は地元の岐阜市へ運ばれ、自宅近くの斎場で荼毘《だび》に付された。葬式には、高校時代の同級生が多数参列していた。特捜本部からも刑事が二人顔を出していたのだが、それは参列者の名簿を入手するためである。東京で起きた事件とはいえ、まだ岐阜から出て来て一年ほどの大学生だ。地元とのつながりが残っていてもおかしくはない。

出張した刑事たちは予定通り、葬儀で記帳した人たちの名簿をコピーして持って来ていた。名前と住所は書いてあるが、電話番号はない。問い合わせて電話番号を聞き出すことは可能だが、それなりに時間がかかる。現地へ行って直接訊ねてみるのが早い、という結論になった。

瞳が根回しし、向井が出張に同行することになった。岐阜市内で会うべき相手は十人ほどで、一泊二日の予定が組まれた。

翌朝、二人は品川駅の新幹線ホームで落ち合った。向井は小型のボストンバッグを一つ持っているだけで、コートも着ていない。確かに、今日は最高気温二十度になる予想だが、それは東京の話である。岐阜市はもう少し寒いのではないだろうか。

新幹線の自由席で並びの席を確保した。名古屋まで約一時間半、そこで東海道《とうかいどう》本線に乗り換えて岐阜まで二十分——意外に近いものだと驚く。ゆっくり話ができるのは、名古屋までだろう。さて、どこからどうやって切り出そうか。自然に取り調べの手順を考えていることに気づき、所は少し嫌な気分になった。向井の教えを受けて以来、所轄ではずっと取り調べを担当してきた。試行錯誤の毎日の中、少しずつ自分のノウハウを摑みつつあると自負している。しかしそのノウハウを向井に対して使うのはどうかと思う。

結局、無難な話題から入ってしまう。

「岐阜で飯ですか……何か美味いもの、ありますかね」

「どうかな。岐阜は行ったことがないんだ」向井の口調はどこか素っ気なかった。

「捜査一課の頃って、出張、多くなかったですか」

「いや、たまたま東京近郊で済むような仕事ばかりだった」

おっと……あっさり過去の経験を話したので、所は少しだけ警戒した。向井とは昔の話をしたことがなかったが、結構簡単に応じてくれそうな感じもある。これなら、自然な形で向井の過去を聞き出せるかもしれない。

既に知ってはいるのだが、本人の口から聞いてみたいという気持ちは強い。それは悪夢のような会話になるかもしれないが……所は敢えて軽い話を続けた。

「名古屋なら、いろいろあるんでしょうけど……名古屋で早飯にしますか？」

「いや、先に岐阜へ入った方がいい。まったく知らない街だから、結構難儀するかもしれないぞ」

「……ですね」

話題を途切れさせたくない。容疑者には様々なタイプがいるが、大別すると二つだ。ひたすら会話を続ける方がいいタイプと、沈黙が有効なタイプ。

どんな容疑者でも不安なのだ。ひたすら話し続けていないとボロが出ると恐れていることもままある。逆に、余計なことを言うとつい本音を喋ってしまうと恐れ、沈黙を好む人間もいる。

向井は容疑者ではないが、どちらのタイプだろう。

「そう言えば、出張なんかして、ラグビーのコーチ業は大丈夫なんですか？」

「基本、週末だけなんだ。コーチというより、ほとんど審判をしてるだけだよ」

「毎週試合があるんですか？」

「強豪校だからね。野球なんかでも同じだろう？」

「確かにそうですね。でも、毎週末が潰れるのはきつくないですか？」

「他にやることもないからね」向井が肩をすくめる。

彼の私生活は荒涼としているのでは、と所は想像した。家族はいない。四十七歳で一人暮らしで、プライベートな時間は後輩たちの指導に費やしている——それだって立派な社交生活と言えるかもしれないが、自分だったら耐えられない、と所は思った。特に最近は……本部へ上がる直前に、所轄の後輩で交通課にいる女性警官とつき合い始めたのだ。まだ将来はどうなるか分からないが、家庭的なところが気に入っている。しかし本部へ上がった途端に特捜事件に巻きこまれたので、ずっと会えないままだ。こういうことが続くようなら——その可能性は高い——さっさと結婚してもいいな、と思い始めていた。同じ警察官なら、一緒に暮らしても上手くいくのではないだろうか。

「コーチは、もう長いんですか？」

「かれこれ五年ぐらいかな」

「順番で回ってくるって言ってませんでしたっけ？」

「よく覚えてるね」

ちらりと横を見ると、向井は穏やかに微笑んでいた。どうやらこの話題なら、無難に進めていけそうだ。もっとも、ラグビーに関する知識は乏しいから、いつまでも続けられる自信はなかったが。

「仕事と関係ないことだと、むしろ覚えてるんですよ」所は頭を掻いた。

「それでいいのかもしれないね」意外なことに向井が同意した。

「いや、でも……仕事に抜けは許されないじゃないですか」

「いちいち引っかかって気にしていたら、前へ進めなくなる。特に本部では、仕事は後から後から出てくるからね。どうでもいいことは忘れてしまう能力も大事じゃないかな」

「勉強になります」

「いやいや……君の評判は聞いてる。取り調べ担当として頑張ったんだな」

「なかなか上手くいきませんけど。試行錯誤の連続です」

「それでいいんだ。百パーセント効果的な取り調べの方法なんかない。その場その場で変化させていくしかないから、死ぬまで試行錯誤だと思うよ」

「それもきついですけどねえ……向井さんは、取り調べ担当をやったことはないんですか?」

「いろいろやったよ」向井の説明が急に曖昧になった。「まあ、突出して何が得意、というわけじゃなかったんだろうね」

「逆に言えば、満遍《まんべん》なくなんでもできるわけでしょう? その方がすごいですよ。スペシャリストよりゼネラリストの方が上だと思いますよ、俺は」

「単なる何でも屋かもしれない」向井が皮肉っぽく言った。

乗客の多い新幹線の中なので、捜査について具体的な話はできない。本当は、それについても話し合わねばならないのだが……所は別の話を振った。

「木崎さんはどうですか?」

「うん……君のところの三田係長は、人を見る目がないかもしれない」

「駄目っていうことですか?」

「俺の口からは言いにくい」

「コーチの無駄遣いということですかね」

「どんな手を使っても、どうにもならない人はいるよ」

向井にしては珍しい、強烈な否定だ。彼も今回の派遣には疑念を抱いているだろうな、と心配になる。疑われたら、自分たちの計画は失敗する可能性が高い。

話題は途切れ、所は少しだけ仕事の準備をすることにした。手帳を開き、これから会うべき相手の名前と住所を頭に叩きこんでおく。場所は、岐阜市とその近郊だけ……最初に両親に会わねばならないので気が重かったが、これは避けられない道だ。

十一時過ぎ、岐阜駅着。想像していたよりも開けた、現代的な駅だった。駅舎の二階部分からデッキが広がり、その下はバスとタクシーが集まるロータリー。周辺にはタワーマンションらしき高層のビルもあった。

事前に高本萌の実家への行き方は調べておいた。バスに乗って、駅から十分ほど。車窓から見ていると、バスが進むごとに高い建物が少なくなり、地味な地方都市が姿を現す。まあ、だいたい地方の街はどこでもこんなものだろう。駅周辺は再開発を進めて化粧直しが終わっても、昔ながらの住宅地などはそのまま残り、古くなる一方だ。

道路はフラットで、街全体も平坦な感じがした。バスを降りると、周囲にはそれなりの歳月を経てきたビルが目立つ。右手に視線を転じると、街のすぐ近くに山が迫っているのが見え、ここが海なし県なのだと実感させられる。

実家へ行くには、その山の方へ向かって行くことになる。近いと思っていた山は意外に遠く、道路が登り坂になっているわけでもない。バス停から五分ほど歩いて、所は目当ての家を見つけ出した。不思議な造りの家で、二階建ての横に平家の小さな小屋を後からくっつけたように見えた。二階建ての方の一階部分は、車が二台入れる車庫。平家の方には保険代理店の看板がかかっていた。両親は自宅で仕事をしているのだろう。

どこへ顔を出せばいいかは分かったが、二階の住居部分へ行く方法が分からない。仕方なく、代理店の方の引き戸に手をかけた。鍵は……かかっていない。顔を突っこむと、エアコンの暖気がわっと襲ってきて、外はかなり寒いのだと逆に意識させられる。

男性が一人でデスクについていた。五十歳ぐらいだろうか……この人が萌の父親だろうと見当をつける。

「お忙しいところすみません」所はさっと頭を下げた。「高本さんですか?」

「高本ですが」男が、怪訝《けげん》そうな表情を浮かべながらも認めた。

「警視庁の所です。こちらは向井です」

「あ、どうも……ご苦労様です」男が元気なく立ち上がる。「萌の父親です」

「この度はご愁傷《しゅうしょう》様でした」所はしっかり言い切って、もう一度頭を下げた。「実は、ちょっとお話を伺いたいことがあって、こちらに参りました。約束もなしで申し訳ないんですが、ちょっと時間をいただくことはできますか?」

「構いませんよ。何か新しい動きでもあったんですか?」

「そういうわけではありませんが、確認したいことがありまして……よろしいですか?」

「ええ」

「お仕事は大丈夫ですか」

「店は開けたけど、仕事になりませんね」父親が元気なく言った。「しばらくは、開店休業状態になると思います」

「お線香をあげさせていただけますか?」向井が突然切り出した。

「ああ……ありがとうございます。娘も喜びます」

取り敢えず現段階では、所は父親と上手く話せている。しかし、線香を上げることまでは考えていなかったな、と反省した。

父親は事務所の鍵を閉め、二人を二階へ案内した。後からこの平屋建てをくっつけたわけではなく、最初からこういう造りだったようで、階段と二階の部屋のつながりにも違和感はなかった。

六畳の和室へ通され、所が先に線香を上げる。その後で向井が焼香したが、所は異様な雰囲気を素早く感じ取った。向井の合掌が長い——長過ぎる。まるで何か、願い事をするような感じだった。いつまで経っても顔を上げないので声をかけようかと思った瞬間、向井が振り返る。表情に変化はなく、何を考えているかは分からなかった。

所は、萌の写真を目に焼きつけた。所たちが持っている萌の写真は、大学の学生証からコピーしたものだが、遺影は高校時代のもののようだった。ブレザーの制服を着て、穏やかな笑みを浮かべている。顔の左右に細く長く髪を垂らすのは「触角」——今、女子高生の半数は、こういう髪型をしているような気がする。顔の左右に髪を垂らすと、小顔効果がある、という話を聞いたことがあるが、本当だろうか。所の感覚では、髪型と顔の印象はまったく関係ない。

隣の部屋——そちらがダイニングルームのようだ——で、父親がお茶を用意してくれていた。

二人は、長年使いこんで傷だらけになったテーブルについた。

「奥さんはお出かけですか?」所は訊ねた——本当は確認するまでもない。この家には、萌の父親の他に人の気配がないのだ。

「今、入院中なんです」父親が打ち明けた。

「ご病気なんですか?」

「ええ。事件が起きた時も、入院していたんです。あんなことがあったので、急遽病院を抜け出して東京へ行ったんですけど、そのせいで病状が悪化してしまって……葬式が終わった後で、またすぐに入院させました」

「それは大変でしたね」所は真剣な表情を浮かべてうなずいた。

「しょうがないですけどね。ただ、治らない病気ではないので、気長にやるだけです」

これは上手くいかない、と所は直感で覚悟した。大抵の場合、娘のことなら母親の方がよく知っているものである。今日も、母親に話を聴くのを主眼にしていたのだ。ボーイフレンドについて訊くと、激怒する父親もいるし……しかしせっかく岐阜まで来たのだから、聴かないわけにはいかない。

「実は、萌さんにボーイフレンドがいた、という情報があるんです」

「え?」

父親が意外そうな表情を見せる。やはり何も知らないのだな、と所は思った。

「同郷の、高校の同級生という話なんです。しかし、東京へ出てから別れたと」

「同級生、ですか」父親が一瞬目を閉じた。「名前は分からないんですか？」

「残念ながら」

「同じクラスの子だとしたら、十五分の一の確率ですね」

「十五分の一？」

「高校のクラスは三十人ぐらいだったはずです。男女半々だとすれば……」

「ボーイフレンドが誰か、ご存じないんですね？」所は念押しした。

「私は知りません」父親が寂しそうな表情を浮かべた。「そもそも、娘はあまり話してくれませんでしたから。中学の時から、ずっとそんな具合でした。長い反抗期という感じですかね。高校も大学も、全部自分で何でも決めてしまって、私には相談もなかったんです」

最近の若者にしては独立心が強い感じなのだろうか。これまでの事情聴取では、真面目でおっとりした印象しかないのだが。

「お母さんはどうですか？　女の子だったら、父親とあまり話をしなくても、母親とは仲がいいことも珍しくないでしょう」

「家内とは、普通に話してました」

「奥さんに話を聴くことはできませんか？」入院中で、ベッドに横たわっている人に話を聴いた経験はなかったが……。

「それはちょっと――病院の方でも許可を出さないと思います」

「でしたら、代わりに訊いていただくことはできますか?」

「ああ、それは……今日もこれから見舞いに行きますし」

「お願いします」所は頭を下げた。父親はたぶん協力してくれるだろう。娘を殺した犯人を見つけるためなら、何でもやるはずだ。しかし——ここは釘を刺しておいた方がいい。「萌さんにボーイフレンドがいたとしても、犯人だと決まったわけではありません。あくまで参考に話を聴きたいだけです。ですからこの件は、他言無用でお願いできませんか?」

「しかし、警察が話を聴きたいということは、そのボーイフレンドが容疑者なんですよね?」

父親は、既に細い糸にすがりついている。

「いえ、容疑者ではありません」所は否定した。「捜査では、警察はいろいろな人に話を聴きます。あくまでその一環です」

「そうですか……」

しばらく四方山《よもやま》話を続け、最後にもう一度「内密に」と繰り返して実家を辞することにした。父親が約束を守ってくれるかどうかは分からないが……それを言えば、これからの事情聴取も心配だ。田舎では、人の口に戸は立てられない。「内密に」という頼みも、一切効果がない可能性もある。東京生まれの所には信じられない感覚だったが。

「この後、どういう順番で行く?」先ほどのバス停の方へ歩きだしながら、向井が切り出した。

「ええと……佐野《さの》みどりという女性がいますよね?」所は手帳を取り出した。「この人は、たしか高校を出て地元の信用金庫に就職したはずです。こういう人は摑まえやすいんじゃないですか？」

「正解だな」向井がうなずく。「勤務先は分かるか？」

「本店の電話番号を調べてありますから、そこで訊いてみます。すぐに分かると思います」

所は歩きながら電話をかけ、佐野みどりの勤務先を簡単に把握した。花園町《はなぞのちよう》支店——岐阜駅の近くだ。すぐにタクシーを拾い、花園町支店に向かう。駅に近くなっても、地味な街並みに変わりはない。片側二車線の広い道路の脇に立つ三階建ての建物は、元々白だったようだが、長年排気ガスを浴びてきたせいか、灰色に変色していた。

事前に話を通しておいたので、佐野みどりにはすぐに会えた。十二時四十分……昼食は終えただろうかと心配になる。貴重な昼休みを奪ってしまったら申し訳ない。

信用金庫側は協力的で、わざわざ会議室を用意してくれた。そこへ入って来たみどりは緊張しきっている……白いブラウスに濃紺のベストという制服姿で、長い髪は後ろで一本に束ねている。まだ幼い面影が残っているのは、一年前まで高校生だったから当然か。一人で警察官二人と会うのは一大事だと思っているのかもしれない。

「緊張しないで、気楽に話して下さい」所は第一声を発した。そう言われるとかえって緊張してしまう人もいるのだが、この場合は何も言わないと、まともな返事がもらえない恐れもある。

「はい」みどりの声は少し高く、耳に心地好かったが、それでも緊張感が消えていないのは分かった。

「亡くなった高本萌さんのことを調べています。あなたは、葬儀にも行きましたね？」

「はい」

「萌さんのボーイフレンド――元ボーイフレンドは来ていましたか」

伏し目がちだったみどりが、突然顔を上げた。思ってもいなかったことを訊かれたようで、明らかに驚いている。

「いえ」返事は短く、はっきりしていた。

「萌さんに、高校時代からのボーイフレンドがいたことは分かっています。大学へ進学して、二人で一緒に東京へ出たと……でも、最近別れたと聞いています。ただ、我々は彼を特定できていません」

「彼が殺したんですか？」自分の言葉の強烈さに驚いたのか、みどりがはっと目を見開く。

「まだ何も分かりません」所は取り敢えず否定した。「萌さんは、大学にはあまり友だちがいなかったようです。彼女の東京での生活を知るために、一人でも多く知り合いと会っておきたいんですよ」

「青田《あおた》君です」みどりが打ち明ける。

「下の名前は？」

「青田一輝《かずき》君です」

「高校の同級生ですか？」

みどりが無言でうなずいた。顔色がよくない。話が進んでいたら、少し休憩しようかと提案するところだが、まだ始まったばかり……所は、名前の文字を確認して手帳に書きつけた。

「こういう話をするのはきついかもしれませんが、少し我慢して話して下さい。大事なことなんです。二人が交際していたのは間違いないですか?」

「はい」

「いつから?」

「二年生になった頃だと思います」

「青田さんはどういう人ですか」

「高校では陸上部で、短距離の選手でした」

「スポーツマン?」

「そうですね。萌も陸上部で一緒でした」

その情報は、特捜も既に摑んでいた。萌も短距離の選手で、三年生の時には、県大会の百メートルで六位に入賞している。同じ短距離の選手同士で気が合い、つき合うようになったのだろうか。

「青田さんは、大学はスポーツ推薦ですか?」

「違います。一般入試でした」

「二人で相談して、東京の大学へ行ったんですかね」

「それは分かりません。私、あの二人とはそれほど仲がいいわけじゃないですから」

「なるほど」今の話を一度流して、所はさらに質問を重ねた。しかしみどり自身が言っていた通り、二人の関係について詳しく知っているわけではないようだった。

「高校の同級生で、萌さんと一番親しかったのは誰ですか？　あるいは青田さんと」

「ああ……はい。萌と特に親しかったのは咲《さき》ですね。春山《はるやま》咲」

所はすぐに手帳で確認した。葬儀にも参列している――地元の子だろうか。確認すると、みどりは地元の私立大の学生だ、と教えてくれた。

「最後に一つだけ、協力してもらえますか」所は人差し指を立てた。「青田さんに会いたいんですが、我々は連絡先――電話番号を知りません。つないでもらうことはできますか？　あなたの名前は、絶対に表に出ないようにしますから」

「青田君の連絡先は分かりません」みどりの反応は過敏で、身を硬くしている。

「だったらまず、春山さんと連絡を取ってもらえますか？　春山さんにも確認してみたいので」

説得が奏功して、みどりはLINEで春山咲にメッセージを送ってくれた。向こうからの着信音を聞いて、所はほっとした。これで何とか、糸はつながっていくだろう。

LINEで連絡が取れた後、みどりはさらに、咲に電話をかけてくれた。向こうはなかなか事情が呑みこめない様子だったが、それでも最後は何とか納得してくれたようだ。この後、所が改めて電話して、アポを取りつけることにする。

信用金庫を出ると、所はすぐに咲に電話を入れた。まだ疑っている気配だったが、それでも強く押すと、今大学にいて、午後二時半からならしばらく空いている、と言って面会を承知してくれた。大学は岐阜駅の南側——三十分に一本バスがあるので、ゆっくり食事を済ませても間に合うだろう。

岐阜まで来たのだから飛騨《ひだ》牛——とも考えたが、予算オーバーだ。向井が「どこでも構わない」と言ったので、ＪＲの駅に向かって歩きながら店を探す。しかしその辺りにはあまり店がなく、結局寿司屋に入ってしまった。海なし県で寿司屋、しかもランチのちらし寿司が千三百円……寿司は高い割に腹が膨らまないから好きではないのだが、素早く食べられるのはメリットだ。

「スムーズだったな」向井がぼそりと言った。

「そうですか？」所は桶を手に持ち、酢飯をかきこんだ。改めてそう言われると、妙に照れ臭い。

「強引でもなく、しかし手早く話を進めた。腕を上げたな」

「何か……向井さんに褒められると気味が悪いですよ」

「何言ってるんだ。俺は、人を貶《おとし》めるようなことは言わないよ」

肝心なところでしか口を出さない——指導を受けていた時は、確かにそんな感じだった。基本は相手に任せ、危なっかしくなったら救いの手を差し伸べる方針なのかもしれない。

「捜査一課で取り調べ担当になりたい——その目標は、案外早く叶うかもしれないな」

「そうですかねえ」今、所の班で取り調べ担当をしている先輩が異動しなければ、席は空かないのだが。

「聞き込みの様子を見ていれば、取り調べでどれぐらいやれるかは分かる。君なら、臨機応変にできると思うよ。本格的に自分のスタイルを確立するのはその後だな」

「スタイルなんか、なくてもいいのかなって思います」所は箸《はし》を置いた。「相手に合わせてやり方を変える方が、効果的じゃないでしょうか。俺たちの仕事って、ちょっと客商売に似てるでしょう？」

向井が微笑んだ。この喩え話が気に入ったのかもしれない。

「この分だと、すぐに裏が取れそうだな。あとは、青田の連絡先が分かればＯＫだ。今日のうちに東京へ帰れる」

「ええ？　せっかくだから予定通り一泊しませんか？　高校の同級生に聞き込みを続ければ、二人の関係がもう少し詳しく分かると思いますけど……」

それが所の作戦だった。泊まりになれば、二人でゆっくり夕飯を食べることになる。向井の気が緩んだところで、本音を引き出せれば——瞳は「あなたならやれるはずよ」とその作戦に賛成してくれていた。

「泊まりにしないで済むなら、その方がいいんだ。経費削減できるし、金魚も心配だから」

「金魚？」

「飼ってるんだ」

「珍しい……ですよね。最近、そういう趣味は」

「金魚は、飼うのにそれほど手間がかからないんだ。一晩ぐらい放っておいても大丈夫だけど、顔は見たい」

金魚の顔か？　何のことやらと呆れたが、次の瞬間には向井の暗い私生活を想像してしまう。人事二課の仕事にさほど残業があるとは思えない。一人、暗い部屋で水槽――金魚鉢かもしれないが――を見つめながら過ごす夜は、どんなものだろう。


ＪＲ岐阜駅からバスで二十五分。大学の正門前には水田が広がっていた。キャンパス自体は立派で、建物も新しい。敷地は相当広そうで、待ち合わせた学食へ迷わずたどり着ける自信がなくなった。実際、途中で二回、道を確認せざるを得なかった。

その途中、萌の父親から電話が入った。母親も、萌のボーイフレンドのことは知らないという。がっくりきたが、それでも「まだこれからだ」と気合いを入れ直す。

それにしても人が少ない――大学は入試から春休みの期間なのだ、と気づく。咲は、ここへ何をしに来ているのだろう。

学食は、キャンパスのほぼ中心に位置しているようだった。腕時計を見ると、既に約束の時間になっている。バスが少し遅れた上に、構内で迷ったからな……。

昼食時ではないが、学食は半分ほど埋まっていた。遅い昼飯をかきこむ、見た目からして体育会系の学生、お茶を飲みながらだらだらと話すサークルの仲間たち。数年前まではこういう世界に身を浸していたのに、今はすっかり遠いものに感じられる。

咲はすぐに見つかった。電話で話した時に決めておいた通り、飲み物の自動販売機が並ぶ一角に一人ぽつんと立っていたのだ。所たちを見て、一瞬不審そうな表情を浮かべ、恐る恐るといった感じで会釈する。所は会釈を返し、少し歩調を早めた。

「春山さんですか」

「春山です」

「警視庁の所です。お時間いただいてすみません」

「いえ……」

やけに緊張している。大学まで警察官が訪ねて来たのだから当然だが、ちゃんと喋ってもらうために、ここはできるだけ柔らかくいかないと。

周りに人がいないテーブル席に陣取る。正面に二人が座ったので、咲はさらに緊張したようだった。本格的に用件を切り出す前に、少し回り道をしよう。

「何か飲みますか?」

「いえ、大丈夫です」

咲は小柄な女性で、百五十センチほどしかないように見えた。ショートボブにした髪は艶々《つやつや》と輝いている。Tシャツの上にアディダスのウィンドブレーカーというラフな格好だった。ウィンドブレーカーの胸元には、アディダスともう一つ、見慣れぬロゴがついている。サークルのマークだろうか。

「今、春休みですよね?」

「そうです」

「サークルの練習です。ついでに、図書館にも用があったので」

「今日は？」

「何のサークルですか？」

「ラクロスです」

「ああ」最初に気づいておくべきだった。彼女は、かなり使いこんだクロス——ラクロス用のスティックをテーブルに立てかけている。「体育会ではなくて、サークルなんですね」

「ええ」相槌は打ったものの、咲はこの話にまったく乗り気でないようだった。「あの……萌のことですよね」

「はい」咲がさっさと済ませてしまいたがっていると判断し、所は本筋に入った。「青田さんという、高校の同級生とつき合っていたとか」

咲が無言でうなずき、テーブルの上で組み合わせた両手を小刻みに動かした。やけに神経質になっている。

「ここで話したことは表には出ませんから、安心して話して下さい。二人は、東京へ出てからもつき合っていたんですよね？」

「そうですけど、夏休み前には別れていたと思います」

「何かあったんですか？」

「遠くて」

「遠い？」

「青田君、東京の大学と言っても、キャンパスが八王子なんです。八王子って、相当田舎ですよね」

「まあ……そうですね」実際は、八王子市は都心からそんなに離れているわけではない。新宿からは電車で一時間もかからないし、萌の住む五反田からでも、一時間半あれば楽に行けるのではないだろうか。

「山の中なんです」咲が説明をつけ加えた。

「ああ、なるほど」多摩《たま》地区にある大学は、広い敷地を使うために、駅から遠く離れた場所にあることも多い。

「それで青田君、大学の陸上部に入っていたんです」

「ええと……彼は高校時代も陸上部で短距離の選手だったと聞いています。でも、大学は一般入試だったんですよね？」

「推薦がもらえるほどではなかったんですけど、本人は陸上を続けたかったようなんです。それで体育会の陸上部に入ったんですけど、そうすると、どうしても忙しくなりますよね」

「デートもできないぐらいに？」

「萌はそう言ってました。ゴールデンウィーク明けからちょっとギスギスしてきて、結局夏前には別れたと聞いてます。萌が夏休みに帰って来た時にそう言ってましたから、間違いないと思うんですけど……青田君、事件に関係しているんですか？」

「彼は、こちらで行なわれたお葬式には来ましたか？」咲の質問には直接答えず、所は別の質問を持ち出した。

「いえ」短い否定。

「やはり、別れた彼女の葬式だと、行き辛いんですかね」

「あの、青田君、新しい彼女がいるのかもしれません」

「そうなんですか?」

「それも、別れた原因みたいですけどね。萌、『同じ大学に新しいガールフレンドがいるみたい』って言ってました」

「浮気されたということですか?」

「まあ……」咲の手の動きが速くなる。「そういうことだと思います。それだったら、お葬式なんかに来るわけないですよね」

「なるほど」殺す理由もないのではないか。相手から別れを持ち出されたら、いつまでも恨みを抱いて——あるいはストーカー化して犯行に走る、ということはあり得る。しかし今回は、事情が違いそうだ。それでも一応青田には会って、確認しなければならないだろう。

「青田さんの連絡先、分かりますか?」

「私は知りませんけど、男子では知っている人はいると思いますよ」

「それを確認してもらうわけにはいきませんか?」

「いいですけど……ちょっと待って下さい」咲がスマートフォンを取り出す。

「青田さんは、グループLINEには入っていない?」

「いません。違うグループなので」

「なるほど」

彼女がメッセージを送り終える。スマートフォンを伏せてテーブルに置き、両手を揃えて膝に置いた。返信には少し時間がかかるかもしれない……所はさらに質問を続けた。

「青田さんは、今も陸上をやってるんですかね」それだと、摑まえるのが面倒になる。授業と練習で忙しいだろう——いや、今は春休み中だ、と思い出す。

「もうやってない、みたいな話も聞きました」

「せっかく大学でも陸上部に入ったのに？」

「怪我したらしいです。詳しいことは知りませんけど」

「詳しい事情を知っている人はいませんか？　昔の陸上部の仲間とか」

「今、連絡を回した中にいます」

「後でつないでもらえますか？」

「向こうの許可を取ってからでいいですか？」

「もちろん」

その時、メッセージの着信を告げる「ピン」という音が鳴った。咲がスマートフォンをひっくり返して確認する。

「今……その子から返信がありました」

「電話番号、分かりますか？」

「はい——あと、メールアドレスも来てます。大学のメールですね」

「両方教えて下さい」

所は、彼女が告げた情報を手帳に書き取った。これで接触は可能になる。本当は、住所が分かればもっといいのだが——事前のアポなしで家を直撃した方が、相手に準備の余裕を与えずに済む。

「今、メッセージをくれたのが、陸上部で一緒だった子なんですけど、どうしますか?」

「会いたいですね」

「じゃあ、そう伝えてみます」

それから十分ほどで新しい情報源と会う手筈が整った。咲に礼を言ってキャンパスを出たが、駅方面へ向かうバスの時間が合わず、しばらく待つことになった。

「君にはもう、教えることが何もないな」向井が突然言いだした。

「いや、そんな……まだまだ修業中ですよ」

「もちろん、退職する日まで修業は続くよ。でも君の場合、もう誰かから教えてもらう必要はないんじゃないかな。自分のやり方をいろいろ試していけばいい。それに比べて、木崎というのはね……」

「見こみなしですか」

「早く異動させた方が、傷が広がらずに済むよ」向井が苦い表情を浮かべた。「人事二課で、真面目に検討する」

「人事の仕事って、大変じゃないですか？」将棋の駒を動かすようなわけにはいかないだろうとは想像できる。ベテランと若手では、それぞれ異動の意味が違う。同じ部署での勤務が長くなっている人間は、なるべく早く動かさないといけない。しかしそこで「あいつを外されたら困る」あるいは逆に「使い物にならないからさっさと異動させてくれ」と現場の希望が入ることもあるだろう。さらに昇進が絡むから、とんでもない複雑さになるはずで、局面がどれぐらいになるか、想像もつかない。年間通して一番大きな春の異動、それに続く秋の異動の時期はてんてこ舞いだろう。

「パズルみたいなものだ」向井が苦笑しながら認めた。

「俺には絶対無理ですね……でも、向井さんはすごいなあ」

「何が」向井が硬い口調で訊ねる。

「刑事の仕事をしてたのに、今は人事の仕事を普通にこなしてるなんて、俺には絶対無理です。全然違う仕事じゃないですか。途中で転職したみたいなものですね」

「慣れれば何とかなるよ。俺一人でやってるわけじゃないし」

「勇気ありますよね。俺だったら、人事に異動しろって言われたら、警察を辞めるかもしれない」

向井が無言になった。ここは一つのハードル――所は、もう少し向井を突いてみることにした。

「向井さん、何で刑事部を出たんですか」

「単なる異動だよ」向井が素っ気なく答える。「宮仕えの人間は、異動を打診されれば、黙って従うしかないんだ。君だって、他の部署へ異動するように言われたら、断れないと思う」

「そうですかねえ」所は頭を搔いた。「馘にならないように、今の仕事を一生懸命やりますよ。ずっと捜査一課を目指してきたんだし」

「自分の希望や目的だけでは成り立たないのが警察なんだ。一人が異動を断れば、玉突きであちこちに問題が出てくる」

「じゃあ、向井さんは納得して異動したんですか？　捜査一課の仕事に未練はなかったんですか」

「異動だからね」向井が繰り返す。

「でも、向井さんってやっぱりすごいですよね。今、たまたまうちの係には、向井さんの指導を受けた人間が三人もいますけど、他にも教え子がいるんでしょう？」

「俺は先生じゃないよ」向井が苦笑した。

「益山主任や西条さんと話して分かったんですけど、向井さん、何でも教えられるじゃないですか。例えば、取り調べのスペシャリストが、そのノウハウを後輩に伝える、なんていうなら分かりますけど」

「人事にいれば、いろいろな人に会って、いろいろなことを学ぶんだよ」

「向井さん、人事二課に何年いるんですか？」

「もう十年以上だな」

「捜査一課に戻ろうとは思わないんですか?」

「今さら?」向井が目を見開く。「歳も歳だし、捜査一課の仕事のやり方なんか、すっかり忘れたよ。それに俺がいた頃に比べて、捜査方法もずいぶん変わってる。そういうことを、一から勉強するような根気はないな」

「もったいないなあ。俺は、向井さんと一緒に仕事がしたいですけどね」

「それはあり得ない」向井が力なく首を横に振った。「俺はもう、定年までの人生が見えてる。新しくやり直すには、時間がないんだよ」

今の自分の立場に頑なにしがみついているというわけではないようだ。運命を仕方なく甘受《かんじゅ》しているような感じ……それでいいのか? 自分たちの仕事は、向井を現場に引き戻すことだと思っている。向井の薫陶《くんとう》を受けた瞳とも西条とも、この件で意見は一致している。お節介だと思われるだろうし、今時こういうのは流行らないかもしれない。

しかし、受けた恩は必ず返す。

向井の強い希望で、結局日帰りで東京へ戻ることになった。「経費削減」と言われると、正面から反論もできない……もしかしたら向井は、本当に金魚の心配をしているのだろうか。

名古屋駅で弁当を買いこみ、新幹線に落ち着くとそそくさと平らげる。これで、品川駅まで話す時間は一時間もある——しかし向井は、シートを少し倒すと、すぐに軽い寝息を立て始めた。さりげなく会話拒否か……。

品川駅に着く直前、向井が目を開ける。実はずっと起きていたようにはっきりした声で、突然明日の予定を話し始めた。

「朝イチの捜査会議で報告、それから青田さんを摑まえて話を聴く算段をしよう」

「むしろ今夜、電話してみますか？」

「いや、明日の方がいい」向井が顎を撫でる。「住所は調べられるはずだから、八王子に行ってしまってから、電話を入れるのはどうかな。敢えて言うなら、家の前から」

「それなら、向こうも準備する暇がないですよね」

「そういうことだ」

「了解しました……この線、どう思います？　俺は期待薄のような気がしますけど」

「新しい彼女ができて別れたなら、青田さんの方では動機がない——いや、そうとも限らないか。例えば、萌さんが別れを納得できていなかったら、どうだろう」

「彼女がストーカー化したとかですか？　でも、今までそういう話は一切出てきてませんよ。今日話を聞いた限りでも、萌さんもそんなに手酷《てひど》いダメージを受けたわけじゃないみたいですし」

「彼女が、友だちに本音を語っているとすれば、だね」

「ええ」

リズムに乗った会話が心地好い。やはり向井は、根っからの刑事なのだと思う。人事二課に十年以上在籍していても、考え方は完全に刑事のそれなのだ。

「俺は明日、木崎の件については決着をつけるつもりだ」向井が宣言する。

「捨てるんですか？」

「無駄——何をやっても効果はないと思う。そういう状態で俺がいつまでも特捜にいたら、人事二課だっていい顔はしない」

「……ですね。でも、それでいいんですか？」

「何が？」

「向井さん自身、この事件に興味を持っているんじゃないですか」だからこそ、現場に姿を見せたのだし。

向井は何も答えなかった。所は、彼の気分がふいに変わったのを読み取った。今のは極めて重要なポイント——今回の一件の肝《きも》になる。これまではあくまで紳士的に話してくれたが、押すボタンを間違えると大変なことになるかもしれない。

しかし時には、大惨事になるのが分かっていても、押してみなければいけないこともある。被害よりも効果の方が大きい可能性があるからだ。


翌朝の捜査会議で出張の報告を終え、所はそのまま青田の件を担当することになった。向井は昨夜の宣言通り、木崎とのコンビに戻る——今日一日仕事をして、それで終わりにするつもりだと言った。

所は西条と一緒に動くことになったが、その前に、瞳を加えて三人で特捜本部の隅に集まり、こそこそと情報のすり合わせをした。

「向井さん、もう諦めてるっていうこと？」瞳が心配そうに小声で訊ねた。

「諦めてるっていうか、達観しているっていうか、とにかく捜査一課に戻るつもりはまったくないみたいです」所は低い声で答えた。

「突っこみが弱かったんじゃない？　表面をなぞっただけじゃ、向井さんも適当に返事して終わりでしょう」瞳が厳しく言った。

「あのですね」自分の取り調べ技術を馬鹿にされたように感じて、所は即座に反論した。「こういう場合は、いきなりきつい一発を食らわせたら逆効果なんですよ。周りからじんわり攻めるのが筋です」

「それで、向井さんの本音を引き出せた？　私は絶対、向井さんには捜査一課への未練があると思うわ。そうじゃなかったら、現場に顔なんか出さないでしょう」

「それは、捜査一課への未練というか、十五年前の事件に対する未練でしょう。それも、捻《ねじ》れた形の……」

「捻れた、は向井さんに対して失礼よ」

「きちんと解決したわけじゃないですからね。あの一件も、向井さんの気持ちも……とにかくこれは、取り調べじゃないんです。送検までの時間が限られているわけじゃないし、じっくりやるべきです」

「でも今回は、チャンスなのよ。向井さんとこんなふうに向き合えるチャンス、滅多にないでしょう」瞳も相当むきになっている。

「主任は焦り過ぎですよ」所は思わず批判した。

「チャンスを逃したら、何にもならないでしょう」

「まあまあ、二人ともその辺で」困惑した表情で西条が割って入った。「今は、言い合いしている場合じゃないでしょう。とにかくこっちは、捜査も進めないといけないんだから。主任は、向井さんを特捜に引き止める手段を考えて下さい。向井さん、木崎さんのことは諦めるって言ってるんだろう？」西条が所に顔を向けた。

「匙《さじ》を投げて、人事二課に戻る方針ですね」

「今回はせっかく作ったチャンスなんだから、何とか特捜にいてもらわないと、もったいない。主任、何かアイディアはないんですか」西条が訴える。

「考えるわ。でもこの件は、あなたたちも考えなくちゃ。西条君も、体力派だけじゃ駄目だからね」

「先輩、脳筋《のうきん》ですからね」所は、ついからかった。

「うるさいな」西条が嫌そうな表情を浮かべる。「お前だって似たようなものじゃないか」

「俺は取り調べのスペシャリストを目指してるんです。頭脳勝負ですよ」

「勝手に言ってろ」西条が少しむきになった口調で吐き捨てた。「とにかく、今日の仕事をきっちりやらないと。あまりいい線とは思えないけどな」

「俺もそう思いますけど……いや、そんなの、まだ分からないでしょう。男女関係のもつれは、

いかない。

所も立ち上がり、西条の後を追った。雷を落とされるのを、むざむざ待っているわけにはいかない。

「じゃれてるだけですよ」所はにやりと笑った。「主任、人を見る目に自信、あります?」

瞳が溜息をつき、「あなたたち、もう少し仲良くできないの?」と言った。

「知ったようなこと、言うな」西条が立ち上がり、さっさと特捜本部を出て行った。

いつでも動機になりますよ」


八王子は新宿から近い——ちょっとした郊外のつもりだったが、実際はかなり遠かった。考えてみれば所は、一度もこの街に来たことがない。JR八王子駅で横浜《よこはま》線に乗り換えてさらに一駅——青田の通う大学の最寄駅で、彼が住むアパートも近くにあった。

アパートのある駅の北口に出て、昨夜向井と話した通り、直接そちらへ向かう。最初は家の近くまで行ってから電話をかけようと思っていたのだが、このままドアをノックした方が効果的なはずだ。

途中、小さな川を渡って住宅街に出る。北口には商店街らしい商店街もなく、生活するには不便そうだったが、学生はコンビニエンスストアがあれば何とか生きていける。独身の自分も似たようなものだ、と所は皮肉に考えた。

この辺りには、二階建てのそこそこ古いアパートが多い。昭和の終わりから平成の初めにかけて、多摩地区へ多くの大学が移転して来たのに合わせて建てられた物件が多いのではないだろうか。

部屋を確認し、表――ベランダ側に回る。二階の「二〇一」号室のベランダには、洗濯物が干してあった。ジャージやTシャツ――陸上はやめたはずだが、今もトレーニングウェアを普段着で使っているのだろうか。

「無謀だ」西条が顔をしかめる。

「何がですか？」

「この時期、洗濯物を外に干したら、花粉がついて大変だ」

「神経質になり過ぎじゃないですか？」

「お前、花粉症じゃないのか」

「全然」

「人の苦しみが分からない奴は、いい刑事になれないぞ」西条が憎まれ口をきいた。

「花粉症なんかでそんなこと言われても……」

「花粉症による経済損失は、大変なものなんだぞ」

「はいはい」

「とにかく、行こう」西条が歩きだした。

「先輩、ノックしますか？」

「ああ？」

「いきなりでかい人が行った方が、相手はビビって白状しませんかね」

「うるさいな……身長のことは気にしてるんだから、言うな。お前がノックしろよ」

シビアな仕事の最中の呑気な会話——所にとって西条は、警察に入って初めての「いじりやすい」先輩である。別に先輩いじりの趣味はないのだが、こうやってからかっていると、二人の間に存在する壁や緊張感が消えていくような気がしていた。西条とはいいコンビになれそうだから、こういう緩さも上手く使っていきたい。

所は古びたインタフォンを鳴らした。反応なし——いや、耳を澄ますと、部屋の中で誰かが動き回っている気配はした。こちらの様子を窺っている？　昨日事情聴取した同級生たちには、口外しないように釘を刺しておいたのだが、誰かが口を滑らせたのかもしれない。「警察が来る」ことが事前に分かっていれば、警戒して疑心暗鬼になるのは当然だろう。いや、それはないか。本当に警察に話を聴かれたくなかったら、家にいなければいいのだし。

もう一度インタフォンを鳴らすと、女性の声で「はい」と返事があった。所は思わず振り向き、西条と顔を見合わせた。西条は冷静な様子で「例の彼女だろう」と淡々と言った。新しいガールフレンドが部屋にいてもおかしくない——当たり前のことなのに驚いてしまった自分が情けなくなる。

「こちら、青田一輝さんのお宅ですか」所はインタフォンに向かって話しかけた。

「そうですけど……」女性の声は不安げで頼りない。

「青田さんはいらっしゃいますか？」

「あの、どちら様ですか？」

「警察です。ちょっと参考までに話を聴きたいことがありまして——青田さんがいるなら、外へ出て来てもらえますか？」

「ちょっと——ちょっと待って下さい」

慌てた声で返事があった後、インタフォンが切れた。また部屋の中から、慌ただしく動き回る音が聞こえてくる。ほどなくドアが開き、若い男が顔を見せた。短く刈り上げた髪に浅黒い顔。トレーナーにスウェットパンツという軽装だった。

「青田一輝さんですね」

「そうですけど、何か？」

「警察です」所はまずバッジを示した。

「あの、何の話ですか？」青田の顔に暗い影が過《よぎ》る。後ろめたいというより、怖がっている様子だった。

「高本萌さんの件です」

「あ……」何か言いかけたものの、青田の言葉は引っこんでしまった。

「話を聴かせてもらえますか？　時間はかかりません」正直に、すぐ話してくれればだが。

「外でいいですか」青田がいきなりサンダルをつっかけて外に出ようとした。

「ああ、ちょっと待って」所の背後から西条が声をかける。「寒いから、何か羽織る物があった方がいい。あと、スマホを忘れないように」

ドアが閉まると、所は振り向いて「スマホ？」と訊ねた。

「行動を確認する時、スマホがないと話にならない」

「さすが、先輩」

西条が嫌そうな表情を浮かべたがそれは一瞬で、すぐに真顔に戻る。

一分ほどして再びドアが開き、青田が恐る恐るといった感じで顔を出す。今度は濃紺のベンチコートを羽織っていた。風が吹き抜けると裾が翻り、裏地が白いボアになっているのが分かった。今日は一瞬だけ冬に戻ったような陽気だが、このベンチコートなら大丈夫だろう。手にはスマートフォン。この世で頼りになるのはそれだけだとでも言うように、きつく握り締めている。

「この辺、喫茶店とかないかな」所は軽く切り出した。

「いや……そういうの、ないんですよ」

「立ったまま話すと落ち着かないし、公園とかでもいいんだけど」

「それなら、すぐ近くに」

「案内してくれる?」プレッシャーをかけないために、所は声が暗くならないように意識した。パッと見ただけの印象では、青田は精神的に脆《もろ》い感じがする。犯人であってもそうでなくても、必要以上に追いこんではいけない、と自分を戒《いまし》めた。

二分ほどで公園に着いた。背の高い木が何本か植えられていて、遊具も一通り揃っている。しかし午前中のせいか、遊んでいる子どもの姿はなかった。手前には藤棚とトイレ、奥の方にベンチがある。所は青田を誘導して、そのベンチに座らせた。自分は左隣に、西条は右隣に窮屈そうに座る。この先輩は、身長のせいで本当に苦労してるんだな、と所は同情した。こういう場合、一人は立ったまま相手を見下ろし、プレッシャーをかけるのが普通だが、西条の場合、圧力が強過ぎる。怯えてしまって、青田が何も話さない恐れもあったから、わざわざ窮屈に座ったわけだ。

「さっきの女性は、彼女?」

「あ、はい……」

「同じ大学?」

「そうです」

「一緒に住んでるの?」

「いや、そういうわけじゃないです……」

消え入るような声。横を見ると、青田の耳は赤くなっていた。

「高本萌さんが殺された話は聞いてるね?」

「……はい」いっそう声が小さくなる。

「以前、君は彼女とつき合っていたと聞いてます。間違いない?」

「あの、まさか、俺、疑われてるんですか?」思い切った様子で青田が訊ねた。

「彼女の関係者には、全員話を聴くことにしているんだ」所は敢えて否定はしなかった。ここまでは普通に話せているから、少し追いこんでみるのもいい。「高校生の頃からつき合っていたと聞いたけど、間違いない?」

「はい——そうですね」

「別れたのは?」

「去年です」

「どうして?」

「ちょっと遠くて……」

「せっかく一緒に東京に出て来たのに、ということ?」

「そうです」青田がうなずく。「片道一時間半ぐらいかかるんです。俺、陸上部にも入ったから、練習なんかで忙しくて、なかなか会えなくなって」

今までのところ彼の話は、所が岐阜で聴きこんできた情報と合致している。友人たちと口裏を合わせた可能性もあるが、あまりにも疑い過ぎると話が進まなくなってしまう。

「別れようって言いだしたのはどっち?」

「俺です」

「好きじゃなくなった?」

「余裕がなくなったんです。それが何だか、萌にも申し訳なくて。こっちまで飯を作りに来てくれたりしたんですけど、彼女もバイトなんかで忙しかったから。そのうちぎすぎすしてきて、ちょっとしたことで喧嘩になって……」

「君に、別の彼女ができたからじゃないの?」所は指摘した。

「それは——」青田が言葉を吞みこんだ。

「別に責めてるわけじゃない。萌さんに何が起きていたか、全て知りたいだけなんだ」

「あの、ここで話したこと、バレませんか？」

「言わない」所は口にチャックを閉める真似をした。「言う必要もないからね。彼女にも言わないよ」

「萌に気づかれちゃって……否定したんですけど、疑ってました。さすがにまずいなと思って、別れたんです」

お前の勝手な都合かよ、と所は内心むっとしたが、こんなことでいちいち怒っていては話が進まないぞ、と何とか自分を落ち着かせる。

「その後、萌さんとは会いましたか？」

「一度も会ってません」

「連絡は？」

「連絡もないです。萌も携帯を変えたみたいで、こっちからも連絡が取れなくなりました」

この件も、事前に収集した情報と合っている。所はうなずき、さらに質問を続けた。

「彼女が亡くなって、地元の岐阜市で葬式が行なわれました。あなたは、参列しなかったですね」

「はい」

「どうして」

「どうしてって……」青田の顔に戸惑いが走る。

「去年までつき合っていた人が殺されたのに、最後のお別れにも行かなかった。どうしてですか?」

「それは——何となく行きにくくて。周りに何か言われるのも嫌だったし」

「葬式では、そんな雰囲気にはならないと思うけど」

「ちょっと怖かったのもあります」

「別れてからあまり時間が経っていない人が殺されたから?」

「はい」青田がかすれた声で認める。

ここで彼自身のアリバイを確認したいところだ。しかしそれは、もう少し後回し——今は会話が上手く転がっているから、もっと情報を手に入れておきたい。

「萌さんには、何か問題はなかったかな」

「問題って……」

「ストーカー被害に遭ってるとか」

「そういうのはなかったと思いますけど、最近のことは知りません」

別れてからは完全に没交渉だったわけだ。今のところ、青田が嘘をついているとは思えない。所はしばらく、萌の周辺環境を確かめ続けたが、これは、という情報はなかった。最後の質問——どうしても確認しておかねばならないことがある。萌が殺された日、君はどこにいた?

「やっぱり俺を疑ってるんですか」青田が目を見開く。声が裏返った。

「あくまで確認のためだよ」所は意識して穏やかな声で言った。

「だけど――アリバイっていうことですか？」

「まあ、そういうふうにも言うけど、どこで誰と一緒だったか、覚えてるかな」

「スマホ。見てみて」

西条がぼそりと口添えした。青田が慌ててスマートフォンの画面を見て、何か確認し始めた。

「ええと――十五日ですよね」

「そう」

「東京にいませんでした」

「じゃあ、どこに？」

「湯河原《ゆがわら》です」

「湯河原っていうと、温泉？」

「はい」

春休みなので、彼女と旅行に行ったわけか――大学の一年生としては、ずいぶん優雅な生活に思える。

「宿泊先は？」

青田は宿の名前を告げた。「ヴィラ・プラージュ」。しかも女性と二人、宿の前で撮った写真を見せてくれた。これが今の彼女――先ほどアパートでインタフォンに出た女性だろうか。写真のデータを確認すると、確かに三月十五日に撮影されたものだった。もっとも、こういうデータは適当にいじって改竄《かいざん》もできるだろうが。

「十五日は向こうへ泊まった?」

「はい」

「こっちへ帰って来たのは?」

「十六日の夕方です」

萌が殺されたのは十六日の未明——証言が本当なら、青田が萌を殺すのは不可能だ。もちろん湯河原だったら、深夜に宿を抜け出して東京へ戻ってから犯行に及び、明け方に宿に帰るのも不可能ではないが。

「湯河原だと、車?」

「電車です。免許持ってないんで」

「一緒に写っているのが、今の彼女?」

「はい……そうです」

「今、アパートにいた人だね」

「そうですけど、まさか——」青田の顔から血の気が引く。「彼女にも話を聴くつもりですか?」

「誰かから話を聴いたら、ちゃんと裏を取る——確認しなくちゃいけないんだ。一人だけの証言だと、本当か嘘か分からないから」先ほどの言葉が嘘になることを意識しながら所は言った。

「嘘なんかつきませんよ!」青田が声を張り上げた。

「まあまあ……確認できれば、もう君に話を聴くことはない。安心してくれ」

「安心なんかできるわけないじゃないですか」

小声で青田が反発する。それを無視して、所は立ち上がった。

「さて、アパートに戻ろうか。旅行の件は、彼女にきちんと確認させて下さい――それと、スマホはいじらないで」

忠告すると、青田の手がぴたりと止まった。スマートフォンの利点であると同時に困ったところは、会話しなくてもメッセンジャーやメールで相手に情報を伝えられることである。アパートに戻るまでの短い時間に、おかしな忠告をされたらたまらない。口裏合わせをするのも簡単だろう。

青田が立ち上がり、スマートフォンをベンチコートのポケットに落としこんだ。溜息を一つつくと、ノロノロと歩きだす。所は彼の後ろにつき、西条が横に並んだ。でかい西条が隣にいるせいで、青田は明らかに緊張し、歩き方がぎくしゃくしているようだった。この状況では、余計なことはできないだろう。

さすが先輩、自分の特質をよく分かっている。

青田のアリバイは確認が取れた。現在つき合っているガールフレンドは――青田をアパートの外に残したまま、西条が一人で事情聴取した――一緒に湯河原へ旅行に行ったことを認めた。彼女のスマートフォンにも、青田のスマートフォンに入っていたのとほぼ同じ写真が入っていたし、同じ日、さらに翌日に一緒に撮影された写真も何枚も出て来た。

二人と別れると、「ヴィラ・プラージュ」に確認の電話を入れる。青田たちが十五日に一泊したことはすぐに裏が取れた。

駅のホームで電車を待つ間、所は自分がまだ青田の犯行をかすかに疑っていることに気づいた。

「東京へとんぼ返りしていたとは考えられないですかね」

「移動は電車だったんだぞ？　彼は運転免許も持っていない」西条が反論した。

「彼女の方が免許を持っていて、運転したとか」

「共犯？　だとしたらあの二人、とんでもない悪人だぞ。悪人というか変態じゃないか」西条が嫌そうな表情を浮かべる。「萌さんがどうやって殺されたか、考えてみろ。彼女がそれを近くで見てたとでも言うのか？　それとも、言われるままに大人しく、近くで待ってた？」

「――想像し過ぎました」

「想像するのは自由だけど、何でも口に出していいってもんじゃない」

「失礼しました」頭を下げてから、所はうつむいたままニヤリと笑った。西条との会話のリズムが自分に合っている。

しかしすぐに、自分でも分かるほど表情が険しくなってしまう。青田の線はやはり消えた。これは決して、捜査の前進とは言えない。容疑者候補が一人減ったのだから。

今のところ、手がかりになりそうなのは、西条が気づいたコートだけだ。ファッションに疎《うと》い所にはよく分からない話だったが、西条は妙に自信たっぷりに話していた。もしかしたら、防犯カメラに映っていた人間を特定できるかもしれない。

「向井さんの件、どうする」西条が切り出した。

「何か、明日から出て来ないような話になってるんですよね。木崎さんの面倒を見るのは無駄だって」

「そりゃあ、無駄だろう」西条があっさり言った。「あの人を何とかしようとするなんて、まともな人間だったら考えないよ」

「ですよね……それより向井さん、我々の狙いに気づいているんじゃないでしょうか」

「捜査に引きこもうとしていることを?」

「ええ」所はうなずき、ずっと頭に引っかかっていたことを口にした。「西条さん、どう思います? 十五年前の事件と今回の事件、同一犯による可能性はあると思いますか」

「五分五分かな。手口はそっくりだし、被害者像も似ている。ただし、十五年も間隔が空いているのが不自然だよな」

「そうなんですよ……これって、要するに性犯罪でしょう? こういう性癖を持った人間が、十五年も何もしないで大人しくしているとは思えない」

「一つの可能性として、この十五年間、被害者は他にもいたとも考えられる。ただ、殺されてはいなかった」

「乱暴されて……」所は声を低くした。「でも、警察には届け出なかった」

「やっぱり、抵抗感があるだろうからな。しかし、分からないぞ。俺たち男が話していても、あくまで仮定の話だから」

「主任に相談してみますか」

「相談というか、議論だな。ただ、やれることはあると思うよ」

「何ですか?」

「過去の暴行事件を調べ直すんだよ。同じ手口——焼き破りで侵入して、室内で被害者に乱暴したケースだ。届け出ていない被害者もいるだろうけど、届けている被害者もいるはずだ。その中で未解決になっている事件を洗い出せば——」

「ビンゴ、ですか」

「そう上手くいけばいいけどな」西条が寂しそうに微笑んだ。

自分で言いだしておきながら、彼がこの提案に乗ってこない理由は何となく分かる。過去の事件をひっくり返すのは、やはり大変だ。何年も経ってから被害者に話を聴くだけでも、かなりハードルが高い。最初は怒りと悲しみで警察に駆けこんだかもしれないが、未解決のまま時間が経ってしまうと、当初の激した感情は薄れるものだ。どこかのタイミングで「捕まらないなら早く忘れたい」という方向に気持ちが変わってもおかしくはない。そうやって自分を納得させた女性に改めて話を聴くのは、古傷を新たに打ち据えるようなものだ。

いくら捜査とはいえ、自分はそこまで冷静に——冷酷になれるだろうか。

「向井さんが特捜から離れないようにするために、何か手を考えないと」西条が顎を撫でる。

「ですね」

「怒らせてみるか？」

「ああ……それは俺も、昨日ちょっと試してみたんですよ」

「どうだった？」

「あっさりスルーされました。向井さん、メンタル強いですよね。完全に自分をコントロールできている」

「そうかな」西条が疑義を唱えた。「メンタルが強い人だったら、今も捜査一課で仕事してるんじゃないか？　それどころか、自分で事件を解決してるかもしれない」

「西条先輩、同じ立場だったらどうですか？　やれます？」

「いや、それは……」西条が唇を引き結んだ。「とにかく、向井さんのメンタルは俺たちと変わらないと思うよ」

「じゃあ、俺たちで何とかできるかもしれない。宇宙人を相手にするわけじゃないんですから」所はわざと明るく言ってみたが、虚しくなるだけだった。しかし、向井一人を説得できないようでは、今後取り調べ担当としてやっていけるとは思えない。

電車がやって来るまでのわずかな時間を利用して、二人は作戦を組み立てた。正面から行くしかない、担当するのは所が最適という結論になったが、問題はお膳立てだ。その辺も打ち合わせて、取り敢えず西条と瞳が準備を整えることに決めたところで、電車がホームに滑りこんできた。

よし。

本番の捜査とは直接関係ないかもしれないが、気持ちは同じだ。「取り調べ担当」としての実力を試される場面だと、所は自分を鼓舞した。

捜査会議で、所は初めて冷たい視線を感じた。岐阜まで出張して、青田という線が出て来たものの、結局アリバイ成立で容疑者消滅。誰かが溜息をついたのを、所は耳ざとく聞きつけた。捜査は無駄の積み重ね——当たり前じゃないか。一つ壁にぶち当たったぐらいで、溜息なんか漏らすなよ。

捜査会議が終わると、所はすぐに向井の許へ向かおうとした……が、向井は、捜査の指揮を執る三田たちのところで話しこみ始めていた。おそらく「今日で下ろしてくれ」と頼んでいるのだろう。会話の内容は聞こえないが、向井は立ったまま静かに話している。三田の表情は冴えなかった。所と一瞬目が合うと、困ったような表情を浮かべる。やはり、「下ろしてくれ」か。

所は周囲を見回して、二年先輩の木崎を見つけた。呑気な様子で、部屋の後ろのテーブルに積み重ねられた弁当を手に取り、ゆったりと腰かける。当然、弁当を食べる権利はあるのだが、そんなものは認めたくなかった。あんたがしっかりしないから、向井さんが特捜を離れていくんじゃないですか——向井を呼ぶ出汁《だし》に彼を使ったのは自分たちだということも忘れ、所はむっとした。

三田との話を終えた向井が、一礼した。自分の荷物をまとめ、背広に袖を通すと、さっさと特捜本部を出て行こうとする。顔は——感情を感じさせる表情はなく、淡々としていた。廊下に出たところで、所は思い切って声をかけた。

「向井さん」

向井が振り向き、さっと会釈する。

「飯でも行きませんか？」

「いや……」

「今夜も金魚の世話ですか」所は軽い調子で訊ねた。

「それは大丈夫だけど」

「向井さん、今日でここを離れるって係長に言ったんですよね？」

「ああ」向井が嫌そうに顔を歪めた。「今日一日一緒に回って確信した。彼には一切見込みがない。今後は、人事二課でも真面目に対応を検討するよ」

「じゃあ、これでもう、俺たちと一緒に仕事をする機会もないじゃないですか。前に——俺が所轄にいた時も、一緒に飯にも行かなかったですよ」

「昨日、岐阜で寿司屋に行ったじゃないか」

「それとこれとは別でしょう。せっかくですから、お礼させて下さい」

「君にお礼をしてもらういわれはないよ。俺はあくまで、仕事でやったんだから」

「俺、そういうの駄目なんですよね。相手が仕事だと思っていようが何だろうが、俺が恩を受けたと感じたらお返ししないと……借金を抱えたままだと、我慢できないんです」

「金を貸したわけじゃないよ」

「喩え話ですよ」この人、本気なのか冗談なのか、時々分からなくなるな……。「とにかく行きましょうよ。俺の奢りが嫌なら、割り勘でもいいです」それでは恩返しにならないのだが。

「君は、珍しいタイプだな」向井が溜息をついた。

「何がですか?」

「最近の若い人は、呑み会を嫌がる。だいたい君は、酒も呑まないじゃないか」

「酒の席は嫌いじゃないんですよ。いや、別に酒じゃなくてもいいですけど」

「――俺も呑まないんだ」

「え?」初耳だった。

「酒は長いことやめてる。だから――飯だけならつき合うよ」

「全然オッケーです」所は思わずニヤリと笑った。

作戦成功――取り敢えず、第一段階は。


「ずいぶんややこしい場所にある店を知ってるんだな」

その店は、実際にややこしい場所にあった。大崎広小路駅の前、山手《やまて》通《どお》り沿いに広がる繁華街ではなく、少し離れた路地裏にある四川料理の専門店。個室があるのも確認して、西条が所の名前で予約を入れていた。

「目星をつけておいたんですよ。せっかく一課に来たんだから、特捜が立った時には、その近くの美味い店に入りたいですよね」

「君はそんなにグルメだったのか?」

「そういうわけじゃないですけど、何でもいいっていうほど雑でもないです。美味い店があるなら入りたいですね」

「ここは行きつけなのか?」

「行きつけってほどじゃないですけど、何回か来たことがあります」所はとっさに嘘をついた。

「予約しておきました」

「手回しがいいな」向井の口調は、少しだけ皮肉っぽかった。

店に入った途端、所は「失敗だったかもしれない」と悔いた。午後七時半、ちょうど夕飯時なのに、客が誰もいない。これでは味は期待できないだろう……しかし他の客の目を気にしないで済むのはありがたい。

フロアには丸テーブルが並び、椅子は全て真っ赤だった。ところどころに派手な飾りがぶら下がっているせいか、東京の町場の中華料理屋ではなく、横浜の中華街辺りの店のようだった。個室とはいっても、フロアの中で少し引っこんだ場所にあるだけで、ドアもカーテンもない。まあ、客は自分たちだけだから、気にしないでいいだろう。

メニューを眺める。安い……これなら自分が出すことになっても財布はさほど痛まないな、とほっとした。前菜を頼んで、メインの料理を二、三種類、締めは担々麺にしようと決めた
——いやいや、料理にこだわっている場合ではない。今日の目的は、向井と話すことなのだか

ら。

二人でポットの烏龍茶をもらい、料理は所が全て選んだ。向井は何も言わない。食べ物には特にこだわりがないようだった。

前菜のピータンを摘《つま》みながら、烏龍茶を飲む。ここは取り調べテクニックの見せどころ――いくつかある選択肢の中から、所は「近接戦」を選んだ。自分で勝手にそう名づけているのだが、一番聴きたいことのすぐ「横」にある事柄から始める。

「この事件なんですけどね」所は切り出した。

「うん？」向井がぼんやりと所を見た。

「事件発生の日――十六日の夜に、現場を見に行ったんです。様子をしっかり頭に叩きこんでおくべきだって、益山主任に言われて」

「ああ」向井が微妙な表情を見せた。「それはあまり勧められない――まあ、この場合はいいか」

「どういうことですか？」

「彼女は、出たがりなんだ。出たがりというと、言葉は悪いけど」

「自分でガンガン前に出て捜査したがるっていうことですよね？　でもそれは、いいことじゃないんですか？」

「立場によるよ」向井が小さな湯飲みを両手で包みこんだ。「所轄の係長は、完全に管理職だ。自分で前線に出るよりも、指揮に集中しないと」

「ああ……分かります」現場に出て、やたらと自分で何でもやってしまいたがる先輩は、所が在籍していた東新宿署にもいた。気が短いのか責任感が強いのか、一人で引っ掻き回して現場が混乱してしまうこともしばしばだった。

「今は本部の主任——上に係長がいるから、自分で現場に出る分にも問題はないけどね。まあ、彼女の場合、今みたいに仕事をする時間も短いだろう。すぐに偉くなるよ」

「試験、強そうですもんね」警部になったら、今度は本部の係長になる。そうなったら、完全に管理職だ。

「彼女は間違いなく出世する。というか、ああいうタイプが出世しないと、警察は駄目になるよ」

「女性管理職を増やす話ですか？」

「いや」向井は首を横に振った。「性別は関係ない。彼女は、純粋に自分の能力で勝負できるタイプだ」

「ずいぶん買ってるんですね。何だか羨ましいなあ」

「誰にでも、必ず人に勝った部分があるんだよ」

「木崎さんも？」

「……何事にも例外はある」

ふっと空気が緩む。どうしようもない先輩でも役に立つことはあるんだな、と所は皮肉に思った。少なくとも話の継穂《つぎほ》にはなるのだから。

「話がずれましたけど、とにかく現場を見に行ったんです」

「ああ」

「向井さん、特捜へ来る前に、現場にいましたよね」

向井が黙りこむ。料理の皿を凝視したまま、顔を上げようとしない。

「たまたま、なんて言わないで下さいね」所は先に釘を刺した。「向井さんの家とは全然別の場所だし、あの時の向井さんは……完全に刑事の顔になってましたよ」

「それについては、答える気はない」

「どうしてですか？　困っていることがあるなら言って下さいよ。俺じゃ頼りないかもしれないけど、話ぐらいは聞けます」場合によっては、もっと具体的な形で助けられるかもしれない。

「向井さん、俺なんか、微力だし未熟だって分かってますけど……」

「そんなことはない」突然、向井が強い口調で否定した。「君には君の、誇るべき力がある。それを信じて、これから先も頑張っていけばいい。ただしその力は、仕事のためだけに使うんだ。余計なことはしなくていい。俺に構うな。そんなことをしたら、警察にとって大きな損失だ」

「向井さんのことだって、警察の仕事です」所は向井の目を真っ直ぐ見つめた。「あの事件、まだ時効になっていないんですよ」

「知ってるのか……」向井が溜息をついた。今まで見たことのない、疲れ切った弱気な態度だった。

「すみません、俺は知りませんでした。警察に入る前の事件ですから……でも、調べたらすぐに分かりました。向井さんのことを心配してるのは、俺だけじゃないんですよ。警視庁にいる人間は皆同じです。向井さんに立ち直って欲しいんです。向井さんの能力は、捜査一課に——他の捜査部門でもいいですけど、現場にいてこそ活きるんじゃないですか？　もったいないですよ。大きな損失です」

「君が心配することじゃない」向井が硬い声で言った。

「俺だけじゃないです。誰でもそう思ってます」

「その通りです」

瞳の声が聞こえた。ぴったりのタイミングだ。所は、現われた瞳と西条に目配せした。向井が二人の顔を見て、さっと立ち上がる。顔は真っ赤になっていた。

「君たちは……俺を引っかけたのか」

「違います」所はすぐに否定した。「特捜ではこんな話はできません。でも、どうしても向井さんと話したかったんです。その目的を話さずに食事に誘ったのは——それは『引っかけた』と言われたら否定できませんけど、今話したことが、俺たちの正直な気持ちです」

「向井さん」瞳が席について、向井を見上げる。「所が言った通りです。今の特捜のメンバーも全員、向井さんのことを心配しているんですよ」

「木崎のことも、君たちが仕組んだんだな？　あんなどうしようもない人間の面倒を見ても、メリットは何もない。完全に時間の無駄だった」

「すみません」西条が立ったまま頭を下げた。本気の謝罪のようで、額には汗が滲んでいる。「その件では本当に申し訳ないと思っています。でも、向井さんを特捜本部に巻きこむ方法は、これしかなかったんです」

「上も了承しています」瞳が冷静な口調で言った。「向井さん、このまま捜査を続けてくれませんか？　人事二課にも話は通っているんです」

「勝手なことを……」顔を背《そむ》けて、向井が吐き捨てた。

「向井さんがあの現場にいたのは、今回の事件が十五年前の事件とよく似ていると思ったからですよね？　もしかしたら同一犯かもしれない。でも、このままでは捜査に参加することもできない――だから俺たちは、お節介をしたんです。申し訳ないとは思っていません。俺たちは、向井さんに自分で捜査に取り組んでもらいたいと思っているし、俺たち自身も、また向井さんと一緒に仕事をしたいんです」

「この捜査は、俺の仕事じゃない」

「向井さんの仕事にして下さい」所は必死で訴えた。「向井さんなら、この事件を解決できるはずです。そうすれば、十五年前の事件も――」

「本当にそう思うか？」向井が冷え切った声で訊ねる。「今回の事件が、十五年前の事件と関係していると？」

「それは……」所は一瞬言葉を呑んだ。強い調子で問いかけられると、弱気になってしまう。しかしすぐに気を取り直した。「手口が酷似しています。追跡捜査係も、発生直後から注目していました。過去の事件を掘り起こすプロが目をつけるんですから、関連性がないとは言えないでしょう」

「関連性があるとしたら、手口だけだ」

「手口はいつも、大きな証拠になります」所は引かなかった。「俺たちにとっては、捜査一課に来てこれが初めての特捜です。だから絶対に解決したい。向井さんにとっては、十五年前の事件がそうじゃないですか？　二つの事件の関連性を探っていきましょうよ。そうすれば、必ず――」

「捜査に『必ず』はない」向井が冷たく言い放った。「君たちは無駄なことをしているだけだ。それに、俺を巻きこもうとしたのは、通常の業務規定にも違反している」

「向井さん――」

「失礼する」強張った表情を浮かべたまま、向井が一礼した。「君たちの気持ちには……感謝すべきかもしれないが、今はそんな気になれない」

もう一度さっと頭を下げ、向井が大股で店を出て行った。所は力なく腰を下ろし、頭を抱えた。クソ、俺は取調官失格だ。取り調べするのも、人を説得するのも同じようなものではないか。向井の魂に訴えかけて、刑事としてやり直してもらう必死の作戦――駄目だった。

西条が慎重に座った。無言。腕組みして、天井を仰ぐ。

「こんなに頑なになるとは思わなかったわ」瞳が静かに言った。「残念だけど、力及ばずっていうことね」

「情けないですよ」所は思わずこぼした。「向井さんの説得もできないなんて……俺、別の仕事を探した方がいいかもしれないな」

「一回ぐらいの失敗でへこたれてたら、それこそ向井さんに怒られるわよ」瞳が忠告した。

「それにこれは、取り調べじゃないんだから」

「相手を説得するという意味では、同じようなものですよ」所は溜息をついた。自分はまだまだ未熟だ……。

「ちょっと強引だったかな」西条がポツリと漏らした。

「だけど、特捜の仕事を抱えながらだから、しょうがないじゃないですか」所は反論した。

「準備の時間もなかったし」

「入念に準備しても、向井さんの気持ちを解すのは難しいかもしれないわね」瞳が暗い口調で言った。「ちょっと訊いてみたんだけど、向井さん、警視庁の中では特に親しい人もいないんだって。あの一件以来、人と交わろうとしなくなった。気持ちは分かるけどね」

「何もそんなに、自分で自分を追いこまなくてもいいと思うんですけどね」所は首を捻った。

「辛い時は、誰かを頼ってもいいでしょう。警察にずっとい続けるのは、何だか自分に対する罰みたいな感じもするし」

「確かにね」瞳がうなずいた。

「辛かったら、辞めてもよかったと思いますよ。警察の中にいるから、常に事件に関する情報も入ってきて、気持ちが落ち着かないでしょう。いっそ、警察を辞めて東京から引っ越して、全然違う仕事をしていたら、今までこんなに苦しまなくてもよかったんじゃないですかね」

「そこが、向井さんの辛いところかもしれないわね」瞳が応じる。「自分が向井さんの立場だったらどうするかなって、考えたこともあるのよ。身内が事件に巻きこまれた時、警察官として——あるいは人間として何をすべきか、何ができるかって。答えは出ないのよね」

「いずれにせよ、向井さんが直接捜査するのは難しいですよね」所は同調した。「冷静になれないし、捜査が長引けば自分を追いこむことになる。解決しないまま定年になったら、もう立ち直れないですよね」

「周りもそう思ったから、向井さんを人事二課に異動させたんでしょうけど……それが正解だったかどうかも分からない」

瞳が溜息をつき、テーブルの上をちらりと見た。前菜の、中華風のきゅうりの漬物をつまんで口に放りこむ。そのタイミングで、頼んでおいた料理が一斉に運ばれて来た。

「食べます?」所は遠慮がちに訊いた。

「そうね……せっかく頼んだんだから、このまま夕飯にしましょうか」

「割り勘でお願いしますよ」向井が相手ならともかく、瞳と西条から「奢れ」と言われるのは筋違いだ。

暗い食事——反省会が始まった直後、西条のスマートフォンが鳴った。画面を見ても、相手が誰か分からないようで、顔をしかめる。しかしすぐにスマートフォンを耳に当て、個室から出て行った。

瞳が麻婆豆腐を小皿に取り分け、自分の分をそそくさと口に運んだ。途端に顔をしかめる。

「滅茶苦茶辛いわよ、これ」

「四川料理ですからね」所も食べてみる。確かに辛い——辛いというか、唇が痺《しび》れるほどだ。一瞬で額に汗が滲んでくる。白飯が欲しくなる味だが、後で担々麵も食べたいからな……しかし、麻婆豆腐がこの辛さだと、担々麵はどれだけ強烈なのだろう。所は担々麵が好物なのだが、やたらと辛さを強調する味ではなく、胡麻の風味が強いまろやかな味つけの方が好みだ。

「人と人との関係って難しいわね」瞳が溜息をついた。

「主任でもそう思います?」

「肩書きなんか関係ないわよ。今回、私たちは肩書きも所属も関係なく……人として何とかしようとしたんだし」

「ですね」

「失敗したっていうことは、私たちが人として未熟な証拠になるわね」

「嫌なこと言いますね」

「ごめんね。こういうこと、上手くできる人がいるとも思えないけど、何だか悔しいわ」

「右に同じく、です」所はうなずいた。本当に情けない。気持ちはすっかり凹《へこ》んで、明日以降の捜査にまで影響が出そうな感じだった。

西条が飛びこんで来た。まさに「飛びこむ」感じで、丸テーブルにぶつかりそうになる。

「チャンスです」珍しく興奮した調子で西条が報告した。

「チャンス？　チャンスって何ですか」所は訊ねた。

「容疑者が出て来るかもしれない。一気に捜査が進めば、向井さんも気持ちを切り替えて戻って来るんじゃないですか？」

「食事、中止」瞳が立ち上がった。「行くわよ」

所も箸を置いた。望むところだ。俺たちの気持ちは、まだ折れていない。

「主任、そこまで慌てなくても」西条は思わず忠告してしまった。「相手は逃げませんよ。いつでも話を聴けますから」

「こういうのは、少しでも早い方がいいのよ」瞳は引かなかった。

「明日でもよかったんじゃないですか」西条は心配になって腕時計を見た。午後八時半――向こうはたまたま残業していて電話をくれただけなのだ。帰ろうとしているのを引き留められたとしたら、さすがにむっとしているだろう。これまでは協力してくれていたが、これがきっかけで向こうの気持ちが離れてしまうかもしれない。しかし瞳は、「どうしても今夜中に」と押し切ったのだった。

所は特捜本部に戻って待機することになった。何かあったら――もしも今晩中に動きだす必要が出て来たら、そのまま再出動することになっている。

実際に会ってみると、グロワール社の関谷は、特に嫌そうな態度は見せなかった。多少居残ることに抵抗はなかったようなので、ほっとする。最初に、西条が長身を無理に折り曲げるように頭を下げたのが功を奏したのかもしれない。

先日と同じ会議室に通された。瞳が話をしたそうにしているのは分かったが、西条は、あくまで自分でやることにした。これは俺が引っかけてきたネタなのだ。

「ご連絡、本当にありがとうございました」椅子に座って、西条は改めて頭を下げた。それこそ、額がテーブルにぶつかるぐらい深く。

「いやいや……調べるのはちょっと面倒でしたけどね」恩を着せるように関谷が言った。「こちらこそ、夜にすみませんでした。早く連絡した方がいいと思って」

「助かります。社員を追跡してくれたんですか?」

「ええ。それに、商品の流れも追わなければならなかったんです。あまり褒められたことじゃないですけど、管理が滅茶苦茶だったことが分かりました」関谷が声を潜める。

「外に売るものではないんですから、特に問題ないんじゃないですか?」

「この一件があって、問題にすることにしました。売り物でない、社内のサンプルの管理もしっかりすること——こういうのをちゃんとやらないと、情報漏れにつながる恐れもありますからね」

「確かにそうですね」

「すみませんが」瞳がせかせかとした口調で割って入った。「問題のキンクスを手に入れた人が誰か、教えて下さい」

この主任は間違いなくせっかちだ。西条は「焦らず慌てず」をモットーにしているので、関谷を苛立たせかねない瞳のやり方に一瞬ひやっとしたが、関谷はさほど気にしていないようだった。

「三年ほど前までうちで勤めていた、古屋《ふるや》という人間なんです」

「今は辞めているんですね?」瞳が念押しして手帳を開く。「フルネームは?」

「古屋英俊《ひでとし》。古屋の『や』は屋根の屋です。英語の英に、俊敏の俊」関谷が丁寧に字を説明した。

西条は自分も手帳に名前を書きつけ、字面をじっくり凝視した。この名前に心当たりは――ない。

「サンプルを引き取った、ということですね」西条は念押しした。

「ええ」

「この古屋という人は、どうして辞めたんですか? 転職ですか」

「そうですね」

「今の仕事は?」

「それは把握していません」

「何で辞めたんですか?」

「それは、あの……」それまですらすらと喋っていた関谷が、急に口籠った。「ちょっと言いにくいんですけど」

「ここで出た話は、絶対に表には漏れません」西条は保証した。「何でも話していただいて大丈夫です」

「昔、逮捕されたことがあるそうなんです」

西条は思わず瞳と顔を見合わせた。逮捕歴がある？　この時点ではどんな犯罪か分からないが、この情報は大きな一歩だ。偏見の目で見るわけではないが、一度でも犯罪に走って逮捕された人間は、簡単には立ち直れない。特に薬物犯罪の場合、再犯率は異常に高い。

「どういう犯罪ですか？」

「暴行事件らしいんですけど、詳しいことは分かりません。ただ、誰かがそんな話を聞きつけて、社内で噂になって……それが古屋の耳にも入ってしまったようで、向こうから『辞める』と言いだしたんです。ちょっと揉めたみたいですね」

「何か問題でも？」

「そういうことが問題になる会社は、人権意識が低い。自分は肯定も否定もしないが、今問題を起こしているわけではない人間の過去をわざわざほじくり返して噂話を広めるような会社は信用できない、と……向こうから拒絶された感じです」

ずいぶん神経質だ、と西条は驚いた。具体的な被害を受けたわけでもないのに、いきなり仕事を放り出して辞めてしまうとは。

「会社として引き留めなかったんですか？」

「向こうからあんなふうに言いだしたら、難しいですよ」関谷が表情を歪める。「どうしても止める必要があったわけでもなかったんでしょうね」

「辞める時に、何かトラブルは？」

「それはなかったです。普通に辞表を出して、会社は既定の退職金を払って、それで終わりだったはずです」

「辞めた後も何もなかったですね？」西条は念押しした。「ＳＮＳで会社の悪口をまき散らしたりとか」

「こちらで調べた限りでは、そういうのはなかったようです」

「そうですか」西条はボールペンを構えた。「個人データを教えて下さい。年齢とか、住所とか」

「あー、それはちょっと、総務の方に確認しないと分かりません。私個人は、彼をあまり知らないんですよ」

一緒に仕事をしていたのでなければ、そんなものだろう。西条は納得して質問を続けた。

「新卒で入ったわけじゃないんですか？」

「転職組です。たしか、別の業種から来たはずですよ」

「前の会社を辞めたのは、どうしてでしょう」

「それも聞いたことはないですね」関谷が首を捻る。「すみません、詳しいことが分からなくて」

「了解しました」瞳が話をまとめにかかった。「明日、総務の人と話をさせてもらえませんか？　それで詳細な情報を把握します」

「古屋さんが何かしたんですか？」関谷が心配そうに訊ねた。

「事件の関係者なんです。事情を聴きたいだけです」

「何かの犯人じゃないんですか?」

「それは、現段階では何とも申し上げられません」瞳は表情を強張らせた。「でも、御社に迷惑がかかるようなことはありませんから。直接は関係ない——今は御社の社員ではないですからね」

「現在進行形の事件ということですか」

「そのように考えていただいて結構です」瞳が一礼した。「明日の朝一番で電話します。よければ、総務の方に話を通しておいてくれるとありがたいんですが……お願いできますか」

「私は、会社全体の窓口というわけじゃないんですけど」関谷が唇を尖らせる。

「ここまで助けていただいたんですから、なんとか」瞳がさらりと言った。「ここはぜひ、警察の業務にご協力をお願いします」

「何かいいことでもありますか?」

「交通違反を見逃したりとか、そういうことはありません。でも、正義の実現に協力したという誇りは、一生消えませんよ」


瞳が所に電話を入れて、状況を説明した。通話を終えると、スマートフォンの画面を拳で軽く叩き、一人うなずく。

「上手くいきそうじゃない? 西条君、これは大手柄よ」

「でも、あの映像に映った人間が犯人と決まったわけじゃないですから」西条は一歩引いた。

「もしかしたら、全然関係ない人かもしれません。そうしたら、完全に空振りです」

「空振りなら空振りで、はっきりさせておく必要があるわ。違うと分かれば、また別の道を探せばいいんだから」

「主任、よくそうやってすっぱり割り切れますね。俺、これが外れたら結構引きずりそうだな」西条は、つい声が暗くなるのを意識した。

「気合いと根性で、絶対に引きずらないでね。マイナスの気持ちがあると、その後の仕事は上手くいかないから……とにかく、今晩中にやれることはやっておきましょう」

「まずは人定ですね」この古屋という人間が何者か調べる——逮捕歴があるというのが本当なら、さほど難しい作業ではあるまい。

瞳がバッグからスマートフォンを取り出し、また所に電話をかけた。

「ああ、所君? これから一度そっちへ戻るけど、それまでにちょっと古屋に関する調査をしてくれる? え? もう着手してる? さすが」

笑みを浮かべ、瞳が通話を終えた。急にギアが一段上がったようだった。

「一つ、お願いしていいですか」西条は遠慮がちに切り出した。

「何?」

「張り込みや尾行になったら、自分は外してもらっていいですか?」

「目立つから?」

「身長は低くできませんからね。向井さんには、でかいからこそ役に立つことがあるって言われたんですけど、極秘行動が必要な時にはちょっと……」

「考慮しておくわ」瞳がきっぱりと言った。「そこは適材適所でやりましょう」

「――すみません」依然としてこの件では気が重いが、仕方がない。自分が隠密行動に向いていないのは間違いないのだから。

溜息はつくな、と自分に言い聞かせた。溜息をついても、背が低くなるわけではないのだから。

特捜本部に戻ると、所しかいなかった。二人が入って行くと、すぐにメモ用紙をひらひらさせて見せる。

「かなり詳しく分かりましたよ」

「情報を教えて」瞳がきびきびした口調で言って、テーブルにつく。

「古屋英俊、現在三十七歳ですね。出身は静岡県で、免許証から現在の住所も分かりました。長崎《ながさき》五丁目です」

「逮捕歴は？」

「二十五歳の時に逮捕されています。容疑は暴行――酔っ払って、路上で女性にいきなり抱きついて、一一〇番通報されたんです。女性が軽傷を負ったせいもあって現行犯逮捕されて、本人は容疑を認めました。被害者と示談が成立したので、不起訴になっていますね」

「女性に暴行……」西条はぽつりと言った。自分の言葉が胸の奥に落ちていく。

「先走って考えないで」瞳が釘を刺した。

「でも、女性に対してそういう乱暴をするような人間は、それだけで怪しくないですか？　容疑者候補にしてもいい」

「まだ早いわ。いずれにせよ、こっちの事件の捜査が先だから――職歴は？」

「そこまでは分かりません」所が答える。「公的な記録に残っているのは、こういうことだけですね」

「免許証の更新はいつ？」

「二年前です」

「だったら、住所は変わっていない可能性が高いわね」

引っ越して免許の書き換えを忘れてしまう人もいるが、仮にそうであっても、住所が一つ分かれば追跡はできる。この辺は、明日の仕事になるだろう――いや、今日中にある程度は調べられるはずだ。

「主任、ちょっとこいつの家に行ってみていいですか？」西条は切り出した。

「今から？」瞳が疑わしげに言った。

「ドアをノックするつもりはありません。そこに住んでいるかどうか、確認するだけです。本人には気づかれないようにします」

「俺が行きますよ」所がニヤニヤしながら言った。「先輩、でかいから目立つでしょう」

「今回は尾行じゃないだろう」所の絡みがじゃれ合いのようなものだと分かっていても、西条はむっとして耳が赤くなるのを感じた。「所在を確認するだけだから」

「俺も一緒に行きます。もしかしたら、生で顔を拝めるかもしれないし」

「免許証の写真は？」

「明日の朝イチで頼みます」

「分かった。二人で行ってみて。私はここで待機してるから」

「主任は引き上げて下さいよ」西条は言った。「今夜、急に事態が進行するとは思えません。何か重要な事実が出て来たら、すぐに連絡しますから」

「――それもそうね」瞳が引いた。「働き方改革で」

「俺たち、金にもならない残業をしてますけどね」所が笑いながら言った。

二人の雰囲気はどこか明るい。ここから捜査が一気に進むと期待しているのだろう。だが西条は、一抹の不安を感じていた。今夜、古屋を尾行するような羽目にならないといいのだが。

豊島区長崎五丁目――最寄駅は、西武池袋《せいぶいけぶくろ》線の東長崎だった。駅から歩いて七、八分ほど、隣にスーパーのある小さなマンションが古屋の自宅だった。
オートロックになっていない古いマンションなので、簡単にホールに入りこめる。ずらりと並んだ郵便受けを見てみたが、免許証に記載されている住所「二〇一」のところには名前が入っていなかった。姿を隠そうとする意図も感じられたが、特に珍しいことではあるまい。西条も、自分のマンションの郵便受けには名札を入れていない。

「これじゃ、分からないですね」所が肩をすくめる。

「部屋を確認してみよう」

「大丈夫ですかね」所が心配そうに言った。「目立ちますよ」

「確認するだけなら、身長は関係ないよ」西条はむっとして言い返した。「あくまで見るだけだから」

二人は階段を使って二階に上がった。やはり心配なのか、所が西条を制して先に立ち、身を屈めるようにして廊下を進んで行く。二〇一号室のドアの前に立つと、さっと視線を動かし、西条に向かって「ＯＫ」のサインを出して見せた。ドアには表札はあるわけか……。

「間違いないですね」所が素早く戻って来て報告する。

「部屋にいるか？」

「いると思います。ドア横の窓から灯りが漏れてましたから。踏みこみますか？」

「まさか。何の容疑で？」

「容疑じゃなくて、連絡票を作りに来たとか」

「制服を着てればともかく、私服じゃ信じてもらえないよ——とにかく、下へ行こう」

二人は階段で一階に降り、マンションを出た。それから裏に回ってみたが、造りが複雑なマンションなので、二〇一号室のベランダ、あるいは窓は直接確認できなかった。

「まあ、今夜はしょうがないだろう。主任に、メッセージだけ送っておいてくれないか？」

「了解です」

所がスマートフォンを取り出したが、手が止まってしまう。

「どうした？」

「明日の朝イチから監視してみたらどうですかね？　ここにいることは分かってるんだから」

「これから手配するのは難しいぞ。主任から上には、まだ報告が上がっていないはずだから」

「ですかねえ……」

所は不満そうだったが、それでもメッセージは送った。「よし」と言ったので並んで歩きだしたが、すぐに所のスマートフォンに着信があった。

「主任です」所が不安そうな表情を浮かべ、スマートフォンを掲げて見せた。

「早いな」

確かにレスポンスはいい人だが、今回はあまりにも早い。所が電話に出た。

「はい、所です。ええ、メールに書いた通りなんですけど——はい？　朝からですか？　いいですよ。こっちでもそんな話をしてましたから。はい、そうですね。それは西条さんにも伝えます」

電話を切り、所が「主任、もう上に話を通していたそうです。明日の朝から監視を始める、ということで。俺もやります」と張り切った口調で報告した。

「俺は？」

「西条さんは、グロワールを調べないといけないでしょう」

「ああ……そうだな」やはり瞳は、監視業務からは外してくれたわけだ。自分で頼みこんだことはいえ、少しだけ寂しい。しかし自分には自分の仕事があるのだ、と西条は己《おのれ》に言い聞かせた。


翌朝、特捜本部は普段より人が少なかった。当然、所もいない。瞳は普通に出勤していたので、西条はすぐに確認した。

「所は、もう監視に入ってるんですね？」

「そう。念のため、三人出したわ」

「多過ぎないですか？」張り込みも尾行も、目立つのは厳禁だ。家の周りで三人も貼りついていたら、古屋はすぐに気づくのではないだろうか。もしも犯人なら……罪を犯した後の人間は、何かと神経質に、敏感になっているものだし。

「大丈夫よ。今日は、古屋の勤務先を確認するだけだから、無理はしないことにしている。それよりあなたの方は？　グロワールは……」瞳が左手首を持ち上げて腕時計を見た。「あそこ、十時からだっけ？」

「ええ。十時になったらすぐに電話をかけて、アポを取ります」

「グロワールの方、一人で大丈夫？　今日は忙しくなりそうだから、人手が足りないのよ」

「問題ないです」西条はうなずいた。「向こうには、どこまで話していいですかね」

「できるだけ抑えて。今回の殺人事件のことは絶対に明かさないように――どこから情報が漏れるか、分からないでしょう？」

「まだつながっている人がいるかもしれませんね」

「そういうこと」瞳がうなずいた。「さあ、捜査会議よ。今日は長くなりそうだから、集中して」

「了解です」

事件発生以来初めて、有益な情報が溢れた捜査会議になった。西条には、古屋を割り出したのは自分だという自負もあったが、特に褒められることもなく、会議は一気に進む。方針――今後は古屋に関する調査と動向確認にスタッフの半分を注ぎこむ。捜査幹部はやはり、過去の暴行事件に着目していた。昨夜判明したばかりなのに、もう当時の捜査状況が報告に上がっていたのだ。路上で女性にいきなり抱きつく犯罪というと、「酔っ払って気が緩んで、つい」というパターンが多い。容疑者自身が何も覚えていないこともよくある。

この件については、三田が自ら報告した。

「古屋は当時三交電機《さんこうでんき》に勤務していたが、逮捕直後、自ら辞表を提出している。会社の処分を受けるよりも、辞表を提出した方が、後々有利になると考えたのかもしれない」

確かに……西条は一人うなずいた。「辞めさせられた」よりも「辞表を出した」方が世間体がいいし、被害者に対しては「自らの意志で責任を取って辞めた」と言えば、多少は心象がよくなるかもしれない。だとすると、かなり計算高い人間なのではないか？　逮捕されたのは十二年前、二十五歳の時だ。新卒で働き始めたとしたら、ちょうど仕事を覚えて面白くなってくる時期だろう。欲望のままに動いて逮捕され、人生を棒に振ったことにならないか？　いや、その後はグロワールで働いていたわけだから、本人としては「禊は終わった」感覚だったかもしれない。

しかし、実際にどうだったかは分からない。一度でも逮捕されれば、たとえ起訴されなくても、その事実は一生ついて回る。その辺、古屋も読みが甘かったのかもしれない。人生をやり直す場合、出身地、あるいはそれまで住んでいた街にいるのが一番危ないのだ。事情を知っている人が噂を広めてしまったりするから、知った人間のいない大都会——札幌でも大阪でも福岡でも、個人が目立たない街でやり直せばよかったのに。

人間はミスをする。

ミスで大きな傷を負っても、また同じミスを犯す人間はいる。人は、欲望には抗《あらが》えないものなのだ。

「実は、女性社員の評判が悪くてですね……」グロワールの総務部長、市谷《いちたに》が遠慮がちに打ち明けた。

「それは、過去の暴行事件に関してですか？」

「やはり、女性に対してそういうことをした人間が近くにいるのは、不気味なんじゃないですかね」

「それは分かります」西条は同調した。「気持ちの問題ですから、一度嫌悪感を抱いてしまったら、理性でコントロールするのは難しいでしょう」

「……ですよね」

「しかしこの件、どこから情報が漏れたんですか？」西条は、その点に疑問を抱いていた。

「まったくたまたまなんです。ずいぶん昔の話ですけどこの件、新聞記事になったんですよ」

「ええ、知っています」それは西条も、今朝の捜査会議で確認していた。普通なら記事にならないかもしれないが、古屋は当時、東証一部上場企業である三交電機の社員だった。「肩書き」だけで記事になったのだろう。会社にとってもいい迷惑だったに違いない。

「うちの女性社員が、古い記事をデータベースで探している時に、たまたまその記事を見つけてしまったんです」

「それで、女性社員たちから抗議でもあったんですか？」

「抗議というか、相談ですね」市谷が髪を撫でつけた。「こういう人がいるけど、大丈夫なのかって」

「そう言われても、会社としては答えられないですよね」西条は同情をこめて言った。

「まったくです」市谷が困ったような表情を浮かべた。「結局、こちらがアクションを起こす前に、噂が流れていることに古屋さんが気づいて、辞表を出したんですけどね」

三交電機を辞めた時もそうだが、妙に動きが早い。古屋は、危機を回避する能力には長けているようだ。

「それで……ええと、古屋さんの個人情報ですね。辞めた人間ですし、警察の要請ですから、出せるものは出しますが——まず住所からですか？」

「お願いします」

西条は手帳を広げたが、市谷が告げた住所は、警察で既に摑んでいた豊島区内のそれと同じだったので、書きこまなかった。

「他に分かるのは、自宅の電話番号と携帯電話の番号ですね」

「こちらへ勤める前はどこにいたのか、分かりますか？」電話番号をメモし終えて西条は訊ねた。

「提出された履歴書によると、大阪ですね。大阪の繊維問屋さんです」

「繊維問屋とグロワールさんは……業種的には近いんですか？　服がキーワードですよね」

「いや、うちは輸入専門なので、国内の繊維問屋さんとは、基本的につき合いはないんです」

市谷が履歴書——コピーだろう——に視線を落とす。この履歴書はもらっていこう、と西条は頭の中にメモした。

「その前は？」

「その前が三交電機さんですね。ただ、三交電機を辞めたのと、繊維問屋さんに就職したのと——少し間があります」

三交電機を辞めてからは、どこかでアルバイトで食いつなぎながら、ほとぼりが冷めるのを待っていたのかもしれない。それこそ大阪なら、潜伏先としては理想的だ。目立たないし、短期の仕事も簡単に見つかるだろう。

「こちらへの志望動機は何だったんですか？」

「繊維問屋で働いているうちに、ファッション関係に興味を持つようになった、ということですね。三交電機でも営業の経験があるという話でしたから、営業の即戦力で採用した——当時の採用担当者のコメントはそんな感じでしたね」

「逮捕歴のことは？」

「それは……なかったですね。本人も申告していませんでした」市谷が唇を嚙んだ。「こういうのをはっきりさせるべきかどうかは難しいところだと思います。前科がついていないなら、問題視するのはあまりよくないとも思いますし……下手すると、人権問題になりかねないですから」

「一般論で言えばそうですが……」やや納得できなかった。後でこの事実が露見した時、グロワール側が古屋を解雇しようとしてもおかしくはなかった。逮捕歴を問題にしなくても、何だかんだと理由をつけ、ソフトランディングで決着をつけることも可能だったはずだ。

「まあ、結果的には自分で辞めたわけですからね」

「仕事ぶりはどうだったんですか？　何か問題はありませんでしたか？」

「それがですねえ……」市谷が別の書類を取り上げた。「査定はずっとAだったんですよ」

「Aは最高の査定ですか？」

「Sはありますけど、それはよほどの時——大きいプロジェクトを成功させて、表彰を受けた時なんかだけですね。実質的に、Aはトップの成績と言っていいです」

「ずっと営業ですか」

「そうですね」市谷が眼鏡をかけ直し、また書類に視線を落とした。「店舗営業と言うんですけど、うちの商品を取り扱っている店を回るのが主な仕事でした。デパートの売り場とか、セレクトショップとか。だいたい、東京西部の店を担当していましたね。店舗側との関係も良好でしたし、彼が担当していた店舗は売り上げもよかったんです。この世界、数字が全てですからね」

「問題はなかったんですね」

「仕事では」

「仕事以外では?」西条は市谷の言葉尻を捉えた。

「ああ、まあ……在籍時には問題はなかったですよ。ただ……」

「辞めてから発覚したんですか?」

「実は、ストーカー行為を受けていた女性社員が何人かいたんです」市谷が打ち明ける。

「何人も?」西条は目を見開いた。普通、ストーカーは一人の相手に執着する。複数の人間をターゲットにしていたとしたら、ストーカーというより痴漢ではないか。電車などで無差別に痴漢行為をする人間と、精神性では大差ないような気がする。

「幸いと言いますか、実際の被害はなかったんです。後をつけられたとか、家の前でばったり出くわしたとか、そういう感じですね」

「会社に相談はなかったんですか?」

「なかったです。しかし、女性社員の間では噂になっていたようで、辞めてから初めて、会社に報告が来たんですよ。それも、何人もから」

話を聞いた限りでは、警察沙汰にするのは難しそうだ。一瞬、別件逮捕という考えが頭に浮かんだのだが……しかし、準備しておいて損はないだろう。

「当時、女性社員に聞き取りはしたんですか?」

「もちろんです」

「記録は残っていますか?」

「ええ」市谷が不安そうに体を揺すった。「それが何か?」

「閲覧させていただくことはできますか? それと、会社に相談してきた女性社員にも、話を聴きたいんですが」

「それはちょっと——私の一存では何とも申し上げられませんが」

「総務部長なら、一人で決められるんじゃないんですか」

「そういうわけにもいかないんです」

「では、然《しか》るべき人と相談して決めて下さい」西条はうなずきかけた。「後でまたご連絡します。実際に事情聴取が必要かどうか、その際にお話ししますので、よろしくお願いします」

市谷が嫌そうな表情を浮かべたが、無視する。事態は一気に、「古屋が怪しい」という方向に動き始めた。

特捜本部に戻ると、所も帰って来ていた。

「どうだった？」まず、現在の古屋の情報を聞きたかった。

「勤務先は、この近くです」所が「どうだ」と言わんばかりに胸を張った。「小さな金属加工会社でした」

「工場で働いているのか？」もしも古屋が犯人だったら、自分が働いている会社の近くで犯行に及んだことになる。危険な感じもしたが、「下見」の時間は十分あっただろう。

「いや、事務の方だと思います。普通にスーツで出勤してましたから。作業着に着替える人だったら、わざわざスーツなんか着ないでしょう？」

「そうだな」

「そっちはどうでした？」

グロワール在籍時に、古屋が女性社員にストーカー行為をしていた可能性があることを説明する。途端に、所の目が輝きだした。

「当たり、じゃないですかね。病的に女が好きな男なんですよ、きっと」

「会社の女の子をつけ回すのと、部屋に忍びこんで相手に乱暴して殺すのとでは、天と地ほどの差があるぜ」

「何かのきっかけで、振り切った行動に走る——ということもあると思いますけど」

「まあな」西条は両手で顔をこすった。「今、古屋に監視はついてるのか？」

「今はいません。会社を出ないみたいなので、いったん引き上げてます」

「気づかれてないか？」

「そんなヘマはしませんよ」所が自信たっぷりに言った。「いずれにせよ、これからは夜中も含めて貼りつくことになると思います」

「そうか」自分はそれには加わらない。そして、張り込み班の負担を減らすためにも、堂々と古屋を引っ張る証拠を見つけたい……。

「指紋が一致した」

　瞳の声に、西条と所は同時に立ち上がった。瞳が、極めて真剣な口調で続ける。

「今回の現場では、萌さんのものではない不鮮明な指紋が、いくつか発見されている。犯人は手袋をしていたと思うけど、指先が破れていた——萌さんに破かれた可能性が高いわ」

　西条はうなずいた。実際、萌の指先——爪の間からは、繊維が見つかっていた。鑑識の調査では「軍手によく使われる繊維」らしい。犯人が、証拠を残さないために軍手をはめていた、という推測はそこから出ていた。

「その指紋が、逮捕された時の指紋と一致した——そういうことですね？」西条は指摘した。

「公判で証拠に使えるかというと、ちょっと弱いけどね。部屋で見つかった指紋は、親指の一部だけなのよ。完全に一致とは言えないわ」

「そう簡単にはいかないか……」西条は顎を撫でながら、瞳の顔を凝視した。彼女は何故か、自信ありげな表情だった。「もしかしたら、他にも何か証拠があるんですか」

「ないけど、この指紋の件は、古屋を呼ぶための材料にはなるわね。『お訊ねしたき件あり』っていうやつよ」

「取り調べは、俺に任せてもらえませんか」所が意気ごんで言った。

「もちろん。失敗は許されないわよ」

「失敗するわけないでしょう。任せて下さい」所が胸を張る。

「西条君？　何か不満そうだけど？」

「いや……ちょっと気になることがありまして」

「何が」

西条は、ストーカーの件を説明した。見る間に瞳の表情が険しくなる。

「古屋は、いつ爆発してもおかしくない状況かもしれません。性的な欲望は、コントロールできないでしょう？」

「そうね」

「たまたま、殺人にまで至ったケースは一件しかないかもしれないけど、表に出ていない被害はまだありそうじゃないですか」

「だからこそ、頑張らないと。次の被害を出さないためにも、できるだけ早く古屋を引っ張ることが肝心よ」瞳が結論を出した。

瞳の方針は間違っていない——それは明白だったが、西条は何故か不安でならなかった。

その夜の捜査会議で、今日一日で大きく進んだ捜査の状況を全員が共有した。何となく場が温まった感じ——解決が近いとなれば、やはり気合いが入るものだ。

しかし最後に、三田がその雰囲気に冷や水をぶっかけた。

「指紋の件は、地検の事件係検事とも相談したが、芳《かんば》しくない」

事件係の検事は、文字通り事件捜査に関して警察を指揮するのが仕事である。ただし実際には、警察が検察の指示なしで素早く捜査を進め、節目節目で報告して事後了承を得る、というのが普通だ。今回はまさに節目——古屋の逮捕がかかっている。

「地検側はやはり、証拠として弱い、と難色を示している。裁判では証拠としてもたないだろうという判断だった」

「自供させれば、それで万事ＯＫじゃないですか」立ち上がって瞳が抗議した。「次の犯行を起こさせないためにも、すぐに古屋を引っ張るべきです。それでこそ、犯罪の抑止にもなるんですよ」

「これは決定事項だ」三田は譲らなかった。「とにかく新しい、決定的な証拠を探すと同時に、古屋の監視を強化する。そのために、所轄の生活安全課、地域課からも応援をもらってローテーションを組むことにした。徹夜仕事になるから、体調には十分気をつけてやってくれ」

おう、と声が上がったが、西条が期待していたよりも一オクターブ低い。一気に高く燃え上がった炎は、にわかに熾火《おきび》になってしまったようだった。

しかしまだ消えてはいない。

自分が証拠をしっかり摑んでやる、と西条は決意した。

捜査会議が終わると、瞳に声をかけられた。

「夕方、係長に言われたんだけど、向井さんは今朝から本当に人事二課に戻っているそうよ」

「もう、こっちへ来る気はないんですかね」西条は落胆を隠せなかった。自分でも暗い口調になっているのが分かる。

「今のところは難しいわね」

「面目ないです……」所が頭を掻いた。「自分がちゃんと説得できれば、現場に復帰してもらえると思ったんですが」

「そんなに簡単にいかないぐらい、向井さんの心は閉ざされているわけね」瞳が暗い表情でうなずく。

「そういう人が相手でも、ちゃんとやるのが俺の仕事なんですよね……もっときちんと作戦を考えておけばよかったです」

「正面から正直にぶつかれば、何とかなると思ったけど、私も甘かったわ」瞳が溜息をついた。

「騙すとか、もっとずるい手を使ってみてもよかったかもしれません。激怒されたかもしれないけど、上手く話が転がれば何とか……」

「ちょっと待った」西条は思わず声を上げた。

「何ですか、いきなり」所がびくりと身を震わせる。

「お前の言う通りだ。騙せばいいんだよ」

「向井さんを?」所が目を細める。

「そう。向井さんが現場に戻ることがあるとしたら、何がきっかけになると思う?」

「それは、十五年前の事件の犯人にアプローチできる——新しい重要な手がかりが出た時じゃないですか」

「その通りだ」西条はうなずいた。「出たことにしようよ。容疑者判明——その名は古屋英俊」

「いや、そうかもしれないけど、証拠は何もないですよ」所が反発する。

「はっきり言う必要はないさ。適当な情報を流せばいい。今回の事件で重要な容疑者になっている古屋英俊が、十五年前の事件にも関与していた可能性がある——それだけで、向井さんは引っかかるんじゃないか?」

「十五年前……古屋は二十二歳ですか」所が手帳を開いた。「時期的には、大学を出て働き始めた頃ですよね」

「ああ」

「うーん……」所が首を捻る。「そういう大事な時期に、ヤバいことに手を出すかな」

「関係ないさ」西条は少しむきになって反論した。「年齢も時期も——決めるのは、本人の気持ちと欲だけなんだから」

「主任、どうですか」所が瞳に判断を投げた。

「どういう情報を流すつもり?」瞳も疑わしげだった。

「手口等から考えて、古屋は十五年前の事件にも関係している可能性がある。女性に対する暴行事件で逮捕歴があるし、ストーカーをしていた疑いもある。今回の事件で逮捕後、過去の事件についても厳しく追及するつもりだ――どうですか？　これだけの情報を聞いたら、向井さんも乗ってくるんじゃないですかね」

「でも、逮捕した後に、向井さんが捜査に参加する大義名分がないわよ。誰かのコーチをさせるのは……二度、同じ手は使えないだろうし」瞳が部屋の中をぐるりと見回した。今回、出汁に使われた木崎がいないかと確かめたのだろう。

「向井さんが自分から乗り出してくるかもしれないじゃないですか」

「その情報を誰がどうやって流すか、難しいわよ」瞳の眉間に皺が寄る。「自然な形で伝わるようにしないと」

「それは上の方に考えてもらいましょう」西条は提案した。「誰だって、向井さんに捜査一課に戻ってもらいたがっているんだから」

「本当は、人事を発令すれば済む話なんですけどねえ」所が指摘した。

「それで向井さんが本気を出してくれるかどうかは分からないわよ。あくまで本人の意志で戻るような状況を作らないと」

「警察って、とことん身内に甘いですよね」所が呆れたように言った。

「お前、そういうの、嫌か？」西条は訊ねた。

「いや……」

「だろう？　きつい経験をしている人間同士、助け合うのは普通じゃないかな」

「今のは西条君に一本、ね」瞳がうなずく。「分かった。私が上と交渉するわ。状況的には、人事二課にも動いてもらう必要があるかもしれない」

「ですね」西条はうなずいた。「もちろん現段階では、十五年前の事件に関して、古屋が犯人と決まったわけじゃない。でも、手口があまりにも似ています。逮捕したら、当然十五年前の事件についても追及することになりますよね？　できればその席に、向井さんを立ち会わせたい」

「俺が取り調べを担当するから、向井さんには記録係でついてもらいましょうよ」

「決まりね」瞳が両手を叩き合わせた。「もちろん、一番大事なのは、今回の事件が古屋の犯行だと確定させて逮捕すること。そのためには、もっと証拠を集めないとね」

「別件逮捕ができないかと考えたんですが」西条は切り出した。「グロワールの女性社員に対してストーカー行為をした容疑で引っ張ったらどうですか？　被害女性に事情聴取させてもらえるように、下話はしてあるんです」

「それはちょっとリスキーじゃない？」瞳が首を傾げた。「話が古いし、今になって告発するのはかなり不自然よ」

「……ですかね」西条は唇を噛んだ。

「でも、確実に別件逮捕できる容疑があったら使いましょう。身柄を確保されたら、古屋も素直に喋るかもしれない」

「ただ、古屋は何か逃げ道を用意している感じがするんですよね」所が言った。「暴行事件で逮捕された時も、すぐに示談交渉をまとめて姿を消しました。グロワールを辞める時も、身の危険を察知して自分から辞表を出した。そういう、野性の勘みたいなものがあるんじゃないですか?」

「野性の勘というか、ワルの勘でしょう?」瞳が皮肉に言った。

「証拠といえば……今回の現場では、犯人のものだと思われる血液が採取されていますよね? DNA型も判明している」西条は指摘した。「古屋の体液か何かが入手できれば、照合ができるんですけど……」前回逮捕された時は、そこまでの調査はされなかった。

「昔は煙草の吸い殻を拾ったり、口をつけたコップを手に入れたりして血液型を照合したこともあったそうだけど」瞳が指摘した。

「古屋は用心深そうですからね……すみません、そこにこだわると、上手くいかないかもしれない」西条は頭を下げた。

「その辺、監視しながら何か見つけますよ」所が言った。「監視はこっちに任せて下さいね、先輩」

西条は思わず唇をねじ曲げた。自分が監視や尾行に向いていないことは分かっているし、だからこそ瞳に「外してくれ」と頼んだのだが……容疑者のすぐ近くに行けないのは、やはり悔しくてならない。

本格的な監視が始まったが、動きはなかった。古屋は毎日、決まり切ったスケジュールで動いているだけで、一切怪しい動きを見せない。

家を出るのは午前八時過ぎ。九時前に勤務先に到着すると、そのまますぐ仕事に入る。十二時には会社を出て、近くの何軒かの食堂をローテーションで回して昼食。夕方は五時までの勤務で、残業はほとんどしていない様子だった。

週に二回はジム通いをしている。会社の近くにあるジムで、ほぼ一時間。その時は必ず、外食だった。それ以外の日は、終業と同時にすぐに帰宅。自炊しているようで、マンションの隣にあるスーパーで買い物している姿も、何度も確認されていた。

監視が始まってから二週間が、あっという間に経過した。判で押したような毎日で、古屋はなかなか尻尾を摑ませない。監視班に入っていない西条たちは、必死で古屋を追いこむ材料を探したが、結局役に立たなかった指紋以外の物証は出てこなかった。被害現場付近での聞き込み、さらに防犯カメラの再チェックでも、古屋の姿は確認できていない。

事件発生から、間もなく四週間になる。特捜本部全体に疲れた雰囲気が漂いだし、監視班の刑事たちからは「監視を縮小すべし」「そもそも無駄」という不満が聞かれるようになった。その都度、所がむきになって反論していたが……西条としては、証拠を見つけられない自分が情けなくてならなかった。

しかしある日、突然予想もしていない動きがあった。

西条は朝の捜査会議で知らされたのだが、前の晩、古屋が夜中に突然家を出たというのだ。

時刻は午前一時過ぎ。平日で、次の日も会社があるのに、明らかに不審な行動だった。しかしその時、古屋はバイクで出かけており――バイクを出したのは初めてだった――車の中で待機していた刑事たちは追跡ができなかった。車を出して尾行すればすぐに気づかれるし、走って追うわけにもいかない。古屋は午前三時過ぎに家に戻って来たが、その間何をしていたかはまったく分からなかった。

現場にいた所は、徹夜のまま捜査会議に出席し、悔しそうに状況を報告した。監視は交代制なので、会議が終われば非番になるのだが、帰る気にはなれないらしく、コーヒーを立て続けに二杯、むきになったように飲んだ。

「バイクか……」言ってから、西条はふいに頭の中に何かが過ぎるのを感じた。

「バイクがどうかしたんですか？」所が欠伸を嚙み殺しながら訊ねる。

「どんなバイクだった？」

「さっき、写真を見せたじゃないですか。たぶん、ヤマハのトリシティですよ」

「プロジェクターだと、よく分からないんだよ」

「じゃあ、パソコンで見て下さい」

所がスマートフォンを自分のノートパソコンにつなぎ、画面に写真を映し出した。ぼんやりしてしまうプロジェクターの画像よりも、小さい分ずっとはっきりしている。古屋が戻って来た時に慌てて撮影したもののようだが、残念ながらナンバープレートは写っていない。ほぼ真横からの構図で、古屋が革ジャケットにジーンズという格好なのは分かる。フルフェイスのへルメットを被っているので、顔は確認できない。

「ナンバーが分かってればな」

「見えなかったんですよ。ちょうど間が悪くて……」所がうなだれた。

バイクといっても三輪――前が二輪で後ろが一輪だ。最近、こういうバイクを時々街で見かける。安定性は、当然二輪より優れているだろう。画像をチェックすると、フロントカウルの横に確かにヤマハのマークが確認できた。

「トリシティ155、ないし125か」自分のパソコンでヤマハのメーカーサイトを確認して西条は言った。「百五十五CCって、中途半端な排気量だな」

「最近、それぐらいのバイクも多いみたいですよ」所がさらりと応じる。「アジア各国では、百五十五CCが日本の百二十五CCみたいな感覚だそうですから、グローバル化で日本でも増えてきたんじゃないですか。高速にも乗れますしね」

「なるほどね……」

「このバイクが何か？」

「現場付近の防犯カメラに映っていたと思うんだ。記憶が曖昧だけど」

「マジですか？」所の表情が瞬時に変わった。「どこの写真です？」

「いや、そこまでは覚えてないんだ」言葉にすると、急に自信がなくなった。

話を聞きつけた瞳が割って入って来た。

「それなら、捜査支援分析センター《SSBC》に話を通さないと」

「ああ、そうですね」

「私が話しておくわ。バイクの車種、何だっけ？」

告げると、瞳がすぐに傍《かたわ》らの電話に手を伸ばす。西条は所と視線を交わした。所はどこか渋い表情……バイクのナンバーを特定できなかったことを悔いているに違いない。もっともナンバーが分かっても、現場近くで防犯カメラに映ったバイクと同じだと断定はできないだろう。トリシティは、街中に溢れているわけではないが、たまたま同じ車種だからと言って、ナンバーが一致しないことにはどうにもならない。西条の記憶だと、防犯カメラの映像にもナンバーは映っていなかった。

「手配、済んだわ」瞳が受話器を置いた。「確認まで、どれぐらい時間がかかるか分からないけどね」

「まさか、目視で確認してるんじゃないでしょうね」西条は思わず訊ねた。付近から集められた防犯カメラの映像は、トータルでは莫大な時間になる。その中から一台のバイクを探し出すのは、至難の技ではないだろうか。

「SSBCには自動で映像を判別できるようなシステムがあったと思うけど……この件は向こうに任せておいて、私たちはこっちの捜査を続行しましょう。やるべきことを粘り強くやるだけよ」

瞳の言葉には「まだまだ時間がかかる」という本音が透けて見えた。このまま古屋の容疑が固まらなければ、捜査は一からやり直しになる。その場合、自分に冷たい視線が向くのは容易に想像できた——というより、責任問題になるかもしれない。

そう考えると、顔から血の気が引いていく感じがした。捜査は、一度動きだしてしまうと、なかなか引き返せない。一番確実な線を見つけたら、他の線は取り敢えず放置してしまう。選んだ線が間違っていたと分かれば、放置しておいた線を再び取り上げるのだが、その時にはもう、重要な手がかりは消えてしまっていたりするのだ。

自分は、他の手がかりを消してしまったかもしれない。初めての特捜で失点は痛い。何とか手がかりが古屋の方を向いてくれ、と祈るような気持ちだった。


手がかりはつながった。

翌日——金曜日だった——の午前中、現場から少し離れたコンビニエンスストアの駐車場にバイクが停まっている映像が、ＳＳＢＣによって確認されたのだ。近所の聞き込みをしていた西条は、すぐに署に呼び戻され、所たちと一緒に映像を確認した。

時刻は午前一時五分。他に車などが停まっていない駐車場に、一台のバイクが滑りこんでくる。一番端に停まる——カメラのレンズは広角で、かなり歪んで見えた。

「これっぽい……ですね」あまり自信がなさそうな口調で所が言った。

「バイクは同じだぞ」西条は指摘した。特徴的な前二輪。ナンバーは読み取れなかったが、色は白——１２５ではなく１５５だと分かる。

「ヘルメットは似てるけど、古屋のものかどうかは断定できないですね。でも、コートは例のやつみたいです」

「その分析もＳＳＢＣに任せようか」

「ですね……」所が、薄く髭の浮いた顎を撫でる。慌てたのか、今日は髭を剃《そ》ってくる暇もなかったようだ。

バイクを停めた男は、ヘルメットに手をかけて歩きだした。歩きながらヘルメットを脱ごうとしている……しかしちょうど脱いだところで、画面から消えてしまった。もしかしたら、防犯カメラがあるのが分かっていて、映らないように意識して行動していたのだろうか。西条は、向井と一緒に捜査した窃盗犯のことを思い出していた。あの犯人は、ひたすら街を歩き回って、防犯カメラの位置をチェックしていた。死角になる道を選んで、犯行現場へのルートを作り、証拠が残らないようにしたのだ。何度も逮捕されている、いわば「プロの」泥棒だから、そういうやり方も思いついたのだろう。ただし、最後は失敗して逮捕されたのだが。

「クソ、もうちょっとなのに」所が悪態をついた。

「一歩前進——半歩前進かな」

「呑気なこと、言わないで下さいよ」

「確定はできないけど、犯行当日、古屋らしき人間が、現場近くまでバイクで行った可能性は否定できない。現段階では、それが分かっただけでもよしとしないと」自分を慰めるような台詞だなと思いながら西条は言った。

二人はそのまま、当該のコンビニエンスストアに走った。店員から聞き込みをしたが、シフトの関係で、あの日、その時間に勤務していた店員はいなかった。今日の午後に出て来るというので、その時に話を聴けるよう、オーナーに頼みこむ。

半歩も前進していないかもしれない、と暗い気分になったところで、瞳から電話がかかってきた。

「向井さんには情報が流れたはずよ」瞳がいきなり切り出した。

「どうやったんですか?」

「私にもよく分からない」

「何ですか、それ」

「どういうルートで向井さんのところまで届いたかは分からない、ということ。でも向井さんは確実に知ったはずよ」

「もう少しで古屋を追いこめそうなんですけど……」

「向井さんも、独自に情報を収集し始めたかもしれないわね。この件は、無視できるはずがないと思うのよ。非公式の見解も伝わってるはずだから」

「非公式?」

「古屋は、十五年前の事件にも関係している可能性がある——あなたの計画通りよ」

「大丈夫ですかね」自分で提案しておきながら、西条は心配になってきた。「特捜の正式な見解じゃないですし……」

「だから、非公式よ」瞳はあまり気にしていない様子で、さらりとした口調で言った。「それでも、向井さんは食いついてくると思う」

「……ですかねえ」西条は懐疑的だった。

しかし事態は、その夜急展開した。

監視や尾行では役に立ちそうにないので、西条はあくまで、周辺捜査を担当するつもりだった。しかし、その夜の監視を担当している刑事が風邪を引いて、ローテーションに穴が開いてしまった。特捜本部もぎりぎりの人数で回っているし、急遽他から応援をもらうこともできなかったので、西条にお鉢が回って来た。

「そんなに緊張しないで」午後十一時、交代のために署を出る時、今夜相棒を組む瞳が気楽な調子で言った。

「尾行では、何回か失敗してるんです」西条は正直に打ち明けた。

「今夜、尾行になるかどうかは分からないわよ。何もないかもしれない――その可能性の方が高いでしょう。バイクで出かけたのだって、一度きりだし」

しかし特捜では、バイク対策もしっかりやっていた。所たちがまかれた次の日から、夜中の監視を二人から三人へ増強、そのうち一人にはバイクを使わせることにしたのだ。振り切られないための方策だったが、そのせいでスタッフのやりくりが一層難しくなっている。

西条はちらりとバックミラーを見た。単眼の光が眩しく映りこむ。バイクでの張り込みを担当する人間がついて来ているのだ。

しかし、彼らに尾行を担当させて大丈夫なのだろうか。古屋は高速にも乗れる排気量のバイクに乗っているから、張り込み要員も原付バイクというわけにはいかない。中型以上の免許を持っている人間は、警察官であってもそれほど多くはないのだ。かき集められたバイク要員の中には、普段監視や尾行の仕事に縁のない所轄の交通課や地域課の制服警官も含まれている。今日参加しているのも、交通課の若手警官だ。大型二輪免許を持っていて、将来は交通機動隊で白バイに乗りたいという目標があるのは頼もしい限りだが、当てになるのはバイクの運転テクニックだけだろう。尾行に関しては素人同然だから、期待してはいけない。

十一時四十五分、古屋の自宅近くに到着。夕方、古屋が会社を出るところから尾行して、そのまま張り込んでいた三人と引き継ぎを済ませ、交代する。今日は一度帰宅した後、午後九時頃に隣のスーパーに出かけただけで、他に動きはないという。

西条は、マンションの出入り口からは直接見えない路上に覆面パトカーを停めた。バイクはその後ろ。三人が一時間ずつ交代でマンションの前に立ち、見張る手筈になっていた。

最初は西条。十二時から一時までの担当だ。電柱の陰に身を隠してみたものの、どうしても自分は目立っていると意識せざるを得ない。日付が変わっていて、歩く人がほとんどいないのが救いだった。

動きがないと、時間の経過が遅い。そんなはずはないのだが、一分が五分ぐらいに感じられる。ようやく一時になり、瞳が交代でやって来た時にはほっとした。

「お疲れ」

「特に動きはないです」

「分かってるわ」

瞳がマンションを見上げる。古屋の部屋がどこにあるかは、とうに確認していた。窓の灯りは消えている。前の担当者からの引き継ぎでは、十一時四十分には窓は暗くなっていたという。ただし、古屋が本当に寝たかどうかは当然分からない。

覆面パトカーに戻ると、運転席に交通課の若い警官が座っていた。

「お疲れ様です」少し緊張した口調で、若い警官が挨拶した。

「まだまだこれからだよ」

数時間後、午前八時には交代要員が来る。明日——既に今日だが——は土曜日で、古屋は休みだ。休日はあまり外に出ないことは分かっていたので、明日の監視要員は普段以上に暇を持て余すことになるだろう。とはいえ、日中の張り込みは、夜間よりはるかに気を遣うことになる。

二人は、取り止めもない雑談を交わして時間を潰した。白バイに憧れている若い警官は、プライベートで、排気量千CCに迫るスズキの大型バイクを買ったばかりだと嬉しそうに話し始めた。税込価格で二百万円を超える——ローンに追われて大変だ、と真剣な表情で説明する。

「車が買えるじゃないか」

「車とバイクは違いますから」

よく分からない説明だったが、趣味の世界とはそういうものかもしれない。もっとも彼の場合、プライベートでバイクに乗っても「練習」になるわけだから、趣味と仕事が一致しているとも言える。

一時五十分。あと十分で交代だ。

「尾行はやったことがないんですよ」若い警官が心配そうに打ち明ける。

「そうか……この時間だと、ある程度距離を置いても見逃す心配はないから、そんなに気にしなくていい」向井の教えを思い出しながら西条はアドバイスした。

「他に、気をつけることはありますか？」

「急な動きはしないこと。夜中で人が少ないから、自分の背後で誰かが急に動いたら、気配で気づく可能性が高い。でも、心配するな。もしも動き始めたら、三人で一緒に尾行するから。打ち合わせ通り、縦一列だ」

事前の打ち合わせで、瞳が先頭に立ち、その後を若い警官、最後に西条が目立たないように追うコンビネーションでいくことになっていた。

「バイクで出て来た場合は、君に任せる。現在地を正確に無線で教えてくれればそれでいい。事故だけは起こさないように、絶対無理はしないでくれよ」

「それは大丈夫です」バイクでの尾行には、絶対の自信を持っているようだった。そちらの方が、危険性ははるかに高いのだが……目標を追っていたパトカーや、追われて焦る相手が事故を起こすケースは枚挙に暇《いとま》がない。

「頼もしいな」敢えて忠告するのも無粋だと思い、西条は適当に持ち上げた。

欠伸を噛み殺したところで、無線が鳴る。緊急だ。

「出たわ。徒歩」瞳の声は緊張している。

「了解」

「予定通りのフォーメーションで」

覆面パトカーのドアを押し開けながら、西条は「出番だ」と告げた。若い交通課員は目に見えて緊張したが、それでも力強い声で「はい」と答えるだけの余裕はあった。

「先に行ってくれ。マル対じゃなくて、益山主任の背中を見て行くんだぞ。何かあったら、すぐ無線で連絡」

「了解です」

若い警官が歩調を速め、ぐっと前へ出た。西条は歩くスピードを調整しながら、若い警官の背中を追った。瞳の姿は見えているが、その先にいる古屋は確認できない。本人を直接見ない状況での尾行はおかしな感じだったが、自分はあくまでバックアップなのだと言い聞かせる。瞳がいれば安心だ。

しかし、こんな時間に歩いて出るとはどういうことだろう。明日は休みなので、夜中の散歩と洒落こんだのか？　しかし、先週末はこんな動きはなく、ずっと家に籠っていたはずだ。

顔にぽつんと雨滴がかかる。まずいな……雨の予報が出ていたので、西条はバッグの中に折り畳み傘を入れていたのだが、傘をさすと尾行は一気に難しくなる。視界が狭くなるからだが、かといって傘をささずにずぶ濡れで歩いていたら、非常に不自然だ。本降りにならないでくれよ、と祈るような気持ちになる。

古屋は北へ向かっている。このまましばらく歩くと、東京メトロ有楽町線《ゆうらくちょう》の千川《せんかわ》駅が近づく。電車は動いていない時間なので、目的地は駅ではないと西条は判断した。

相変わらず古屋本人の姿は見えない。二十メートルほど前を行く若い警官の背中は見えていたが、瞳の姿は確認できなくなっていた。要町通《かなめちょうどお》りを越えて、さらに北上……と思ったら、狭い路地を左に折れた。電柱の住居表示が「向原《むかいはら》」になり、板橋《いたばし》区に入ったのが分かる。しかし、瞳も何か言ってくれればいいのに。無線は沈黙したままで、情報がまったく入ってこないのが不安でならなかった。

——と思っていたら、無線から急に瞳の切迫した声が聞こえてきた。

「様子がおかしいわ。現在、向原一丁目。都営住宅の前で止まっている」

「了解」

西条は走りだし、若い警官と合流した。

「無線、聞いたか？」

「ええ。場所はすぐそこだと思います」若い警官は、スマートフォンに地図を表示させていた。

「怪しいな」

「……ですね」若い警官の声は緊張し、顔からは血の気が引いていた。

「行くぞ。向こうが動きだせば押さえられるかもしれない」

若い警官が無言でうなずく。西条は歩調を速め、すぐに都営住宅に到着した。三階建ての小さな集合住宅がずらりと並んでいる。団地としては小規模だ。瞳は見つかったが、古屋の姿はない。

「どこですか?」

「この先——左に入ったところで、しばらく立ち止まっていたわ。その後は確認できていない」

「近過ぎますね」

「そういうこと——挟み撃ちにしたいから、西条君は逆方向から回ってみて」言ってから若い警官に顔を向け、「君は私と一緒に来て」と指示する。

西条は敷地を大きく回りこんで、古屋がいるはずの場所を目指した。傘を畳んだまま走ったので、雨が容赦なく顔を濡らす。四月にしては肌寒い夜で、緊張のせいもあって震えがきていた。

三階建ての小さな建物同士の間は階段室になっていて、そこがホール代わりなのだろうが、古屋は中に入ろうとはせず、ただぼんやりと佇んでいる。チャンスだ。一歩でも建物の中に入ったら、違法な侵入という名目で引っ張れる。この際、別件逮捕で一気に捜査を進めるのも手だ。実際には、集合住宅の共用部分に入りこんでも、「住居」に入ったとはみなされないのだが、それは裁判での話だ。とにかく身柄を押さえてしまおう。動きだしたら、即座に声をかける——しかし、その思惑は崩れた。

そこにいるはずがない人間が、突如どこからか姿を現したのだ。向井——初めて見る私服姿だった。腰まであるマウンテンパーカーにジーンズ。足元は黒いスニーカーで、動きやすさに重点を置いた格好である。

西条は混乱した。向井には、「古屋が怪しい」という情報は伝わっている。それを聞いて、自分でも尾行してみる気になったのか？　しかしそれが無謀だということぐらい、彼なら理解できるはずだ。こちらが二十四時間監視していることは分かっているはずなのに……しかし向井は、早足で古屋に近づいて行く。一方古屋は、階段室に足を踏み入れた。

まずい。向井が余計なことをしたら、この監視は全て無駄になってしまうかもしれない。西条は勝負に出た。

「向井さん！」

声をかけると、向井が立ち止まる。同時に古屋もこちらを見て、ぎょっとした表情を浮かべた。自分の体の大きさが、こんなところで役に立つわけだ——と皮肉に考える。百八十五センチある人間に呼び止められると、大抵の人は一瞬驚くものだ。

西条はほぼ走りながら向井に近づいた。しかし向井は、西条を避けることもなく、またもや予想外の行動に出た。古屋に摑みかかると、いきなり建物の壁に押しつけて「十五年前の事件もお前がやったのか！」と叫ぶ。

まずい——西条は全力でダッシュし、二人にぶつかった。向井は重い——見た目よりずっと体重があるようだったが、西条の遠慮なしの突進に、古屋の胸ぐらを摑んでいた手を離してしまった。西条は転びそうになりながら、慌てて姿勢を立て直し、二人の間に割って入った。向井の方を向いて、思い切り両手を広げて制止する。

「向井さん！　やめて下さい！」

「こいつが妹を……」

「待って下さい」

二人の睨み合いが続く。その隙を狙ったのか、古屋がこっそり逃げようと動き始めるのが気配で分かった。しかしそこへ瞳たちが到着し、古屋を制止する。

「あなた、ここの住人ではないですよね」瞳は古屋の眼前でバッジを開いて示し、「ここで何をしていたか、教えてもらえますか」ときつい口調で質問をぶつけた。

「冗談じゃない。断る」

「話を聴くだけです。説明できないんですか？」

「俺は何も……」

二人のやりとりを聞いていた向井が、なおも諦めずに古屋に向かって行こうとした。必死の形相——西条が見たことのない険しい表情だったが、西条も全力で止めた。ラグビー経験者故か、前へ出る向井の力は強烈だったが、体は西条の方がずっと大きい。全体重をかけて何とか押し戻し、二人から引き離した。

「向井さん……尾行してたんですか」

西条の問いにも、向井は返事をしない。目は血走り、唇はきつく引き結ばれていた。

「あの男が気になるなら、一緒に捜査しましょうよ。十五年前の事件の真実を明らかにしたいんでしょう？　俺たちと一緒にやりましょう——やって下さい！」

向井の体からふっと力が抜けた。自分の腕を掴む西条の手を振り払い、踵を返してゆっくりと去って行く。

「向井さん！」

西条の呼びかけにも反応しない。向井の姿は、煙《けぶ》るような雨の中に消えていった。

瞳は、最寄りの所轄のパトカーを呼んで、すぐに古屋を所轄に連行した。古屋は一応抵抗の素振りを見せたものの、あまり激しくすると、警察側に逮捕の理由を与えてしまうかもしれないとでも考えたのか、途中から急に大人しくなった。

西条は最悪の事態を予感した。もしも向井が現れなければ、古屋はどこかの家に忍びこもうとしていたかもしれない。それなら、より厳しい条件で身柄を拘束できたはずだ。

しかし、所持品を見せてもらいたいと言うと、古家の表情が一変した。

「任意でしょう？　拒否します」古屋は肩から斜めに提げられるボディバッグを持っていたのだが、それを前に回して、胸に抱えこんだ。

「何か、見せられないものでもあるんですか？」瞳が迫った。

取調室の中で、西条は立ったまま——こういう時、自分の長身は役に立つはずだ。高い位置から見下ろされているだけで、相手はプレッシャーを受けるだろう。

「そんなものはない」古屋が否定したが、声に力はなかった。

「だったら見せて下さい。見られて都合の悪いものがないんだったら、見せてもらわないと困ります」

西条は一歩迫った。途端に、古屋の顔が緊張でさらに強張るのが分かる。何も言わず、何をしたわけでもないが、結局古屋はボディバッグをテーブルに置いた。

「開けますよ?」確認して、瞳がバッグを自分の方に引き寄せる。ファスナーを開けた瞬間、小さな笑みを浮かべた。手を突っこんで、中身を一つずつ引っ張り出す。

小型のガスバーナー。ペットボトルの水二本。当たりだ。これで、少なくとも窃盗未遂容疑で逮捕できる。

「このガスバーナーは何ですか」

無言。古屋が必死で考えているのが分かる。この男は常にプラスマイナスで計算して、何とか状況を自分に有利な方に引き寄せようとするタイプのはずだ。今は、何を言ったら殺人の罪から逃れられるかと計算しているのだろう。

「それは……」古屋が低い声で言ったが、後が続かない。

「『焼き破り』ですね? 目的は」

「それは言えない」

「そうですか」瞳が西条に目配せした。やれる——彼女の自信が伝わってくる。「窃盗目的で、あの都営住宅へ行ったんじゃないんですか?」

無言。まだ計算していると西条は読んだ。窃盗未遂なら、仮に起訴されて有罪判決を受けても、執行猶予がつく可能性が高い。しかし、ここであまりにも頑な態度を取り続けると、警察はどう出るか分からない――結局古屋は、西条の想像通りに「盗みに入るつもりだった」と自供した。

「分かりました。あなたをこれから、品川北署に移送します」

「どうして」古屋の顔がさらに青褪める。例の件だ、とすぐに悟ったのだろう。

「私たちは、あなたをずっと監視していたんです。理由は分かりますよね?」

「クソ!」古屋が立ち上がろうとした。しかし西条はいち早く動いて、彼の肩に手をかけた。西条の体重のせいで、古屋の体は椅子に固定されてしまう。

西条は瞳に視線を向け、無言で「俺にもやれることがあるでしょう?」と問いかけた。瞳が満足そうにうなずく。「だからどんな人間でもできる」――西条は向井の言葉を思い出していた。

古屋は窃盗未遂の現行犯で逮捕された。

土曜の朝になっても、古屋はずっと、どこかぼんやりした様子だった。殺人容疑に関する取り調べは、午後から始まる予定になっている。逮捕歴があるから、これからどんなふうに取り調べが進んでいくかは分かっているはずだが、睡眠不足のせいで集中できていないのかもしれない。

身柄を拘束する瞬間にその場にいなかったことで、所は機嫌が悪かったが、西条は何とか宥めた。

「ここからは取り調べ担当が主役じゃないか」

「分かってますよ」怒ったような口調で所が言う。「見てて下さい。今日中に落としますから」

「俺がサブに入る。あいつは、体がでかい人間が苦手らしい」

「俺だってそうです。お願いですから、暴れないで下さいよ」

「馬鹿言うな」

改めて取調室で対峙した古屋は、げっそり疲れていて、目の下に隈《くま》ができていた。一方の所はやる気満々——昨夜の逮捕劇に参加できなかったのが悔しかったのか、土曜だというのに朝早くから出て来て、あれこれ調べていた。自信たっぷりに見えるのは、何か決定的な証拠を摑んでいるからかもしれない。

今日はどういう手で始めるのだろう、と西条は興味津々になった。

「三月十六日のことを話して下さい」

いきなり犯行当日の話からきたか——西条はボールペンをきつく握り締めた。

「三月十六日？」古屋が惚ける。

「高本萌さんが殺された日です。その日、あなたは品川区にある彼女の自宅マンションに姿を見せた」

「そんなことはしていない」古屋が即座に否定する。声には、必死な本心が滲んでいた。

「そうですか——では、近所のコンビニにバイクで乗りつけましたね？」所がいきなり話を変える。

「バイク？」

「あなたの、ヤマハトリシティ155ですよ。近所のコンビニの駐車場に停めたのが、防犯カメラに映っていました」

おいおい、それを言って大丈夫なのか？　あのバイクは、まだ古屋のものと確認できたわけではないはずだ。

「知らない」

「そうですか……では、この映像を見て下さい」

所がノートパソコンを開き、古屋に画面を見せた。立ち上がって、体を捻りながらキーボードを操作する。自分も見た映像だろう、と西条は想像した。

「このバイク——トリシティ155ですね。あなたはバイクを止めて、そのまま画面から消えた」

「これが俺だと、どうして分かる？　ヘルメットで顔が見えないじゃないか」

「コートです」所が指摘する。「これは、リーズのキンクスですね。首のところ、見えますか？　大きなタグが外へ飛び出している。これは市販品ではないんです」

おいおい、本当か？　西条は思わず振り向いた。その映像は西条も確認していたが、タグは見えていなかったはずだ。ＳＳＢＣがさらに画像を補正して、より鮮明に見えるようになったのだろうか。

「あなたがグロワール社に勤めていた頃、リーズの本社から限定モデルのサンプルとして届けられたものでしょう。あなたはそれをもらっていた。これは既に分かっていることです」

「だから？」

「あなたはそのコートを着て、犯行現場に行った――あの日は、夜中の気温が一桁でしたから、コートが必要だったんでしょうね。そのコートはどこにありますか？」

「捨てた」

「捨てた」低い声で所が繰り返す。「どうしてですか？　証拠になるから？」

答えはない。本当に捨てたとしたら、犯行現場で血痕でもついたのだろう。被害者の血痕からはＤＮＡ型が割り出せるから、決定的な証拠になる。

古屋が何も言わなかったせいか、所はすぐに質問を切り替えた。

「被害者の部屋で、あなたの指紋の一部が発見されています。はっきり特定できるほど鮮明なものではないですが、あなたは十二年前の事件で指紋を採取されている。現在、現場で発見された指紋の再調査を行なっており、これがあなたの指紋と一致する可能性があります。どうですか？」

「別に、言うことはない」

「そうですか……あなた、グロワール社ではストーカー行為をしていたそうですね。複数の女性社員が被害を訴えています。これはどういうことですか？　あなたにはそういう性癖があるんですか？　自分の性的な欲望を満たすためには、違法な行為でも平気でする――それが今回の暴行事件、殺人事件につながったんじゃないですか？」

無言。次々と攻撃を繰り出す所に対して、古屋は対抗手段として黙秘を選んだようだ。しかし所は、追及を緩めない。

「あなたは、『焼き破り』で部屋に侵入する意図を持っていたとして逮捕されました。実際に、ガスバーナーとペットボトルの水を持っていた。これは、『焼き破り』で使われる、極めて一般的な道具です」

「だから――盗みに入ろうとしたことは認めた」古屋が反論する。「今、あんたが訊いているのは、それと全然関係ない話じゃないか。こういう取り調べは違法だろう」

「取り調べでは、これを訊いていい、これを訊いたら駄目だという決まりはありません」古屋の挑発に対しても、所は完全に冷静だった。

「逮捕された件以外では、俺は何も喋らない」宣言して、古屋が腕組みをした。

「そうですか。窃盗未遂の件については、ゆっくり調べさせてもらいますよ。手順は分かっていると思いますが、現行犯逮捕された今日の午前二時半を起点にして、四十八時間は警察の方で調べます。その後送検されて、最大二十二日間はここの留置場で過ごすことになる。時間はたっぷりあります」

「たかが窃盗未遂で？　こっちが容疑を認めているのに、二勾留も引っ張るのは乱暴過ぎる。だから、『人質司法』なんて言われるんだよ」

「そういう文句は、我々に言われても困ります。警察としては、司法制度に関して手が打てるわけではないですから、今の決まりの中で仕事をするしかないんです。文句があるんだったら、検事の調べの時に言って下さい。検事の方が、警察よりも司法の仕組みに近いところにいる」

所がピシャリと言った。理性的に反発しているようだった古屋の耳が、すぐに赤くなる。感情的になっている——確実に追いこんでいると西条には分かった。

所が、ノートパソコンの画面を自分の方に向け、キーボードに指を走らせる。何をしているか、西条からは見えなかったが、所は急に無口になり、腕を組んだ。沈黙が続いていく中で不安になったのか、古屋が組んでいた腕を解き、ゆっくりと腿《もも》の上に置く。

軽いノックの音。所が古屋を見たまま、「はい」と短く返事をした。瞳がドアを開け、一枚のメモを所に手渡す。所は軽く頭を下げてから、メモを凝視した。瞳がそれを見届けてドアを閉める——その間、わずか五秒ほど。

急に所の背筋が伸びた。メモと古屋の顔を交互に見ること、二度。所がメモを丁寧に二つに折り、テーブルに置いて右の掌で押さえた。

「古屋さん、あなたは十二年前に暴行事件で逮捕された時、即座に手を打ちましたね。借金してまで金を用意して、直ちに被害者との示談を成立させた。その結果、不起訴処分になって前科はついていない。グロワール社を辞めた時も、その事件の噂が社内に流れたので、余計な穿鑿をされる前にさっさと辞めてしまった。ずいぶん思い切りがいい人なんですね。とにかく自分の身を守ることを考えて、多少のマイナスには目を瞑《つむ》る」

「何が言いたいんだ!」とうとう古屋が切れた。

「実はここに、新たな証拠があります。決定的な証拠と言えます――まだ確定していませんが、今後の捜査で決定的なものになる可能性は否定できません。これを使えば、あなたがどれだけ否定しても起訴に持ちこめます。そうすると、あなたに対する裁判員の心証は非常に悪くなる。それは、あなたらしくないやり方じゃないですか」

「何が言いたい？」

「あなたは自分を守るために、多少のマイナスは我慢した。今回もそうしたらどうですか？自分から進んで喋れば、我々はそれを記録して検察に送ります。それは裁判員も知ることになりますから、あなたにとっては有利に働くでしょう。古屋さん、我々には、あなたの刑期を決める権限はない。それを決めるのは司法の場です。警察としては、真相を知ることができればそれでいいんですよ。どうですか？　警察に協力してもらえませんか？　それがいずれは、あなたのプラスになる」

「そんな話を当てにできるか！」

「だったら、このまま否定していても構いません。我々は、今手元にある証拠を徹底して解析します。それがあなたの犯行を裏づける。いいですか、この事件の公判は、裁判員裁判になります。一般市民から選ばれた裁判員は、厳しいですよ。はっきりした証拠がありながら否定を続けていたら、印象は最悪になります。厳しい結果が待っているでしょうね。あなたは戦い続けられますか？」

落ちた――文字通りに。古屋の首ががっくりと折れ、諦めたような溜息を漏らす。所はその様子をしばらく見守っていたが、やがて古屋が顔を上げて「やりました」と認めた。

西条は内心でガッツポーズを作りながら、小さな疑問を感じていた。新しい証拠？　古屋が逮捕されてから、わずか数時間しか経っていない。そんな短時間で決定的な証拠が見つかったのだろうか。それとも、これまで放置されていた証拠に新たな光が当たった？

淡々と取り調べを続ける所の態度からは、何も読み取れなかった。

「嘘？」西条は目を見開いた。

「嘘ですよ。でも、絶対に問題にならない」所は自信たっぷりだった。

「どういうことだ？」

「新しい指紋が検出されたけど、結局古屋のものとは確定できなかった――みたいな話にすればいいんです」

「それ、ヤバくないか？」西条の感覚では、際どい過ぎる作戦に思えた。

「別にヤバくはないでしょう」所が平然と耳を掻いた。「結局駄目だったとなれば、証拠としても採用されないわけですし、その経緯まで検証しようとする弁護士や裁判官もいませんよ。裁判で、それを出すように言われたら、初めに採取されていた指紋を出せばいい。不鮮明だし、特定不可能ということで、問題はないでしょう。何より古屋が自供したんだから。これからどんどん物証も出てきますよ。ＤＮＡ型の鑑定ができれば、絶対に有罪に持ちこめます」

「それは……ぎりぎり違法だぜ」

「私は、テクニックのうちだと思うけど」

「グレーゾーンよ」瞳が割って入って来た。「私は、紙を一枚差し入れるように言われただけよ」

「もしかしたら主任も、一枚嚙んでたんですか?」

「私は、所君がメールを送って来たタイミングで、紙を一枚差し入れるように言われただけよ」瞳が肩をすくめる。

「でも、共犯じゃないですか」

「主任は、俺が何をしようとしているか知らなかった――だから悪意はない、ということで。最悪、俺が一人で責任を被ればいいだけの話です」

所が平然と言った――平然というより、むしろ胸を張っている。こんな強引なやり方で落としたら、問題になりかねないのに……しかし、古屋が絶対に身柄を押さえておきたい相手なのも間違いない。

「さて、俺は義務を果たしましたよ」所が平然とした口調で言った。「次は西条さんの番ですよ。主任も」

「そうね」

「ああ」西条はうなずいた。向井を引っ張りこむ――実は一番大変な仕事が、この後に待っている。

警視庁の十七階には喫茶室がある。西条と瞳は、そこへ向井を呼び出した。さすがに、人事二課に乗りこむのは気が引ける。

電話で話した時には、来るかどうか分からなかったが、向井は指定の時間ちょうどに姿を現した。それでほっとして、西条はコーヒーを一口飲んだ。

外を見渡せる、広いカウンターの席につく。正面から顔を見ながらではない方が話しやすいだろうという、瞳の判断だった。

「残念なお知らせがあります」西条は切り出した。「昨日、古屋が起訴されました」

「それが、どうして残念なお知らせなんだ?」向井が訊ねる。

「今回の殺人事件については、古屋は全面自供しました。計算高い人間ですから、否定し続けたまま裁判に臨むよりも、事実を認めて反省の態度を示した方が、裁判員の受けがよくなると判断したんだと思います。しかし残念ですが、十五年前の事件に関しては、関与していないようです。あの事件では、被害者の遺体に残されていた体液から犯人のDNA型が判明していますが、古屋のものとは一致しませんでした。力足らずで申し訳ないですけど……」

「君たちの責任じゃない」向井がかすれた声で言った。「君たちはよくやった」

所が使った「ずるい手」までは、向井は知らないだろう。あれを知ったら、向井は「そんなやり方は教えていない」と激怒するかもしれない。しかし、今のところは問題になっていないから、自分たちが何も言わなければ、あの件は闇に葬られるだろう。とにかく古屋の犯行だったのは間違いないのだし。

「十五年前の事件も何とかできると思いました。『焼き破り』で侵入した手口がまったく同じでしたし……しかし本人も犯行は強く否定しています」

「それは仕方がない」

「向井さんに期待を持たせてしまったのは、申し訳ないと思います。期待していたからこそ、個人的に尾行に参加していたんですよね」

「あれは――申し訳ない。余計なことをした」向井が首を横に振った。

「でも、向井さんの気持ちは分かります。妹さんが殺されたら、誰だって冷静ではいられません。犯人かもしれないと目された人間が出て来たら、自分の手で逮捕して、調べたいと思うのは当然でしょう」

ちらりと横を見ると、向井の顎は強張っていた。当たり前だ。この事実を知った時、西条たちもどれだけ衝撃を受けたか……自分が同じ立場に追いこまれたら、どうなっていたか分からない。

「妹さん、浜浦沙織さんは、ずいぶん年下だったんですね」

「ああ」かすれる声で向井が認める。「十歳下だ」

「こんなことを言うと気を悪くされるかもしれませんけど、向井さんは大変な環境で育ったんですね」

「そんなことはない」

「でも、ご両親が交通事故で亡くなった後、妹さんと離れ離れになってしまったじゃないですか」

向井の喉仏が上下する。もう何十年も前のこととはいえ、当時の苦痛は未だに鮮明であるに違いない。

「俺は、全寮制の高校の三年生だった」向井がぼそぼそと打ち明けた。「残された家族は妹だけ……まだ小学生になったばかりの妹は親戚の家に引き取られて、結局その後、正式に養子に入って名字が浜浦に変わった。でも、兄妹《きょうだい》であることに変わりはないから、俺がずっと面倒を見ていくつもりでいたんだ。両親の保険金で、生活費の方は何とかなったしな」

「向井さんが警視庁に勤め始めてしばらくしてから、妹さんは東京の大学に進学するために上京したんですね」

「ああ。俺は授業料を工面して、家も見つけて……本当は一緒に住んで面倒を見たかったんだけど、妹の大学は八王子の奥の方だったんだ。通勤と通学の手間を考えたら、別々に住むしかなかった。ただ、ほとんど毎週末に会っていたし、よく一緒に飯も食った」

「やっと、兄妹らしいことができたんですね」

「無事に就職も決まって、妹もようやく自立できるようになる——就職も決まった時に、あの事件が起きた」向井が低い声で言った。「俺は……捜査を外された」

「聞いています」

当たり前だ、と西条は思った。あの事件が発生した時、待機班で真っ先に出動することになっていたのが、当時向井が所属していた係だった。しかし上層部は、被害者が向井の血を分けた妹だと分かった時点で、捜査には参加させないことを判断したのだった。

「だいぶ荒れたと聞いています」西条はずばり切りこんだ。

「昔の話だ……しかし君にも、ああいう時に人がどうなるかは、想像できるだろう」

向井は突然特捜本部に顔を出して捜査の遅れを詰《なじ》ったり、命じられた仕事をボイコットして一人で勝手に聞き込みをするなどの行動に走った。通常なら、正式に処分されてもおかしくない。その後、完全に無気力状態に陥った向井は休職を命じられ、休職期間が終わった後に、人事二課への異動の打診を受けた。捜査一課ではもう使い物にならないと判断されたも同然で、向井はこの異動を受け入れた。以来十年以上――しかし、刑事としての向井の能力を惜しむ上層部がいて、見込みはあるが伸び悩んでいる若い刑事への助言役、臨時コーチとして、現場に投入されるようになったのだ。

そういう経緯を指摘すると、向井は黙りこんだ。西条も何も言えなくなってしまった。代わって、瞳が畳みかける。

「向井さんは、現場に未練があるはずです。人事二課の仕事が大事なのは分かりますけど、一度捜査一課を経験してしまった人には物足りないはずです。それに何より、向井さんは妹さんを殺した犯人を自分の手で挙げたいと思っていらっしゃるはずだ、そのためには、腕を鈍らせないのが大事――コーチ役を引き受けることは、向井さんにとってもトレーニングだったんじゃないかと、私は想像しています」

「そういう気持ちがあるからこそ、今回の情報に食いついたんでしょう?」西条は話を引き取った。「妹さんを殺した犯人かもしれない男に、別の容疑がかかった。一気に十五年前の事件を解決するチャンスかもしれない――そう考えたんじゃないですか?」

「全て、君たちが仕組んだんだな」向井が低い声で言った。

「すみません」瞳が頭を下げた。「でも、向井さんは現場に出て来られたじゃないですか。自分で何とかしたいと思ったからですよね？　つまり向井さんの中には、まだ刑事魂が残っているんですよ」

「十五年前の事件を解決するのは難しい」

「難しいだけで、不可能じゃありません」西条は強い口調で言った。「本当にしっかり再捜査すれば、チャンスはあると思います。それに、犯人が野放しになっている状況はよくないです。我々も、犯人を逮捕したいです」

「追跡捜査係も手をつけない――彼らはプロだ。プロが、見込みがないと判断しているんだよ」

「そんなの、関係ありません」西条はむきになって言い放った。

向井が椅子から滑り降りた。二人の顔を交互に見ると、「お節介は、やり過ぎると人を傷つけるぞ」と忠告する。

「向井さん、俺は向井さんと一緒に仕事をしたいんです」西条は必死に訴えた。「向井さんの助言で俺は何とか本部に異動することができました。向井さんは俺のコーチなんですよ」

「私もです」瞳が同調する。「まだまだ向井さんに教えてもらいたいことがあります」

向井は何も言わなかった。二人に向かって一礼すると、そのまま喫茶室を出て行く。

人の心を動かすのは、何と難しいことか。

何となく居心地が悪い……西条は自席についても落ち着かず、何度も座り直した。

「どうかしたの？」瞳が不思議そうに訊ねる。

「いや……そこの席が空いてるじゃないですか」西条は、昨日まで木崎が座っていた席を指差した。

そう、木崎は今日付けで捜査一課から捜査共助課に異動になった。捜査共助課は、指名手配の連絡調整や他県警との連絡・協力などを担当する部署で、基本的に「現場」はない。事務仕事に近い感じだ。要するに、一線の刑事としては失格。

「しょうがないわよ。実際、戦力になってなかったんだから」瞳が小声で言った。

「俺たちが余計なことをしなければ、異動にならなかったかもしれないですよね」

実際、向井でさえ木崎のやる気のなさ、能力の低さに呆れていた。人事二課の仕事に戻り、本来の業務として木崎の異動を決めたのかもしれない。向井に、どれだけの権限があるかは分からなかったが。

「でも、うちの班のマイナス要因は取り除けたわけだから」

「きついですね」

西条が顔をしかめても、瞳は曖昧に微笑むだけだった。

「おはようっす」所がいつもの軽い調子で入って来た。空いている隣の席を見て、ニヤリと笑う。「すっきりしましたね」

「お前、後ろめたくないのか？」西条は訊ねた。

「何でですか？　使えない人間がいたら、係全体の力が落ちるだけでしょう。新戦力に期待する方がいいですよ」

「よくそんなふうに言えるな」西条は溜息をついた。

「先輩は気にし過ぎなんですよ。だいたい、俺たちは異動に口出しできないんだから、どうこう言ってもしょうがないじゃないですか」

「そうだけどさ……」

「ま、こっちはいつものペースでいきましょう。新入りでどんな奴が来るか、楽しみじゃないですか」

「お前はいつもマイペースだなあ」

「こんなことで悩んでも、しょうがないですからね」

「でも、ちょっと不思議じゃない？」瞳が口を挟んだ。「普通、誰かがいなくなればすぐに代わりが来るはずよ。係の定員は決まってるんだから。それにそういう情報って、すぐに流れるでしょう」

「警察官は、人事の噂が大好きですしね」西条は皮肉っぽく言った。しかし言われてみれば、瞳の指摘する通り……今日、新人が赴任して来るのに、今までまったく情報がないのは不思議でならなかった。西条自身もおかしいと思ってはいたのだが、誰かに確認している暇がなかった。

「私、係長に訊いたんだけど、答えてくれなかったのよ」

「単なる異動なのに、トップシークレットっていうことですか？」

「教えてくれないのよ。『当日のお楽しみ』なんて言うだけで」

「変ですねえ」所が首を捻る。「係長、そんな洒落っ気のある人じゃないでしょう。堅物なんだから」

「誰が堅物だって？」

ちょうど部屋に入って来た三田が、低い声で言った。途端に所が背筋を伸ばす。

「いや、係長は真面目だなって言おうとしたんです」

「言い間違いなら酷過ぎる。取り調べ担当は、もっと言葉を大事にしろ」

「……すみません」所が肩をすぼめて頭を垂れる。

「さて」三田が自席にバッグを置くと、座らず、そのまま話し始めた。「木崎が異動した後で、この係も新人を迎えることになった。まもなく到着予定だ。堅苦しい挨拶は抜きにして、今日から皆で一致団結して頑張ろう」

「誰なんですか」瞳が訊ねる。

「来れば分かる」

ごく当たり前の質問なのに、三田は依然として言葉を濁した。おかしい、と西条は首を捻った。たかが異動で――異動はしょっちゅうある――こんなにもったいぶる必要があるのだろうか。

その時西条は、はたと思い当たった。まさか、自分たちの説得が功を奏したのか？

「ああ、ちょうど来た」

三田の視線を追っていくと――向井がこちらの島へ歩いて来るところだった。照れたような、誇らしいような、何とも形容し難い表情を浮かべている。西条と目が合うと、さっと目礼した。

西条は立ち上がり、にやけて緩む顔を引き締めようと、両手で頬を叩いた。

「今さら紹介する必要はないな。今日から向井部長がうちの係に加わる」珍しく、三田の表情が崩れていた。

かつてこれほど、現場復帰を待望された刑事がいただろうか。向井が進む道は、決して平坦なものではないだろうが、それでも――。

西条は向井に向かって深々と一礼した。顔を上げると、とっさに頭に浮かんだ最高の言葉をかける。

「お帰りなさい、コーチ」

解説

古山裕樹

堂場瞬一の作品には大きく二つの柱がある。

ひとつは、いうまでもなく警察小説だ。デビュー二作目の『雪虫』以降、数多く書き続けられている、作者の主戦場といってもいい領域である。もうひとつはスポーツ小説。野球を題材にしたデビュー作の『8年』をはじめ、駅伝、マラソン、ラグビーなど、多彩な競技を題材に取り上げている。

そんな予備知識があると、『コーチ』という題名から、コーチとアスリートを描いたスポーツ小説だと思う方もいらっしゃるかもしれない。半分は当たっている。本書はコーチの物語である。ただし、この作品は警察小説だ。コーチの対象はアスリートではなく刑事である。そして、コーチする者とされる者は、決して導く者と導かれる者に固定されているわけではない。

それはどういうことなのかを述べる前に、この小説の構成を見ておこう。

第一部は三つの章からなる。それぞれの章で、異なる刑事が主役を担っている。

第一章「見えない天井」の主人公は、若くして警部補に昇格した女性刑事・益山瞳。東北署刑事課強行犯係の係長になったものの、年上の部下や、未熟な部下の扱いに苦労する日々を送っている。そんなある日、瞳は刑事課長から新たな人員を彼女の班に配属することを告げられる。警視庁人事二課から来たという向井光太郎だ。なぜ人事部門の職員が刑事課に？　という彼女の疑問に、刑事課長も向井本人も曖昧な答えしか返さない。まもなく管内で殺人事件が起き、瞳は容疑者を取り逃がす失態を犯してしまう。失意の瞳に、向井はある助言をする。

第二章「取調室」は取り調べのスペシャリストを目指す所貴之の物語だ。東新宿署の刑事である所は、繁華街での喧嘩で逮捕された学生の取り調べが難航していることに悩んでいた。刑事課長は所に、本部からの応援だという男――向井を紹介する。向井は学生の頑なな態度をあっさり崩してみせた。その後、ある店で乱闘騒ぎが起き、所は有名俳優の取り調べを担当することになった。俳優相手に苦戦する所は、向井に助けられながら取り調べを進める。

第三章「尾行」の主人公・西条猛樹は目黒西署の刑事。いずれは窃盗事件を扱う捜査三課で働くことを目標にしている。高身長で目立つため尾行には不向きで、最近も失敗を犯してしまったばかりだ。名誉を挽回するため、窃盗の常習犯・生方の動向を監視するよう命じられたが、さっそく外出した生方の行方を見失ってしまった。それから三日後、刑事課に向井という新たなメンバーが加わった。西条は向井と組んで仕事をするよう命じられ、彼のアドバイスを得ながら生方の監視を続ける。

第二部は、瞳・所・西条が警視庁捜査一課に異動して、互いにそれぞれが向井と関わりがあったことを知るところから始まる。三人が担当することになった女子大生殺害事件の現場を訪れた瞳と所は、そこでなぜか向井に遭遇する。意外な場所での再会。だが、向井は二人を避ける不可解な態度を見せる。瞳は彼の知られざる過去を探り、三人は捜査を進めながら、向井への「恩返し」を考える……。

物語の構成は明快だ。第一部では、捜査の過程で、三人の刑事が向井の助言を得て成長のきっかけを掴む。いっぽう第二部では、やはり事件の捜査を通じて、三人の刑事が向井への「恩返し」を目指す。第一部では向井が刑事たちに変化をもたらし、第二部では逆に三人が向井に働きかける。

第一部では、捜査の過程を描く警察小説の基本形に、刑事としての成長というもうひとつのストーリーが重なっている。そうした構造自体は珍しくない。困難を通じて主人公が成長するという図式は、古来から存在する物語の基本形式のひとつでもある。

ただし、その構造を前面に押し出しているのが本書の特色だ。題名に「コーチ」という言葉を掲げ、さらに「見込みはあるけどちょっとつまずいている人間」に助言して、変化をうながす向井という存在にスポットを当てている。刑事たちが挑む事件の構図が、ごくシンプルなものになっているのもそのためだ。他の堂場作品では入り組んだ事件が描かれることも少なくないが、本書はそうなっていない。刑事たちの悩み、そして成長こそがメインテーマであり、それを語るのに見合った事件が提示される。

もちろん、捜査の過程は丁寧に描かれている。刑事たちの悩みが、捜査の進め方やその結果と密接につながっているのだ。どのような過程をたどって、どういうことに行き詰まりを感じているのか。その細部こそが重要になる。捜査の進展と刑事としての変化・成長が一体となった物語である。

第一部の三つの章では、行き詰まりを抱えた刑事が向井の助けを借りて変化のきっかけをつかむ物語が繰り返されるが、ただ同じパターンを反復しているわけではない。

第一章では、昇任したばかりの女性管理職である瞳に、コーチとしての向井が助言することで、彼女の抱えたプレッシャーを解きほぐしてみせる。

第二章での向井は、所に助言するだけでなく自ら動いて、踏み込んだ「指導」を行う。

第三章では、壁に突き当たっている西条に婉曲なアドバイスを重ねて、自身の長所を気づかせ、そして短所への向き合い方を考えさせる。

本書は警察小説に分類されるものの、事件そのものは物語の主役ではない。捜査の過程を描いてはいるけれど、主題はむしろ刑事たちの変化や成長にある。捜査への参加と婉曲な助言を通じて、向井が何を伝えようとしているのか、刑事たちがどのように受け止めて理解するのか。本書の第一部は、警察小説の形をとって、主人公が変化や成長のきっかけをつかむ過程を描いている。

それぞれの章の終わりで、向井はささやかな謎を残して去っていく。彼は何者なのか、なぜ「コーチ」の仕事をしているのか？　その謎を引っぱりながら、物語は第二部へと進む。

第二部では、女子大生が殺された事件の捜査に、瞳と所と西条の三人による向井への「恩返し」が重なる。事件の解決に他の思惑が重なるところは第一部と同じだが、大きな違いがある。第二部で起きる事件の状況と向井の過去に何らかのつながりがあることは、第二部の早い段階で示唆されている（ちなみに、過去の事件との関連を指摘する追跡捜査係は、もちろん作者の〈警視庁追跡捜査係〉シリーズの主人公たちだ。本格的なクロスオーバーではないとはいえ、こうしたささやかな「遊び」もまた楽しい）。だが、決定的なものではない。向井が捜査に関わるのも、三人の働きかけによるものだ。こうして、第二部では事件の捜査と「恩返し」とが並行する形で描かれる。三人の刑事が成し遂げようとする「恩返し」は、事件の解決と切っても切れない関係にあるわけではない。

わずかな手がかりから容疑者にたどり着く捜査の過程は、堂場作品ならではの、そして警察小説ならではの読みごたえを感じさせる。特に興味深いのは、第一部とは異なる三人の姿だ。向井の助言を得て成長した三人が、捜査の過程で何を考え、どう動くか。第一部からの三人の変化も、第二部の大きな魅力だ。

また、第二部は向井の喪失からの復活を描く物語でもある。過去に何かを失った者が失意を克服して立ち直る展開は、第一部の成長物語と同じく、物語の基本形のひとつだ。

三人の刑事の視点から語られるため、向井への「恩返し」の物語になっているが、ただ向井が助けられるだけの物語ではない。作中、瞳の提案を聞いた捜査一課長は言う。

「それにこれは……向井があちこちでコーチをやってきた成果とも言えるじゃないか。あいつはきちんと、種をまいてきたんだよ」

向井のコーチが刑事たちを変え、その刑事たちが向井を変えようとする。彼自身が積み重ねてきたことが、めぐりめぐって彼を導いているともいえる。


こうした物語の展開を支えるのが、言葉のキャッチボールである。

堂場瞬一はあるインタビューでこう語っている。

「僕の作品は警察小説のジャンルで括られますが、僕自身は『インタビュー小説』だと思っているんです。主人公が他人と言葉のキャッチボールをしながら手がかりを集めていくうちに、少しずつ隠れていた何かが見えてくる――という」（宝島社『この警察小説がすごい！』）

ここでいう「言葉のキャッチボール」は、もちろん事件の捜査に関するものであり、本書での捜査でも重要な役割を担っている。特に第一部の第二章は、「キャッチボール」のやり方に関する物語といってもいい。

そんな「キャッチボール」がなされるのは、刑事と事件関係者の間だけではない。第一部では、向井と刑事たちの間で交わされる仕事についての会話。第二部では、刑事たちが向井に探りを入れ、あるいは働きかける過程でのやりとり。こうした会話の展開こそ、この小説の最大の魅力である。どの言葉がどのように響いたのか、それが相手の考えをどのように変えたのか。そうした刑事たちの変化のきっかけと過程を読み解くのも、本書の大きな楽しみである。

本書は職業人としての変化と成長というテーマを、警察を舞台に描いた小説である。

ここに描かれる警察は、決して「先進的」として知られる組織ではない。向井が「警察は、女性登用に関しては日本で一番遅れている組織かもしれませんね」と語ったり、西条が「今時、こういうやり方はパワハラだ」と考えたりするように、古い体質が残っている。だが、決して社会の変化と無縁ではいられない。そういう組織を舞台に、働く人々の変化と成長という普遍的なテーマを描いてみせたのがこの小説である。

また、先に述べたように、向井と三人の関係は導く者と導かれる者という位置に固定されているわけではない。一方通行ではない働きかけが、双方に変化をもたらす。相互に触発しあう関係を描いた物語といってもいい。

そうした関係のもと、向井と三人の刑事たちが事件の捜査を経てラストシーンにたどり着く。最後の一行に込められた思いが、長く心に残る作品だ。

本書は二〇二〇年に小社から刊行された書き下ろし作品の文庫化です。

（但し、第一部第三章「尾行」のみ、「ミステリーズ！」vol.100〔二〇二〇年四月〕初出）

検印
廃止

著者紹介　1963年茨城県生まれ。青山学院大学国際政治経済学部卒業。2000年、『8年』で第13回小説すばる新人賞を受賞しデビュー。警察小説、スポーツ小説等を数多く手がける。『0 ZERO』、『小さき王たち』『デモクラシー』他多数。

コーチ

2023年10月20日　初版

著者　堂《どう》場《ば》瞬《しゅん》一《いち》

発行所　(株) 東京創元社
代表者　渋谷健太郎

162-0814/東京都新宿区新小川町1-5
電話　03・3268・8231-営業部
03・3268・8204-編集部
URL　http://www.tsogen.co.jp
DTP　萩原印刷
暁印刷・本間製本

乱丁・落丁本は、ご面倒ですが小社までご送付ください。送料小社負担にてお取替えいたします。

ISBN978-4-488-45413-5　C0193